हिन्द पॉकेट बुक्स

दो भाई
तथा अन्य कहानियाँ

प्रेमचंद हिन्दी और उर्दू के महानतम भारतीय लेखकों में से एक हैं। वे एक संवेदनशील लेखक, सचेत नागरिक, कुशल वक्ता तथा सुधी (विद्वान) संपादक थे। उपन्यास के क्षेत्र में उनके योगदान को देखकर बंगाल के विख्यात उपन्यासकार शरत्चंद्र चट्टोपाध्याय ने उन्हें उपन्यास सम्राट कहकर संबोधित किया था। प्रेमचंद ने हिन्दी कहानी और उपन्यास की एक ऐसी परंपरा का विकास किया जिसने पूरी सदी के साहित्य का मार्गदर्शन किया। आगामी एक पूरी पीढ़ी को गहराई तक प्रभावित कर प्रेमचंद ने साहित्य की यथार्थवादी परंपरा की नींव रखी। उनका लेखन हिन्दी साहित्य की एक ऐसी विरासत है जिसके बिना हिन्दी के विकास का अध्ययन अधूरा होगा।

दो भाई

तथा अन्य कहानियाँ

प्रेमचंद

हिन्द पॉकेट बुक्स
पेंगुइन रैंडम हाउस इम्प्रिंट

हिन्द पॉकेट बुक्स

यूएसए | कैनेडा | यूके | आयरलैंड | ऑस्ट्रेलिया
न्यू ज़ीलैंड | भारत | साउथ अफ़्रीका | चीन | सिंगापुर

हिन्द पॉकेट बुक्स, पेंगुइन रैंडम हाउस ग्रुप ऑफ़ कम्पनीज़ का हिस्सा है, जिसका पता global.penguinrandomhouse.com पर मिलेगा

पेंगुइन रैंडम हाउस इंडिया प्रा. लि.,
चौथी मंजिल, कैपिटल टावर -1, एम जी रोड,
गुड़गांव 122 002, हरियाणा, भारत

पेंगुइन
रैंडम हाउस
इंडिया

प्रथम संस्करण हिन्द पॉकेट बुक्स द्वारा 2002 में प्रकाशित
यह संस्करण हिन्द पॉकेट बुक्स में पेंगुइन रैंडम हाउस द्वारा 2022 में प्रकाशित

10 9 8 7 6 5 4 3 2

ISBN 9789353496753

मुद्रक : मणिपाल टेक्नॉलजीस् लिमिटेड, भारत

www.penguin.co.in

FSC
www.fsc.org
MIX
Paper | Supporting responsible forestry
FSC® C043100

This is a legitimate digitally printed version of the book and therefore might not have certain extra finishing on the cover.

क्रम

जिहाद

बहुत पुरानी बात है। हिन्दुओं का एक काफ़िला अपने धर्म की रक्षा के लिए पश्चिमोत्तर के पर्वत-प्रदेश से भागा चला आ रहा था। मुद्दतों से उस प्रांत में हिन्दु और मुसलमान साथ-साथ रहते चले आये थे। धार्मिक द्वेष का नाम न था। पठानों के जिरगे हमेशा लड़ते रहते थे। उनकी तलवारों पर कभी जंग न लगने पाता था। बात-बात पर उनके दल संगठित हो जाते थे। शासन की कोई व्यवस्था न थी। हरएक जिरगे और कबीले की व्यवस्था अलग थी। आपस के झगड़ों को निपटाने का भी तलवार के सिवा और कोई साधन न था। जान का बदला जान था, खून का बदला खून। इस नियम में कोई अपवाद न था। यही उनका धर्म था, यही ईमान। मगर उस भीषण रक्तपात में भी हिन्दु परिवार शांति से जीवन व्यतीत करते थे। पर एक महीने से देश की हालत बदल गयी है। एक मुल्ला ने न जाने कहाँ से आकर अनपढ़, धर्म शून्य पठानों में धर्म का भाव जागृत कर दिया? उसकी वाणी में कोई ऐसी मोहिनी है कि बूढे. जवान, स्त्री-पुरुष खिंचे चले आते हैं। वह शेरों की तरह गरज कर कहता है—खुदा ने तुम्हें इसलिए पैदा किया है कि दुनिया को इस्लाम की रोशनी से रोशन कर दो, दुनिया से कुफ्र का निशान मिटा दो। एक काफ़िर के दिल को इस्लाम के उजाले से रोशनी कर देने का सवाब सारी उम्र के रोजे, नमाज और जकात से कहीं ज्यादा है। जन्नत की हूरें तुम्हारी बलाएँ लेंगी और फरिश्ते तुम्हारे कदमों की खाक माथे पर मलेंगे, खुदा तुम्हारी पेशानी पर बोसे देगा। और सारी जनता यह आवाज सुनकर मजहब के नारों से मतवाली हो जाती है। उसी धार्मिक उत्तेजना ने कुफ्र और इस्लाम का भेद उत्पन्न कर दिया है। प्रत्येक पठान जन्नत का सुख भोगने के लिए अधीर हो उठा है। उन्हीं हिंदुओं पर जो सदियों से शांति के साथ रहते थे, हमले होने लगे हैं। कहीं उनके मन्दिर ढाये जाते हैं, कहीं उनके देवताओं को गालियाँ दी जाती है। कहीं उन्हें जबरदस्ती इस्लाम की दीक्षा दी जाती है। हिन्दु संख्या में कम है, असंगठित है ; बिखरे हुए है. इस नयी परिस्थिति के लिए बिलकुल तैयार नहीं।

उनके हाथ-पाँव फूले हुए है, कितने ही तो अपनी जमा-जथा छोड़कर भाग खड़े हुए है, कुछ इस आँधी के शाँत हो जाने का अवसर देख रहे है। यह काफ़िला भी उन्हीं भागनेवालों में था। दोपहर का समय था। आसमान से आग बरस रही थीं। पहाड़ों से ज्वाला-सी निकल रही थी। वृक्ष का कहीं नाम न था। ये लोग राजपथ से हटे हुए, पेचीदा औघट रास्तों से चले आ रहे थे। पग-पग पर पकड़ लिए जाने का खटका लगा हुआ था। यहाँ तक कि भूख, प्यास और ताप से विकल होकर अंत को लोग एक उभरी हुई शिला की छाँह में विश्राम करने लगे। सहसा कुछ दूर पर एक कुआँ नजर आया। वहीं डेरे डाल दिये। भय लगा हुआ था कि जेहादियों का कोई दल पीछे से न आ रहा हो। दो युवकों ने बंदूक भर कर कंधे पर रखी और चारों तरफ गश्त करने लगे। बूढ़े कम्बल बिछाकर कमर सीधी करने लगे। स्त्रियाँ बालकों को गोद से उतार कर माथे का पसीना पोंछने और बिखरे हुए केशों को संभालने लगीं। सभी के चेहरे मुरझाये हुए थे। सभी चिन्ता और भय से त्रस्त हो रहे थे। यहाँ तक कि बच्चे जोर से न रोते थे।

दोनों युवकों में एक लम्बा, गठीला रूपवान है। उसकी आँखों से अभिमान की रेखाएँ-सी निकल रही है, मानो वह अपने सामने किसी की हकीकत नहीं समझता, मानो उसकी एक-एक गत पर आकाश के देवता जयघोष कर रहे हैं। दूसरा कद का दुबला-पतला, रूपहीन-सा आदमी है, जिसके चेहरे से दीनता झलक रही है, मानो उसके लिए संसार में कोई आशा नहीं, मानो वह दीपक की भाँति रो-रोकर जीवन व्यतीत करने ही के लिए बनाया गया है। उसका नाम धर्मदास है; इसका ख़जाँचन्द।

धर्मदास ने बंदूक को जमीन पर टिका कर एक चट्टान पर बैठते हुए कहा — तुमने अपने लिए क्या सोचा? कोई लाख-सवा लाख की सम्पत्ति रही होगी तुम्हारी?

ख़ज़ाँचन्द ने उदासीन भाव से उत्तर दिया — लाख-सवा लाख की तो नहीं, हाँ, पचास-साठ हजार तो नकद ही थे।

तो अब क्या करोगे?'

'जो कुछ सिर पर आयेगा, झेलूंगा! रावलपिंडी में दो-चार संबंधी हैं, शायद कुछ मदद करें। तुमने क्या सोचा है?'

'मुझे क्या गम! अपने दोनों हाथ अपने साथ हैं। वहाँ इन्हीं का सहारा था, आगे भी इन्हीं का सहारा है।'

'आज और कुशल से बीत जाये तो फिर कोई भय नहीं।'

'मैं तो मना रहा हूँ कि एकाध शिकार मिल जाए। एक दरजन भी आ जाये तो भून कर रख दूं।'

इतने में चट्टानों के नीचे से एक युवती हाथ में लोटा-डोर लिये निकली और सामने कुएँ की ओर चली। प्रभात की सुनहरी मधुर अरुणिमा मूर्तिमान हो गयी थी।

दोनों युवक उसकी ओर बढ़े, लेकिन ख़जाँचन्द तो दो-चार कदम चलकर रुक गया, धर्मदास ने युवती के हाथ से लोटा-डोर ले लिया और खजाँचन्द की ओर सगर्व नेत्रों से ताकता हुआ कुएँ की ओर चला। खजाँचन्द ने फिर बंदूक संभाली और अपनी झेंप मिटाने के लिए आकाश की ओर ताकने लगा। इसी तरह कितनी ही बार धर्मदास के हाथों पराजित हो चुका था। शायद उसे इसका अभ्यास हो गया था। अब इसमें लेशमात्र भी सन्देह न था कि श्यामा का प्रेमपात्र धर्मदास है। ख़ज़ाँचन्द की सारी सम्पत्ति धर्मदास के रूपवैभव के आगे तुच्छ थी। परोक्ष ही नहीं, प्रत्यक्ष रूप से भी श्यामा कई बार खज़ाँचन्द को हताश कर चुकी थी; पर वह अभागा निराश होकर भी न जाने क्यों उस पर प्राण देता था। तीनों एक ही बस्ती के रहनेवाले थे। श्यामा के माता-पिता पहले ही मर चुके थे। उसकी बुआ ने उसका पालन-पोषण किया था। अब भी वह बुआ ही के साथ रहती थी। उसकी अभिलाषा थी कि ख़ज़ाँचन्द उसका दामाद हो, श्यामा सुख से रहे और उसे भी जीवन के अंतिम दिनों के लिये कुछ सहारा हो जाये; लेकिन श्यामा धर्मदास पर रीझी हुई थी। उसे क्या खबर थी कि जिस व्यक्ति को वह पैरों से ठुकरा रही है, वही उसका एकमात्र अवलम्ब है। ख़ज़ाँचन्द ही वृद्धा का मुनीम, खजांची, कारिंदा सब कुछ था और यह जानते हुए भी श्यामा उसे इस जीवन में नहीं मिल सकती। उनके धन का यह उपयोग न होता, तो वह शायद अब तक उसे लुटा कर फकीर हो जाता।

2

धर्मदास पानी लेकर लौट ही रहा था कि उसे पश्चिम की ओर से कई आदमी घोड़ों पर सवार आते दिखायी दिये। जरा और समीप आने पर मालूम हुआ कि कुल पाँच आदमी हैं। उनकी बंदूक की नलियाँ धूप में साफ चमक रही थीं। धर्मदास पानी लिए हुए दौड़ा कि कहीं रास्ते ही में सवार उसे न पकड़ लें लेकिन कंधे पर बंदूक और एक हाथ में लोटा-डोर लिए वह बहुत तेज न दौड़ सकता था। फासला दो सौ गज से कम न था। रास्ते में पत्थरों के ढेर टूटे-फूटे पड़े हुए थे। भय

होता था कि कहीं ठोकर न लग जाये, कहीं पैर न फिसल जायें। इधर सवार प्रतिक्षण समीप होते जाते थे। अरबी घोड़ों से उसका मुकाबला हो क्या, उस पर मंजिलों का धावा हुआ। मुश्किल से पचास कदम गया होगा कि सवार उसके सिर पर आ पहुँचे और तुरन्त उसे घेर लिया। धर्मदास बड़ा साहसी था; पर मृत्यु को सामने खड़ी देखकर उसकी आँखों में अँधेरा छा गया, उसके हाथ से बंदूक छूट कर गिर पड़ी। पाँचों उसी के गाँव के महसूदी पठान थे। एक पठान ने कहा—उड़ा दो सिर मरदूद का। दगाबाज़ काफ़िर।

दूसरा — नहीं-नहीं, ठहरो, अगर यह इस वक्त भी इस्लाम कबूल कर ले तो हम इसे मुआफ कर सकते हैं। क्यों धर्मदास तुम्हें इस दगा की क्या सजा दी जाये? हमने तुम्हें रात-भर का वक्त फैसला करने के लिए दिया था। मगर तुम इसी वक्त जहन्नुम पहुँचा दिये जाओ, लेकिन हम तुम्हें फिर मौका देते हैं। यह आखिरी मौका है। अगर तुमने अब भी इस्लाम न कबूल किया, तो तुम्हें दिन की रोशनी देखनी नसीब न होगी।

धर्मदास ने हिचकचाते हुए कहा —जिस बात को अक्ल नहीं मानती, उसे कैसे ...

पहले सवार ने आवेश में आकर कहा — मज़हब को अक्ल से कोई वास्ता नहीं।

तीसरा — कुफ्र है! कुफ्र है!

पहला — उड़ा दो सिर मरदूद का, धुआँ इस पार।

दूसरा — ठहरो-ठहरो, मार डालना मुश्किल नहीं, जिला लेना मुश्किल है। तुम्हारे और साथी कहाँ हैं धर्मदास?

धर्मदास — सब मेरे साथ ही हैं।

दूसरा — कलामे शरीफ़ की कसम, अगर तुम सब खुदा और उनके रसूल पर ईमान लाओ, तो कोई तुम्हें तेज निगाहों से देख भी न सकेगा।

धर्मदास — आप लोग सोचने के लिये और कुछ मौका न देंगे।

इस पर चारों सवार चिल्ला उठे — नहीं, नहीं, हम तुम्हें न जाने देंगे, यह आखिरी मौका है।

इतना कहते ही पहले सवार ने बंदूक छतिया ली और नली धर्मदास की छाती की ओर करके बोला — बस बोलो, क्या मंजूर है?

धर्मदास सिर से पैर तक काँप कर बोला — अगर मैं इस्लाम कबूल कर लूँ तो मेरे साथियों को तो कोई तकलीफ न दी जायेगी?

दूसरा — हाँ, अगर तुम जमानत करो कि वे भी इस्लाम कबूल कर लेंगे।

पहला — हम इस शर्त को नहीं मानते। तुम्हारे साथियों से हम खुद निपट लेंगे। तुम अपनी कहो, क्या चाहते हो? हाँ या नहीं?

धर्मदास ने जहर का घूँट पी कर कहा — मैं खुदा पर ईमान लाता हूँ।

पाँचों ने एक स्वर से कहा — अलहमद व लिल्लाह। और बारी-बारी से धर्मदास को गले लगाया।

3

श्यामा हृदय को दोनों हाथों से थामे यह दृश्य देख रही थी। वह मन में पछता रही थी कि मैंने इन्हें क्यों पानी लाने भेजा। अगर मालूम होता कि विधि यों धोखा देगा, तो मैं प्यासों मर जाती, पर इन्हें न जाने देती। श्यामा से कुछ दूर ख़ज़ाँचंद भी खड़ा था। श्यामा ने उसकी ओर क्षुब्ध नेत्रों से देखकर कहा — अब इनकी जान बचती नहीं मालूम होती।

ख़ज़ाँचंद — बंदूक भी हाथ से छूट पड़ी है।

श्यामा — न जाने क्या बातें हो रही हैं। अरे गज़ब। दुष्ट ने उनकी ओर बंदूक तानी है!

ख़ज़ाँचंद —जरा और समीप आ जायें, तो मैं बंदूक चलाऊँ। इतनी दूर की मार इसमें नहीं है।

श्यामा — अरे! देखो, वे सब धर्मदास को गले लगा रहे हैं। यह माजरा क्या है?

ख़ज़ाँचंद — कुछ समझ में नहीं आता।

श्यामा — कहीं इसने कलमा तो नहीं पढ़ लिया?

ख़ज़ाँचंद — नहीं, ऐसा क्या होगा, धर्मदास से मुझे ऐसी आशा नहीं है।

श्यामा — मैं समझ गयी। ठीक यही बात है। बंदूक चलाओ।

ख़ज़ाँचंद — धर्मदास बीच में है। कहीं उन्हें न लग जाए।

श्यामा — कोई हर्ज नहीं। मैं चाहती हूँ, पहला निशाना धर्मदास ही पर पड़े। कायर! निर्लज्ज! प्राणों के लिए धर्म त्याग किया। ऐसी बेहयाई की ज़िन्दगी से मर जाना कहीं अच्छा है। क्या सोचते हो। क्या तुम्हारे भी हाथ-पाँव फूल गये। लाओ, बंदूक मुझे दे दो। मैं इस कायर को अपने हाथों से मारूँगी।

ख़ज़ाँचंद — मुझे तो विश्वास नहीं होता कि धर्मदास ...

श्यामा — तुम्हें कभी विश्वास न आयेगा। लाओ, बंदूक मुझे दो। खड़े ताकते हो। क्या जब वे सिर पर आ जायेंगे, तब बंदूक चलाओगे? क्या तुम्हें भी यह मंजूर है कि मुसलमान हो कर जान बचाओ? अच्छी बात है, जाओ। श्यामा अपनी रक्षा आप कर सकती है, मगर उसे अब मुँह न दिखाना।

ख़ज़ाँचंद ने बंदूक चलायी। एक सवार की पगड़ी को उड़ाती हुई निकल गयी। ज़िहादियों ने 'अल्लाहो अकबर!' की हाँक लगायी। दूसरी गोली चली और घोड़े की छाती पर बैठी। घोड़ा वहीं गिर पड़ा। ज़िहादियों ने फिर 'अल्लाहो अकबर!' की सदा लगायी और आगे बढ़े। तीसरी गोली आयी। एक पठान लोट गया; पर इससे पहले की चौथी गोली छूटे, पठान ख़ज़ाँचंद के सिर पर पहुँच गये और बंदूक उसके हाथ से छीन ली।

एक सवार ने ख़ज़ाँचंद की ओर बंदूक तान कर कहा — उड़ा दूँ सिर मरदूद का? इससे खून का बदला लेना है।

दूसरे सवार ने जो इनका सरदार मालूम होता था, कहा — नहीं-नहीं, यह दिलेर आदमी है। ख़ज़ाँचंद, तुम्हारे ऊपर दगा, खून और कुफ्र, ये तीन इल्जाम हैं, और तुम्हें कत्ल कर देना ऐन सवाब है, लेकिन हम तुम्हें एक मौका और देते हैं। अगर तुम अब भी खुदा और रसूल पर ईमान लाओ, तो हम तुम्हें सीने से लगाने को तैयार हैं। इसके सिवा तुम्हारे गुनाहों का कोई कफ़ारा (प्रायश्चित) नहीं है। यह हमारा आखिरी फैसला है। बोलो, क्या मंजूर है?

चारों पठानों ने कमर से तलवारें निकाल लीं, और उन्हें ख़ज़ाँचंद के सिर पर तान दिया मानो 'नहीं' का शब्द मुँह से निकलते ही चारों तलवारें उसकी गर्दन पर चल जायेंगी।

ख़ज़ाँचंद का मुख-मंडल विलक्षण तेज से आलोकित हो उठा। उस की दोनों आँखें स्वर्गीय ज्योति से चमकने लगीं। दृढ़ता से बोला — तुम एक हिंदू से यह प्रश्न कर रहे हो? क्या तुम समझते हो कि जान के खौफ से वह अपना ईमान बेच डालेगा? हिंदू को अपने ईश्वर तक पहुँचने के लिए किसी नबी, वली या पैगम्बर की जरूरत नहीं!

चारों पठानों ने कहा — काफ़िर! काफ़िर!

ख़ज़ाँचंद — अगर तुम मुझे काफ़िर समझे हो तो समझो। मैं अपने को तुमसे ज्यादा खुदापरस्त समझता हूँ। मैं उस धर्म को मानता हूँ, जिसकी बुनियाद अक्ल पर है। आदमी में अक्ल ही खुदा का नूर (प्रकाश) है और हमारा ईमान हमारी अक्ल ...

चारों पठानों के मुंह से निकला 'काफिर! काफिर!' और चारों तलवारें एक साथ ख़ज़ाँचंद की गर्दन पर गिर पड़ी। लाश जमीन पर फड़कने लगी। धर्मदास सिर झुकाये खड़ा रहा। वह दिल से खुश था कि अब ख़ज़ाँचंद की सारी सम्पत्ति उसके हाथ लगेगी और वह श्यामा के साथ सुख से रहेगा, पर विधाता को कुछ और ही मंजूर था। श्यामा अब तक मर्माहत-सी खड़ी यह दृश्य देख रही थी। ज्योंही ख़ज़ाँचंद की लाश जमीन पर गिरी, वह झपट कर लाश के पास आयी और उसे गोद में लेकर आँचल से रक्त-प्रवाह को रोकने की चेष्टा करने लगी। उसके सारे कपड़े खून से तर हो गये। उसने बड़ी सुन्दर बेल-बूटोंवाली साड़ियाँ पहनी होंगी, पर इस रक्त-रंजित साड़ी की शोभा अतुलनीय थी। बेल-बूटोंवाली साड़ियाँ रूप की शोभा बढ़ाती थीं। यह रक्त-रंजित साड़ी आत्मा की छवि दिखा रही थी।

ऐसा जान पड़ा, मानो ख़ज़ाँचंद की बुझती आँखें एक अलौकिक ज्योति से प्रकाशमान हो गयी है। उन नेत्रों में कितना संतोष, किसनी तृप्ति, कितनी उत्कंठा भरी हुई थी। जीवन में जिसने प्रेम की भिक्षा भी न पायी, वह मरने पर उत्सर्ग जैसे स्वर्गीय रत्न का स्वामी बना हुआ था।

4

धर्मदास ने श्यामा का हाथ पकड़ कर कहा — श्यामा, होश में आओ तुम्हारे, सारे कपड़े खून से तर हो गये हैं। अब रोने से क्या हासिल होगा? ये लोग हमारे मित्र हैं, हमें कोई कष्ट न देंगे। हम फिर अपने घर चलेंगे और जीवन के सुख भोगेंगे?

श्यामा ने तिरस्कार-पूर्ण नेत्रों से देख कर कहा — तुम्हें अपना घर बहुत प्यारा है, तो जाओ। मेरी चिन्ता मत करो, अब मैं न जाऊँगी। हाँ, अगर अब भी मुझसे कुछ प्रेम हो तो इन लोगों से इन्हीं तलवारों से मेरा भी अंत करा दो।

धर्मदास करुणा-कातर स्वर से बोला — श्यामा, यह तुम क्या कहती हो, तुम भूल गयी कि हमसे-तुमसे क्या बातें हुई थी? मुझे खुद ख़ज़ाँवंद के मारे जाने का शोक है, पर भावी को कौन टाल सकता है?

श्यामा — अगर यह भावी थी, तो यह भी भावी है कि मैं अपना अधम जीवन उस पवित्र आत्मा के शोक में काटूँ, जिसका मैंने सदैव निरादर किया। यह कहते-कहते श्यामा का शोकोद्गार, जो अब तक क्रोध और घृणा के नीचे दबा हुआ

था, उबल पड़ा और वह ख़ज़ाँचंद के निस्पंद हाथों को अपने गले में डाल कर रोने लगी।

चारों पठान यह अलौकिक अनुराग और आत्म-समर्पण देख कर करुणार्द्र हो गये। सरदार ने धर्मदास से कहा — तुम इस पाकीजा खातून से कहो, हमारे साथ चले। हमारी जाति से इसे कोई तकलीफ न होगी। हम इसकी दिल से इज्जत करेंगे।

धर्मदास के हृदय में ईर्ष्या की आग धधक रही थी। वह रमणी, जिसे वह अपनी समझे बैठा था, इस वक्त उसका मुंह भी नहीं देखना चाहती थी। बोला — श्यामा, तुम चाहो इस लाश पर आँसुओं की नदी बहा दो, पर यह जिंदा न होगी। यहाँ से चलने की तैयारी करो। मैं साथ के और लोगों को भी जाकर समझाता हूँ। खान लोग हमारी रक्षा करने का जिम्मा ले रहे हैं। हमारी जायदाद, जमीन, दौलत सब हमको मिल जायेगी। ख़ज़ाँचंद की दौलत के भी हमी मालिक होंगे। अब देर न करो। रोने-धोने से अब कुछ हासिल नहीं।

श्यामा ने धर्मदास को आग्नेय नेत्रों से देखकर कहा — और इस वापसी की कीमत क्या देनी होगी? वही जो तुमने दी है?

धर्मदास यह व्यंग्य न समझ सका। बोला — मैंने तो कोई कीमत नहीं दी। मेरे पास था ही क्या?

श्यामा — ऐसा न कहो। तुम्हारे पास वह ख़जाना था, जो तुम्हें आज कई लाख वर्ष हुए ऋषियों ने प्रदान किया था, जिसकी रक्षा रघु और मनु, राम और कृष्ण बुद्ध और शंकर, शिवाजी और गोविंदसिंह ने की थी। उस अमूल्य भंडार को आज तुमने तुच्छ प्राणों के लिए खो दिया। इन पाँवों पर लोटना तुम्हें मुबारक हो! तुम शौक से जाओ। जिन तलवारों ने वीर ख़ज़ाँचंद के जीवन का अंत किया, उन्होंने मेरे प्रेम का भी फैसला कर दिया। जीवन में इस वीरात्मा का मैंने जो निरादर और अपमान किया, इसके साथ जो उदासीनता दिखायी, उसका अब मरने के बाद प्रायश्चित करूँगी। यह धर्म पर मरने वाला वीर था, धर्म को बेचनेवाला कायर नहीं। अगर तुममें अब भी कुछ शर्म और हया है, तो इसका क्रिया-कर्म करने में मेरी मदद करो और यदि तुम्हारे स्वामियों को यह भी पसंद न हो, तो रहने दो, मैं सब कुछ कर लूँगी।

पठानों के हृदय दर्द से तड़प उठे। धर्मान्धता का प्रकोप शांत हो गया। देखते-देखते वहाँ लकड़ियों का ढेर लग गया। धर्मदास ग्लानि से सिर झुकाये बैठा था

और चारों पठान लकड़ियाँ काट रहे थे। चिता तैयार हुई और जिन निर्दय हाथों ने ख़ज़ाँचंद की जान ली थी उन्हीं ने उसके शव को चिता पर रखा। ज्वाला प्रचंड हुई। अग्निदेव अपने अग्निमुख से उस धर्मवीर का यश गा रहे थे।

5

पठानों ने ख़ज़ाँचंद की सारी जंगम सम्पत्ति लाकर श्यामा को दे दी। श्यामा ने वहीं पर एक छोटा-सा मकान बनवाया और वीर ख़ज़ाँचंद की उपासना में जीवन के दिन काटने लगी। उसकी वृद्धा बुआ तो उसके साथ रह गयी, और सब लोग पठानों के साथ लौट गये, क्योंकि अब मुसलमान होने की शर्त न थी। ख़ज़ाँचंद के बलिदान ने धर्म के भूत को परास्त कर दिया। मगर धर्मदास को पठानों ने इस्लाम की दीक्षा लेने पर मजबूर किया। एक दिन नियत किया गया। मसजिद में मुल्लाओं का मेला लगा, और लोग धर्मदास को उसके घर से बुलाने आये ; पर उसका वहाँ पता न था। चारों तरफ तलाश हुई। कहीं निशान न मिला।

साल-भर गुजर गया। संध्या का समय था। श्यामा अपने झोपड़े के सामने बैठी भविष्य की मधुर कल्पनाओं में मग्न थी। अतीत उसके लिए दुःख से भरा हुआ था। वर्तमान केवल एक निराशामय स्वप्न था। सारी अभिलाषाएँ भविष्य पर अवलम्बित थीं। और भविष्य भी वह, जिसका इस जीवन में कोई सम्बन्ध न था! आकाश पर लालिमा छायी हुई थी। सामने की पर्वतमाला स्वर्णमयी शांति के आवरण से ढकी हुई थी। वृक्षों की काँपती हुई पत्तियों से सरसराहट की आवाज निकल रही थी, मानो कोई वियोगी आत्मा पत्तियों पर बैठी हुई सिसकियाँ भर रही हो।

उसी वक्त एक भिखारी फटे हुए कपड़े पहने झोपड़ी के सामने खड़ा हो गया। कुत्ता जोर से भूँक उठा। श्यामा ने चौंककर देखा और चिल्ला उठी — धर्मदास!

धर्मदास ने वहीं जमीन पर बैठते हुए कहा — हाँ श्यामा, मैं अभागा धर्मदास ही हूँ। साल-भर से मारा-मारा फिर रहा हूँ। मुझे खोज निकालने के लिए इनाम रख दिया गया है। सारा प्रांत मेरे पीछे पड़ा हुआ है। इस जीवन से अब ऊब उठा हूँ; पर मौत भी नहीं आती।

धर्मदास एक क्षण के लिए चुप हो गया। फिर बोला — क्यों श्यामा, क्या अभी तुम्हारा हृदय मेरी तरफ से साफ नहीं हुआ! तुमने मेरा अपराध क्षमा नहीं किया!

श्यामा ने उदासीन भाव से कहा — मैं तुम्हारा मतलब नहीं समझी। 'मैं अब भी हिंदू हूँ। मैंने इस्लाम नहीं कबूल किया है।'

'जानती हूँ!'

'यह जानकर भी तुम्हें मुझ पर दया नहीं आती!'

श्यामा ने कठोर नेत्रों से देखा और उत्तेजित होकर बोली — तुम्हें अपने मुँह से ऐसी बातें निकालते शर्म नहीं आती! मैं उस धर्मवीर की ब्याहता हूँ, जिसने हिंदू-जाति का मुख उज्जवल किया है। तुम समझते हो कि वह मर गया! यह तुम्हारा भ्रम है। वह अमर है। मैं इस समय भी उसे स्वर्ग में बैठा देख रही हूँ। तुमने हिंदू-जाति को कलंकित किया है। मेरे सामने से दूर हो जाओ।

धर्मदास ने कुछ ज़वाब न दिया! चुपके से उठा, एक लम्बी साँस ली और एक तरफ चल दिया।

प्रात:काल श्यामा पानी भरने जा रही थी, तब उसने रास्ते में एक लाश पड़ी हुई देखी। दो-चार गिद्ध उस पर मँडरा रहे थे। उसका हृदय धड़कने लगा। समीप जाकर देखा और पहचान गयी। यह धर्मदास की लाश थी।

□

फ़ातिहा

सरकारी अनाथालय से निकलकर मैं सीधा फौज में भरती किया गया। मेरा शरीर हृष्ट-पुष्ट और बलिष्ठ था। साधारण मनुष्यों की अपेक्षा मेरे हाथ-पैर कहीं लम्बे और स्नायु-युक्त थे। मेरी लम्बाई पूरी छह फुट नौ इंच थी। पलटन में 'देव' के नाम से विख्यात था। जब से मैं फौज में भरती हुआ, तब से मेरी किस्मत ने भी पलटा खाना शुरू किया और मेरे हाथ से कई ऐसे काम हुए, जिनसे प्रतिष्ठा के साथ-साथ मेरी आय भी बढ़ती गई। पलटन का हर एक जवान मुझे जानता था। मेजर सरदार हिम्मतसिंह की कृपा मेरे ऊपर बहुत थी ; क्योंकि मैंने एक बार उनकी प्राण-रक्षा की थी। इसके अतिरिक्त न जाने क्यों उनको देखकर मेरे हृदय में भक्ति और श्रद्धा का संचार होता। मैं यही समझता कि यह मेरे पूज्य हैं और सरदार साहब का भी व्यवहार मेरे साथ स्नेह-युक्त और मित्रता-पूर्ण था।

मुझे अपने माता-पिता का पता नहीं है, और न उनकी कोई स्मृति ही है। कभी-कभी जब मैं इस प्रश्न पर विचार करने बैठता हूँ, तो कुछ धुंधले-से दृश्य दिखायी देते हैं — बड़े-बड़े पहाड़ों के बीच में रहता हुआ एक परिवार, और एक स्त्री का मुख, जो शायद मेरी माँ का होगा। पहाड़ी के बीच में तो मेरा पालन-पोषण ही हुआ है। पेशावर से अस्सी मील दूर पूर्व एक ग्राम है, जिसका नाम 'कुलाहा' है, वहीं पर एक सरकारी अनाथालय है। इसी में मैं पाला गया। यहाँ से निकलकर सीधा फौज में चला गया। हिमालय की जलवायु से मेरा शरीर बना है, और मैं वैसा ही दीर्घाकृति आदि बर्बर हूँ, जैसे कि सीमाप्रांत के रहने वाले अफ्रीदी, गिलजई, महसूदी आदि पहाड़ी कबीलों के लोग होते हैं। यदि उनके और मेरे जीवन में कुछ अंतर हैं तो वह सभ्यता का। मैं थोड़ा बहुत पढ़-लिख लेता हूँ, बातचीत कर लेता हूँ, अदब कायदा जानता हूँ। छोटे-बड़े का लिहाज कर सकता हूँ, किन्तु मेरी आकृति वैसी ही है, जैसी कि किसी भी सरहदी पुरुष की हो सकती है।'

कभी-कभी मेरे मन में यह इच्छा बलवती होती कि स्वछंद होकर पहाड़ों की सैर करूँ; लेकिन जीविका का प्रश्न मेरी इच्छा को दबा देता। उस सूखे देश में खाने का कुछ भी ठिकाना नहीं था। वहाँ के लोग एक रोटी के लिए मनुष्य की हत्या कर डालते, एक कपड़े के लिए मुरदे की लाश चीड़-फाड़कर फेंक देते और एक बंदूक के लिए सरकारी फौज पर छापा मारते हैं। इसके अतिरिक्त उन जंगली जातियों का एक-एक मनुष्य मुझे जानता था और मेरे खून का प्यासा था। यदि मैं उन्हें मिल जाता, तो जरूर मेरा नाम-निशान दुनिया से मिट जाता। न जाने कितने अफ़्रीदियों और ग़िलज़इयों को मैंने मारा था, कितनों को पकड़-पकड़कर सरकारी जेलख़ानों में भर दिया था और न मालूम उनके कितने गाँवों को जलाकर खाक कर दिया था। मैं भी बहुत सतर्क रहता, और जहाँ तक होता, एक स्थान पर हफ्ते से अधिक कभी न रहता।

2

एक दिन मैं मेजर सरदार हिम्मतसिंह के घर की ओर जा रहा था। उस समय दिन को दो बजे थे। आजकल छुट्टी-सी थी; क्योंकि अभी हाल ही में कई गाँव भस्मीभूत कर दिये गये थे और जल्दी उनकी तरफ से कोई आशंका नहीं थी। हम लोग निश्चिंत होकर गप्प और हँसी-खेल में दिन गुजारते थे। बैठे-बैठे दिल घबरा गया था। सिर्फ मन बहलाने के लिए सरदार साहब के घर की ओर चला; किंतु रास्ते में एक दुर्घटना हो गयी। एक बूढ़ा अफ़्रीदी, जो अब भी एक हिन्दुस्तानी जवान का सिर मरोड़ देने के लिए काफी था, एक फौजी जवान से भिड़ा हुआ था। मेरे देखते-देखते उसने अपनी कमर से एक तेज छुरा निकाला और उसकी छाती में घुसेड़ दिया। उस जवान के पास एक कारतूसी बंदूक थी, बस उसी के लिए यह सब लड़ाई थी। पलक मारते-मारते, फौजी जवान का काम तमाम हो गया और बूढ़ा बंदूक लेकर भागा। मैं उसके पीछे दौड़ा; लेकिन दौड़ने में वह इतना तेज था कि बात-की-बात में आँखों से ओझल हो गया। मैं भी बेतहाशा उसका पीछा कर रहा था। आखिर सरहद पर पहुँचते-पहुँचते उससे बीस हाथ की दूरी पर रह गया। उसने पीछे फिर कर देखा, मैं अकेला उसका पीछा कर रहा था। उसने बंदूक का निशाना मेरी ओर साधा। मैं फौरन ही जमीन पर लेट गया और बंदूक की गोली मेरे सामने पत्थर पर लगी। उसने समझा कि मैं गोली का शिकार हो गया। वह धीरे-धीरे सतर्क पदों से मेरी ओर बढ़ा। मैं साँस खींचकर लेट गया। जब वह बिलकुल मेरे पास आ गया, शेर की तरह उछलकर मैंने उसकी गरदन

पकड़कर जमीन पर पटक दिया और छुरा निकालकर उसकी छाती में घुसेड़ दिया। अफ्रीदी की जीवन-लीला समाप्त हो गयी। इसी समय मेरी पलटन के कई लोग भी आ पहुँचे। चारों तरफ से लोग मेरी प्रशंसा करने लगे। अभी तक मैं अपने आपे में न था; लेकिन अब मेरी सुध बुध वापस आयी। न मालूम क्यों उस बुड्ढे को देखकर मेरा जी घबराने लगा। अभी तक न मालूम कितने ही अफ्रीदियों को मारा था; लेकिन कभी भी मेरा हृदय इतना घबराया न था। मैं जमीन पर बैठ गया और उस बुढ्ढे की ओर देखने लगा। पलटन के जवान भी पहुँच गये और मुझे घायल जानकर अनेक प्रकार के प्रश्न करने लगे। धीरे-धीरे मैं उठा और चुपचाप शहर की ओर चला। सिपाही मेरे पीछे-पीछे उसी बुड्ढे की लाश घसीटते हुए चले। शहर के निवासियों ने मेरी जय-जयकार का ताँता बाँध दिया। मैं चुपचाप मेजर सरदार हिम्मतसिंह के घर में घुस गया।

सरदार साहब उस समय अपने खास कमरे में बैठे हुए कुछ लिख रहे थे। उन्होंने मुझे देखकर पूछा — क्यों, उस अफ्रीद्री को मार आये?

मैंने बैठते हुए कहा — जी हाँ, लेकिन सरदार साहब, न जाने क्यों मैं कुछ बुजदिल हो गया हूँ।

सरदार साहब ने आश्चर्य से कहा — असदखाँ और बुज़दिल! यह दोनों एक जगह होना नामुमकिन है।

मैं उठते हुए कहा — सरदार साहब, यहाँ तबीयत नहीं लगती, उठकर बाहर बरामदे में बैठिए। न मालूम क्यों मेरा दिल घबड़ाता है।

सरदार साहब उठकर मेरे पास आये और स्नेह से मेरी पीठ पर हाथ फेरते हुए कहा — असद, तुम दौड़ते-दौड़ते थक गये हो, और कोई बात नहीं है। अच्छा चलो बरामदे में बैठें। शाम को ठंडी हवा तुम्हें ताजा कर देगी।

सरदार साहब और मैं; दोनों बरामदे में जाकर कुर्सियों पर बैठ गये। शहर के चौमुहाने पर उसी वृद्ध की लाश रखी थी और उसके चारों ओर भीड़ लगी हुई थी। बरामदे में जब मुझे बैठे हुए देखा, तो लोग मेरी ओर इशारा करने लगे। सरदार साहब ने यह दृश्य देखकर कहा — असदखाँ, देखा, लोगों की निगाह में तुम कितने ऊँचे हो? तुम्हारी वीरता को यहाँ का बच्चा-बच्चा सराहता है। अब भी तुम कहते हो कि मै बुज़दिल हूँ।

मैंने मुस्कराकर कहा — जब से इस बुड्ढे को मारा है, तब से मेरा दिल मुझे धिक्कार रहा है।

सरदार साहब ने हँसकर कहा — क्योंकि तुमने अपने से निर्बल को मारा है।

मैंने अपनी दिलजमई करते हुए कहा — मुमकिन है, ऐसा ही हो।

इसी समय एक अफ्रीदो रमणी धीरे-धीरे आकर सरदार साहब के मकान के सामने खड़ी हो गयी। ज्यों ही सरदार साहब ने देखा, उनका मुँह सफेद पड़ गया। उनकी भयभीत दृष्टि उसकी ओर से फिर कर मेरी ओर हो गयी। मैं भी आश्चर्य से उनके मुंह की ओर निहारने लगा। उस रमणी का-सा सुगठित शरीर मरदों का भी कम होता है। खाकी रंग के मोटे कपड़े का पायजामा और नीले रंग का मोटा कुरता पहने हुए थी। बलूची औरतों की तरह सिर पर रूमाल बाँध रखा था। रंग चंपई था। यौवन की आभा फूट-फूटकर बाहर निकली पड़ती थी। इस समय उसकी आँखों में ऐसी भीषणता थी, जो किसी के दिल में भय का संचार करती। रमणी की आँखें सरदार साहब की ओर से फिर कर मेरी ओर आयीं और उसने यों घूरना शुरू किया कि मैं भी भयभीत हो गया। रमणी ने सरदार साहब की ओर देखा और फिर जमीन पर थूक दिया और फिर मेरी ओर देखती हुई धीरे-धीरे दूसरी ओर चली गयी।

रमणी को जाते देखकर सरदार साहब की जान-में-जान आयी। मेरे सिर पर से भी एक बोझ हट गया।

मैंने सरदार साहब से पूछा — क्यों, क्या आप जानते हैं? सरदार साहब ने एक गहरी ठंडी साँस लेकर कहा — हाँ, बखूबी। एक समय था, जब यह मुझ पर जान देती थी और वास्तव में अपनी जान पर खेलकर मेरी रक्षा भी की थी; लेकिन अब इसको मेरी सूरत से नफ़रत है। इसी ने मेरी स्त्री की हत्या की है। इसे जब कभी देखता हूँ, मेरे होश-हवास काफूर हो जाते हैं, और वही दृश्य मेरी आँखों के सामने नाचने लगता है।

मैंने भय-विह्वल स्वर में पूछा — सरदार साहब, उसने मेरी ओर भी तो बड़ी भयानक दृष्टि से देखा था। न मालूम क्यों मेरे भी रोएँ खड़े हो गये थे।

सरदार साहब ने सिर हिलाते हुए बड़ी गम्भीरता से कहा — असदखाँ, तुम भी होशियार रहो। शायद इस बूढ़े अफ्रीदी से इसका संपर्क है। मुमकिन है, यह उसका भाई या बाप हो। तुम्हारी ओर उसका देखना कोई मानी रखता है। बड़ी भयानक स्त्री है।

सरदार साहब की बात सुनकर मेरी नस-नस काँप उठी। मैंने बातों का सिलसिला दूसरी ओर फेरते हुए कहा — सरदार साहब, आप इसको पुलिस के हवाले क्यों नहीं कर देते? इसको फाँसी हो जायेगी।

सरदार साहब ने कहा — भाई असदखाँ, इसने मेरे प्राण बचाये थे और शायद अब भी मुझे चाहती है। इसकी कथा बहुत लम्बी है। कमी अवकाश मिला तो कहूंगा।

सरदार की बातों से मुझे भी कुतूहल हो रहा था। मैंने उनसे वह वृत्तांत सुनाने के लिए आग्रह करना शुरू किया। पहले तो उन्होंने टालना चाहा ; पर जब मैंने बहुत जोर दिया तो विवश होकर बोला — असद, मैं तुम्हें अपना भाई समझता हूँ; इसलिए तुमसे कोई परदा न रखूँगा। लो, सुनो —

3

असदखाँ, पाँच साल पहले मैं इतना वृद्ध न था, जैसा कि अब दिखायी पड़ता हूँ। उस समय मेरी आयु चालीस वर्ष से अधिक न थी। एक भी बाल सफेद न हुआ था और उस समय मुझमें इतना बल था कि दो जवानों को मैं लड़ा देता। जर्मनों से मैंने मुठभेड़ की है और न मालूम कितनों को यमलोक का रास्ता बता दिया। जर्मन-युद्ध के बाद मुझे यहाँ सीमाप्रांत पर काली पलटन का मेजर बनाकर भेजा गया। जब पहले-पहल मैं यहाँ आया, तो यहाँ कठिनाइयाँ सामने आयीं; लेकिन मैंने उसकी जरा परवाह न की और धीरे-धीरे उन सब पर विजय पायी। सबसे पहले यहाँ आकर मैंने पश्तो सीखना शुरू किया। पश्तो के बाद और जबाने सीखीं ; यहाँ तक कि मैं उनको बड़ी आसानी और मुहाविरों के साथ बोलने लगा ; फिर इसके बाद कई आदमियों की टोलियाँ बनाकर देश का अंतर्भाग भी छान डाला। इस पड़ताल में कई बार मैं मरते-मरते बचा; किन्तु सब कठिनाइयाँ झेलते हुए मैं यहाँ पर सकुशल रहने लगा। उस जमाने में मेरे हाथ से ऐसे-ऐसे काम हो गये, जिनसे सरकार में मेरी बड़ी नामवरी और प्रतिष्ठा भी हो गयी। एक बार कर्नल हैमिलटन की मेमसाहब को मैं अकेले छुड़ा लाया था और कितने ही देशी आदमियों और औरतों के प्राण मैंने बचाये हैं। यहाँ पर आने के तीन साल बाद से मेरी कहानी आरम्भ होती है।

एक रात को मैं अपने कैम्प में लेटा हुआ था। अफ्रीदियों से लड़ाई हो रही थी। दिन के थके-मांदे सैनिक गाफिल पड़े हुए थे। कैम्प में सन्नाटा था। लेटे-लेटे मुझे भी नींद आ गयी। जब मेरी नींद खुली तो देखा कि छाती पर एक अफ्रीदी — जिसकी आयु मेरी आयु से लगभग दूनी होगी — सवार है और मेरी छाती में छुरा घुसेड़ने ही वाला है। मैं पूरी तरह से उसके अधीन था, कोई भी बचने का उपाय न था, किन्तु

उस समय मैंने बड़े धैर्य से काम लिया और पश्तो भाषा में कहा — मुझे मारो नहीं, मैं सरकारी फौज में अफसर हूँ, मुझे पकड़ ले चलो, सरकार तुमको रुपया देकर मुझे छुड़ायेगी।

ईश्वर की कृपा से मेरी बात उसके मन में बैठ गयी। कसर से रस्सी निकाल कर मेरे हाथ-पैर बांधे और फिर कंधे पर बोझ की तरह लाद कर खेमे से बाहर आया। बाहर मार-काट का बाजार गर्म था। उसने एक विचित्र प्रकार से चिल्ला कर कुछ कहा और मुझे कंधे पर लादे वह जंगल की ओर भागा। यह मैं कह सकता हूँ कि उसको मेरा बोझ कुछ भी न मालूम होता था और बड़ी तेजी से भागा जा रहा था। उसके पीछे-पीछे कई आदमी, जो उसके गिरोह के थे, लूट का माल लिये हुए भागे चले आ रहे थे।

प्रातःकाल हम लोग एक तालाब के पास पहुंचे। तालाब बड़े-बड़े पहाड़ों से घिरा हुआ था उसका पानी बड़ा निर्मल था और जंगली पेड़ इधर-उधर उग रहे थे। तालाब के पास पहुंच कर हम सब लोग ठहरे। बुड्ढे ने, जो वास्तव में उस गिरोह का सरदार था, मुझे पत्थर पर डाल दिया। मेरी कमर में बड़ी जोर से चोट लगी, ऐसा मालूम हुआ कि कोई हड्डी टूट गयी है ; लेकिन ईश्वर की कृपा से हड्डी टूटी न थी। सरदार ने मुझे पृथ्वी पर डालने के बाद कहा — क्यों, कितना रुपया दिलायेगा ?

मैंने अपनी वेदना दबाते हुए कहा — पाँच सौ रुपये।

सरदार ने मुंह बिगाड़ कर कहा — नहीं, इतना कम नहीं लेगा। दो हजार से एक पैसा भी कम मिला, तो तुम्हारी जान की खैर नहीं।

मैंने कुछ सोचते हुए कहा — सरकार इतना रुपया काले आदमी के लिए नहीं खर्च करेगी।

सरदार ने छुरा बाहर निकालते हुए कहा — तब फिर क्यों कहा था कि सरकार इनाम देगी! ले तो फिर यहीं मर।

सरदार छुरा लिए मेरी तरफ बढ़ा।

मैं घबरा कर बोला — अच्छा, सरदार, मैं तुमको दो हजार दिलवा दूँगा।

सरदार रुक गया और बड़े जोर से हँसा। उसकी हँसी की प्रतिध्वनि ने निर्जीव पहाड़ों को भी कँपा दिया। मैंने मन ही मन कहा — बड़ा भयानक आदमी है।

गिरोह के दूसरे आदमी अपनी-अपनी लूट का माल सरदार के सामने रखने लगे। उसमें कई बंदूकें, कारतूस, रोटियाँ और कपड़े थे। मेरी भी तलाशी ली गयी।

मेरे पास एक छ: फायर का तमंचा था। तमंचा पाकर सरदार उछल पड़ा, और उसे फिरा-फिरा कर देखने लगा। वहीं पर उसी समय हिस्सा-बाँट शुरू हो गया। बराबर का हिस्सा लगा, लेकिन मेरा रिवाल्वर उसमें नहीं शामिल किया। वह सरदार साहब की खास चीज थी।

थोड़ी देर विश्राम करने के बाद, फिर यात्रा शुरू हुई। इस बार मेरे पैर खोल दिये गये और साथ-साथ चलने को कहा — मेरी आँखों पर पट्टी भी बाँध दी गयी, ताकि मैं रास्ता न देख सकूँ। मेरे हाथ रस्सी से बँधे हुए थे, और उसका एक सिरा अफ्रीदी के हाथ में था।

चलते-चलते मेरे पैर दुखने लगे, लेकिन उनकी मंजिल पूरी न हुई। सिर पर जेठ का सूरज चमक रहा था, पैर जले जा रहे थे, प्यास से गला सूखा जा रहा था; लेकिन वे बराबर चले जा रहे थे। वे आपस में बातें करते जाते थे; लेकिन अब मैं उनकी एक बात भी न समझ पाता। कभी-कभी एक-आध शब्द तो समझ जाता; लेकिन बहुत अंशों में मैं कुछ भी न समझ पाता था। वे लोग इस समय अपनी विजय पर प्रसन्न थे, और एक अफ्रीदी ने अपनी भाषा में एक गीत गाना शुरू किया। गीत बड़ा ही अच्छा था।

असदखाँ ने पूछा — सरदार साहब, वह गीत क्या था?

सरदार साहब ने कहा — उस गीत का भाव याद है। भाव यह है कि एक अफ्रीदी जा रहा है, उसकी स्त्री कहती है — कहां जाते हो?

युवक उत्तर देता है — जाते हैं तुम्हारे लिए रोटी और कपड़ा लाने।

स्त्री पूछती है — और कुछ अपने बच्चों के लिए नहीं लाओगे?

युवक उत्तर देता है — बच्चे के लिए बंदूक लाऊँगा, ताकि वह जब बड़ा हो, तो वह भी लड़े और अपनी प्रेमिका के लिए रोटी और कपड़ा ला सके।

स्त्री कहती है — यह कहो, कब आओगे?

युवक उत्तर देता है — आऊँगा तभी, जब कुछ जीत लाऊँगा; नहीं तो वहीं मर जाऊँगा।

स्त्री कहती है — शाबाश, जाओ, तुम वीर हो, तुम जरूर सफल होंगे।

गीत सुन कर मैं मुग्ध हो गया। गीत समाप्त होते-होते हम लोग भी रुक गये। मेरी आँखें खोली गयीं — सामने बड़ा-सा मैदान था और चारों और गुफायें बनी हुई थीं, जो उन्हीं लोगों के रहने की जगह थी।

फिर मेरी तलाशी ली गयी और इस दफे सब कपड़े उतरवा लिये गये, केवल पायजामा रह गया। सामने एक बड़ा सा शिलाखण्ड रखा हुआ था। सब लोगों ने

मिल कर उसे हटाया और मुझे उसी ओर ले चले। मेरी आत्मा काँप उठी। यह तो जिन्दा कब्र में डाल देंगे। मैंने बड़ी ही वेदनापूर्ण दृष्टि से सरदार की ओर देख कर कहा— सरदार, सरकार तुम्हें रुपया देगी। मुझे मारो नहीं।

सरदार ने हँस कर कहा — तुम्हें मारता कौन है, कैद किया जाता है। इस घर में बंद रहोगे, जब रुपया आ जाएगा, छोड़ दिये जाओगे।

सरदार की बात सुनकर मेरे प्राण में प्राण आये। सरदार ने मेरी पाकेट-बुक और पेंसिल सामने रखते हुए कहा — लो, इसमें लिख दो। अगर एक पैसा भी कम आया, तो तुम्हारी जान की खैर नहीं।

मैंने कमिश्नर साहब के नाम एक पत्र लिख कर दे दिया। उन लोगों ने मुझे उसी अंध कूप में लटका दिया और रस्सी खींच ली।

4

सरदार साहब ने एक लम्बी साँस ली और कहना शुरू किया —असदखाँ, जिस समय मैं उस कुएँ में लटकाया जा रहा था, मेरी अन्तरात्मा कांप रही थी। नीचे घटाटोप अंधकार की जगह हल्की चाँदनी छायी हुई थी। भीतर से गुफा न बहुत छोटी और न बहुत बड़ी थी। फर्श खुरदरा था, ऐसा मालूम होता था कि बरसों यहाँ पर पानी की धारा गिरी है और यह गढ़ा तब जा कर तैयार हुआ है । पत्थर की मोटी दीवार से वह कूप घिरा हुआ था और उसमें जहाँ-तहाँ छेद थे, जिनसे प्रकाश और वायु आती थीं। नीचे पहुँच कर मैं अपनी दशा का हेर-फेर सोचने लगा। दिल बहुत घबराता था। कालकोठरी की यंत्रणा भोगना भी भाग्य में विधाता ने लिख दिया था।

धीरे-धीरे संध्या का आगमन हुआ। उन लोगों ने अभी तक मेरी कुछ खोज-खबर न ली थी! भूख से आत्मा व्याकुल हो रही थी। बार-बार विधाता और अपने को कोसता। जब मनुष्य निरुपाय हो जाता है, तो विधाता को कोसता है।

अँत में एक छेद से चार बड़ी-बड़ी रोटियाँ किसी ने बाहर से फेंकी। जिस तरह कुत्ता एक रोटी के टुकड़े पर दौड़ता है, वैसे ही मैं दौड़ा और उठाकर उसे छेद की ओर देखने लगा, लेकिन फिर किसी ने कुछ न फेंका, और न कुछ आदेश ही मिला। मैं बैठ कर रोटियाँ खाने लगा। थोड़ी देर बाद उसी छेद पर एक लोहे का प्याला रख दिया गया, जिस में पानी भरा हुआ था। मैंने परमात्मा को धन्यवाद दे कर पानी उठा कर पिया। जब आत्मा कुछ तृप्त हुई तो कहा — थोड़ा पानी और चाहिए।

इस पर दीवार की उस ओर एक भीषण हँसी की प्रतिध्वनि सुनाई दी और किसी ने खनखनाते हुए स्वर में कहा — पानी अब कल मिलेगा। प्याला दे दो, नहीं तो कल भी पानी नहीं मिलेगा।

क्या करता, हार कर प्याला वहीं पर रख दिया।

इसी प्रकार कई दिन बीत गये। नित्य दोनों समय चार रोटियाँ और एक प्याला पानी मिल जाता था। धीरे-धीरे मैं भी इस शुष्क जीवन का आदी हो गया। निर्जनता अब उतनी न खलती। कभी-कभी मैं अपनी भाषा में और कभी-कभी पश्तो में गाता। इससे तबीयत कुछ बहल जाती और हृदय भी शांत हो जाता।

एक दिन रात्रि के समय मैं एक पश्तो गीत गा रहा था। मजनू झुलसाने वाले बगुलों से कह रहा था — तुममें क्या वह हरारत नहीं है, जो काफिलों को जला कर खाक कर देती है? आखिर वह गरमी मुझे क्यों नहीं जलाती? क्या इसलिए कि मेरे अंदर खुद एक ज्वाला भरी हुई है?

देखो, जब लैला ढूँढ़ती हुई यहाँ आए, तो मेरा शरीर बालू से ढक देना, नहीं तो शीशे की तरह लैला का दिल टूट जायेगा।

मैंने गाना बंद कर दिया। उसी समय छेद से किसी ने कहा — कैदी, फिर तो गाओ!

मैं चौंक पड़ा! कुछ खुशी भी हुई, कुछ आश्चर्य भी, पूछा — तुम कौन हो?

उसी छेद से उत्तर मिला — मैं हूँ तूरया, सरदार की लड़की।

मैंने पूछा — क्या तुमको यह गाना पसन्द है?

तूरया ने उत्तर दिया — हाँ, कैदी, गाओ, मैं फिर सुनना चाहती हूँ।

मैं हर्ष से गाने लगा। गीत समाप्त होने पर तूरया न कहा — तुम रोज यही गीत मुझे सुनाया करो। इसके बदले में मैं तुमको और रोटियाँ और पानी दूंगी।

तुरया चली गयी। इसके बाद मैं सदा रात के समय वही गीत गाता, और तूरया सदा दीवार के पास आकर सुनती।

मेरे मनोरंजन का एक मार्ग निकल आया।

धीरे-धीरे एक मास बीत गया, पर किसी ने अभी तक मेरे छुड़ाने के लिये रुपया न भेजा। ज्यों-ज्यों दिन बीतते जाते मैं अपने जीवन से निराश होता जाता।

ठीक एक महीने बाद सरदार ने आकर कहा — कैदी, अगर कल तक लिए रुपया न आयेगा, तो तुम मार डाले जाओगे। अब रोटियाँ नहीं खिला सकता। मुझे

जीवन की कुछ आशा न रही। उस दिन न मुझसे खाया गया और न कुछ पिया ही गया। रात हुई, फिर रोटियाँ फेंक दी गयीं ; लेकिन खाने की इच्छा नहीं हुई।

निश्चित समय पर तूरया ने आकर कहा — कैदी, गाना गाओ।

उस दिन मुझे कुछ अच्छा न लगता था। मैं चुप रहा।

तूरया ने फिर कहा — कैदी, क्या सो गया?

मैंने बड़े ही मलिन स्वर में कहा — नहीं, आज सो कर क्या करूँ, कल सोऊँगा कि फिर जागना न पड़ेगा।

तूरया ने प्रश्न किया — क्यों, क्या सरकार रूपया न भेजेगी?

मैंने उत्तर दिया — भेजेगी तो; लेकिन कल तो मैं मार डाला जाऊँगा, मेरे मरने के बाद रुपया आया भी, तो मेरे किस काम का!

तूरया ने सांत्वनापूर्ण स्वर में कहा — अच्छा, तुम गाओ, मैं कल तुम्हें मरने न दूंगी।

मैंने गाना शुरू किया। जाते समय तूरया ने पूछा — तुम कटहरे में रहना पसन्द करते हो!

मैंने सहर्ष उत्तर दिया — हाँ, किसी तरह इस नरक से तो छुटकारा मिले।

तूरया ने कहा — अच्छा, कल मैं अब्बा से कहूँगी।

दूसरे ही दिन मुझे अंध कूप से बाहर निकाला गया। मेरे दोनों पैर दो मोटी शहतीरों के छेदों में बंद कर दिये गये। और यह काठ की ही कीलों से प्राकृतिक गड्ढों में कस दिये गये।

सरदार ने मेरे पास आ कर कहा — कैदी, पन्द्रह दिन की अवधि और दी जाती है, इसके बाद तुम्हारी गर्दन तन से अलग कर दी जाएगी। आज दूसरा खत अपने घर को लिखो। अगर ईद तक रुपया न आया, तो तुम्हीं को हलाल किया जायेगा।

मैंने दूसरा पत्र लिख कर दे दिया।

सरदार के जाने के बाद तूरया आयी। यह वही रमणी थी, जो अभी गयी है। यहीं उस सरदार की लड़की थी। यही मेरा गाना सुनती थी और इसी ने सिफारिश करके मेरी जान बचायी थी।

तूरया आकर मुझे देखने लगी। मैं भी उसकी ओर देखने लगा।

तूरया ने पूछा — कैदी घर में तुम्हारे कौन-कौन है?

मैंने बड़े ही कातर स्वर में कहा — दो छोटे-छोटे बालक ; और कोई नहीं।

मुझे मालूम था कि अफ्रीदी बच्चों को बहुत प्यार करते है।

तूरया ने पूछा — उनकी माँ नहीं है?

मैंने केवल दया उपजाने के लिए कहा — नहीं, उनकी माँ मर गयी है। अकेले हैं। मालूम नहीं, जीते हैं या मर गये, क्योंकि मेरे सिवाय उनकी देख-रेख करनेवाला और कोई न था।

कहते-कहते मेरी आँखों में आंसू भर आये। तूरया की भी आँखें सुखी न रहीं। तूरया ने अपना आवेग सँभालते हुए कहा — तो तुम्हारे कोई नहीं है? बच्चे अकेले हैं? वे बहुत रोते होंगे!

मैंने मन ही मन प्रसन्न होते हुए कहा — हाँ, रोते जरूर होंगे। कौन जानता है, शायद मर भी गये हों?

तूरया ने बात काट कर कहा — नहीं, अभी मरे न होंगे। अच्छा, तुम रहते कहाँ हो? मैं जा कर पता लगा आऊँगी।

मैंने अपने घर का पता बता दिया। उसने कहा — उस जगह तो मैं कई बार हो आयी हूँ। बाजार से सौदा लेने में अक्सर जाती हूँ, अब जाऊगी तो तुम्हारे बच्चों की भी खबर ले आऊँगी।

मैंने शंकित हृदय से पूछा — कब जाओगी?

उसने कुछ सोच कर कहा — उस जुमेरात को जाऊँगी। अच्छा तुम वही गीत गाओ।

मैंने आज बड़ी उमंग और उत्साह से गाना शुरू किया। मैंने आज देखा कि उसका असर तूरया पर कैसा पड़ता है। उसका शरीर काँपने लगा, आँखें डबडबा आयी, गाल पीले पड़ गये और वह कांपती हुई बैठ गयी। उसकी दशा देखकर मैंने दूने उत्साह से गाना शुरू किया और अंत में कहा — तूरया, अगर मैं मारा जाऊं, तो मेरे बच्चों को मेरे मरने की खबर देना।

मेरी बात का पूरा असर पड़ा। तूरया ने भर्राये हुए स्वर में कहा — कैदी तुम मरोगे नहीं। मैं तुम्हारे बच्चों के लिये तुम्हें छोड़ दूँगी।

मैंने निराश होकर कहा — तूरया, तुम्हारे छोड़ देने से भी मैं बच नहीं सकता। इस जंगल में मैं भटक-भटक कर मर जाऊँगा, और फिर तुम पर भी मुसीबत आ सकती है। अपनी जान के लिये तुमको मुसीबत में न डालूँगा।

तूरया ने कहा — मेरे लिये तुम चिन्ता न करो। मेरे ऊपर कोई शक न करेगा। मैं सरदार की लड़की हूँ, जो कहूँगी वही सब मान लेंगे, लेकिन क्या तुम जा कर रुपया भेज दोगे।

मैंने प्रसन्न होकर कहा — हाँ तूरया, मैं रुपया भेज दूंगा।

तूरया ने जाते हुए कहा — तो मैं भी तुम्हें छुटकारा दिला दूँगी।

इस घटना के बाद तूरया सदैव मेरे बच्चों के सम्बन्ध में बातें करती। असदखाँ, सचमुच इन अफ्रीदियों को बच्चे बहुत प्यारे होते हैं। विधाता ने यदि उन्हें बर्बर हिंसक पशु बनाया है, तो मनुष्योचित प्रकृति से वंचित भी नहीं रखा है। आखिर जुमेरात आयी और अभी तक सरदार वापस न आया। न कोई उस गिरोह का आदमी ही वापस आया। उस दिन संध्या समय तूरया ने आ कर कहा —कैदी, अब मैं नहीं जा सकती ; क्योंकि मेरा पिता अभी तक नहीं आया। यदि कल भी न आया, तो मैं तुम्हें रात को छोड़ दूँगी। तुम अपने बच्चों के पास जाना, लेकिन देखो, रुपया भेजना न भूलना। मैं तुम पर विश्वास करती हूँ।

मैंने उस दिन बड़े उत्साह से गाना गया। आधी रात तक तूरया सुनती रही, फिर सोने चली गयी। मैं भी ईश्वर से मनाता रहा कि कल और सरदार न आये। काठ में बँधे-बँधे मेरा पैर बिलकुल निकम्मा हो गया था। तमाम शरीर दुःख रहा था। इससे तो मैं कालकोठरी में ही अच्छा था, क्योंकि वहाँ हाथ-पैर तो हिला-डुला सकता था।

दूसरे दिन भी गिरोह वापस न आया। उस दिन तूरया बहुत चिन्तित थी। शाम को आ कर तूरया ने मेरे पैर खोल कर कहा — कैदी, अब तुम जाओ। चलो, मैं तुम्हें थोड़ी दूर पहुंचा दूं।

थोड़ी देर तक मैं अवश लेटा रहा। धीरे-धीरे मेरे पैर ठीक हुए और ईश्वर को धन्यवाद देता हुआ मैं तूरया के साथ चल दिया।

तूरया को प्रसन्न करने के लिए मैं रास्ते-भर गीत गाता आया। तूरया बार-बार सुनती और बार-बार रोती। आधी रात के करीब मैं तालाब के पास पहुंचा। वहाँ पहुँचकर तूरया ने कहा — सीधे चले जाओ, तुम पेशावर पहुँच जाओगे। देखो होशियारी से जाना, नहीं तो कोई तुम्हें अपनी गोली का शिकार बना डालेगा। यह लो, तुम्हारे कपड़े हैं, लेकिन रुपया जरूर भेज देना। तुम्हारी जमानत मैं लूँगी। अगर रुपया न आया, तो मेरे भी प्राण जायेंगे और तुम्हारे भी। अगर रुपया आ जायेगा, तो कोई भी अफ्रीदी तुम पर हाथ न उठायेगा, चाहे तुम किसी को मार भी डालो। जाओ, ईश्वर तुम्हारी रक्षा करे और तुमको अपने बच्चों से मिलाये।

तूरया फिर ठहरी नहीं। गुनगुनाती हुई लौट पड़ी। रात दो-पहर बीत चुकी थी। चारों ओर भयानक निस्तब्धता छायी हुई थी, केवल वायु साँय-साँय करती हुई बह रही थी, आकाश के बीचों-बीच चंद्रमा अपनी सोलहों कला से चमक रहा था।

तालाब के तट पर रुकना सुरक्षित न था। मैं धीरे-धीरे दक्षिण की ओर बढ़ा। बार-बार चारों ओर देखता जाता था। ईश्वर की कृपा से प्रातःकाल होते-होते मैं पेशावर की सरहद पर पहुँच गया।

सरहद पर सिपाहियों का पहरा था। मुझे देखते ही तमाम फ़ौज भर में हलचल मच गयी। सभी लोग मुझे मरा समझे हुए थे। जीता-जागता लौटा हुआ देखकर सभी प्रसन्न हो गये।

कर्नल हैमिलटन साहब भी समाचार पाकर उसी समय मिलने आये और सब हाल पूछकर कहा — मेजर साहब, मैं आपको मरा हुआ समझता था। मेरे पास तुम्हारे दो पत्र आये थे, लेकिन मुझे स्वप्न में भी विश्वास न हुआ कि ये तुम्हारे लिखे हुए हैं। मैं तो उन्हें जाली समझता था। ईश्वर को धन्यवाद है कि तुम जीते बचकर आ गये।

मैंने कर्नल साहब को धन्यवाद दिया और मन-ही-मन कहा — काले आदमी का लिखा हुआ जाली था और कहीं अगर गोरा आदमी लिखता, तो दो की कौन कहे, चार हजार रुपया पहुँच जाता। कितने ही गाँव जला दिये जाते, और न जाने क्या-क्या होता।

मैं चुपचाप अपने घर आया। बाल-बच्चों को पाकर आत्मा संतुष्ट हुई। उसी दिन एक विश्वासी अनुचर के द्वारा दो हजार रुपये तूरया के पास भेज दिया।

5

सरदार ने एक ठंडी साँस लेकर कहा — असदखाँ, अभी मेरी कहानी समाप्त नहीं हुई। अभी तो दुःखांत भाग अवशेष ही है। यहाँ आकर मैं धीरे-धीरे अपनी सब मुसीबतें भूल गया, लेकिन तूरया को न भूल सका। तूरया की कृपा से ही मैं अपनी स्त्री और बच्चों से मिल पाया था, यही नहीं, जीवन भी पाया था ; फिर भला मैं उसे कैसे भूल जाता!

महीनों और सालों बीत गये। मैंने तूरया को और न उसके बाप को ही देखा। तूरया ने आने के लिए कहा भी, लेकिन वह आयी नहीं। वहाँ से आकर मैंने अपनी स्त्री को उसके मायके भेज दिया था ; क्योंकि खयाल था कि शायद तूरया आये, तो फिर मैं झूठा बनूँगा। लेकिन जब तीन साल बीत गये और तूरया न आयी, तो मैं निश्चिंत हो गया और स्त्री को मायके से बुला लिया। हम लोग सुखपूर्वक दिन काट रहे थे कि अचानक फिर दुर्दशा की घड़ी आयी।

एक दिन संध्या के समय इसी बरामदे में बैठा हुआ अपनी स्त्री से बातें कर रहा था कि किसी ने बाहर का दरवाजा खटखटाया। नौकर ने दरवाजा खोल दिया और बेधड़क जीना चढ़ती हुई एक काबुली औरत ऊपर चली आयी। उसने बरामदे में आकर विशुद्ध पश्तो भाषा में पूछा — सरदार साहब कहाँ हैं?

मैंने कमरे के भीतर आकर पूछा — तुम कौन हो, क्या चाहती हो?

उसी स्त्री ने कुछ मूँगे निकालते हुए कहा — यह मूँगे मैं बेचने के लिए आयी हूँ खरीदिएगा?

यह कहकर उसने बड़े-बड़े मूँगे निकालकर मेज पर रख दिये।

मेरी स्त्री भी मेरे साथ कमरे के भीतर आयी थी। वह मूँगे उठाकर देखने लगी। उसी काबुली स्त्री ने पूछा — सरदार साहब, यह कौन है आपकी?

मैंने उत्तर दिया — मेरी स्त्री है, और कौन है?

काबुली स्त्री ने कहा — आपकी स्त्री तो मर चुकी थी, क्या आपने दूसरी विवाह किया है?

मैंने रोषपूर्ण स्वर में कहा — चुप बेवकूफ कहीं की, तुमर गयी होगी। मेरी स्त्री पश्तो नहीं जानती थी, वह तन्मय होकर मूँगे देख रही थी।

किंतु मेरी बात सुनकर न मालूम क्यों काबुली औरत की आँखें चमकने लगीं। उसने बड़े ही तीव्र स्वर में कहा — हाँ, बेवकूफ न होती, तो तुम्हें छोड़ कैसे देती? दोजखी पिल्ले, मुझसे झूठ बोला! ले, अगर तेरी स्त्री न मरी थी, तो अब मर गयी!

कहते-कहते शेरनी की तरह लपक कर उसने एक तेज छुरा मेरी स्त्री की छाती में घुसेड़ दिया। मैं उसे रोकने के लिए आगे बढ़ा ; लेकिन वह कूद कर आँगन मेचली गयी और बोली—अब पहचान ले, मैं तुरया हूँ। मैं आज तेरे घर में रहने के आयी थी। मैं तुझसे विवाह करती और तेरी होकर रहती। तेरे लिए मैने बाप, घर, सब कुछ छोड़ दिया था, लेकिन तू झूठा है, मक्कार है। तू अब अपनी बीवी के नाम को रो, मै आज से तेरे नाम को रोऊँगी। यह कहकर वह तेजी से नीचे चली गयी।

अब मैं अपनी स्त्री के पास पहुँचा। छुरा ठीक हृदय में लगा था। एक ही वार ने उसका काम तमाम कर दिया था। डाक्टर बुलवाया ; लेकिन वह मर चुकी थी!

कहते-कहते सरदार साहब की आँखों में आँसू भर आये। उन्होंने अपनी भीगी हुई आँखों को पोंछ कर कहा — असदखाँ, मुझे स्वप्न में भी अनुमान न

था कि तूरया इतनी पिशाच-हृदय हो सकेगी। अगर मैं पहले उसे पहचान लेता तो यह आफत न आने पाती ; लेकिन कमरे में अंधकार था ; और इसके अतिरिक्त मैं उसकी ओर से निराश हो चुका था।

तब से फिर कभी तूरया नहीं आयी। अब जब कभी मुझे देखती है, तो मेरी ओर देखकर नागिन की भाँति फुफकारती हुई चली जाती है। इसे देखकर मेरा हृदय काँपने लगता है और मैं अवश हो जाता हूँ। कई बार कोशिश की, मैं इसे पकड़वा दूँ, लेकिन उसे देखकर मैं बिलकुल निकम्मा हो जाता हूँ ; हाथ-पैर बेकाबू हो जाते हैं, मेरी सारी वीरता हवा हो जाती है।

यही नहीं, तूरया का मोह अब भी मेरे ऊपर है। मेरे बच्चों को हमेशा वह कोई-न-कोई बहुमूल्य चीज दे जाती है। जिस दिन बच्चे उसे नहीं मिलते दरवाजे के भीतर फेंक जाती है। उनमें एक कागज का टुकड़ा बँधा होता है, जिसमें लिखा रहता है — सरदार साहब के बच्चों के लिए।

मैं अभी तक इस स्त्री को नहीं समझ पाया। जितना ही समझने का यत्न करता हूँ, उतनी ही याद कठिन होती जाती है। नहीं समझ में आता कि यह मानवी है या राक्षसी!

इसी समय सरदार साहब के लड़के ने आ कर कहा — देखिए, वही औरत यह सोने की तावीज दे गयी है।

सरदार ने मेरी ओर देख कर कहा — देखा, असदखाँ, मैं तुमसे कहता न था। देखो, आज भी यह तावीज दे गयी। न मालूम कितने ही तावीज और कितनी ही दूसरी चीजें अर्जुन और निहाल को दे गयी होगी। कहता हूँ कि तूरया बड़ी ही विचित्र स्त्री है।

6

सरदार साहब से विदा होकर मैं घर चला। चौरास्ते से बुड्ढे की लाश हटा दी गयी थी; पर वहाँ पहुँच कर मेरे रोएँ खड़े हो गये। मैं आप-ही-आप एक मिनट वहाँ खड़ा हो गया। सहसा पीछे देखा। छाया की भाँति एक स्त्री मेरे पीछे-पीछे चली आ रही थी। मुझे खड़ा देखकर वह स्त्री रुक गयी और एक दूकान में कुछ खरीदने लगी।

मैंने अपने हृदय से प्रश्न किया — क्या वह तूरया है।

हृदय ने उत्तर दिया — हाँ, शायद वही है।

तूरया मेरा पीछा क्यों कर रही है? यह सोचता हुआ मैं घर पहुँचा और खाना खाकर लेटा; पर आज की घटनाओं का मुझ पर ऐसा असर पड़ा कि किसी तरह भी नींद न आती थी। जितना ही मैं सोने का यत्न करता उतनी ही नींद मुझसे दूर भागती।

फ़ौजी घड़ियाल ने बारह बजांये, एक बजाये, दो बजाये; लेकिन मुझे नींद न थी। मैं करवटें बदलता हुआ सोने का उपक्रम कर रहा था। इसी उधेड़बुन में कब नींद ने मुझे धर दबाया, मुझे जरा भी याद नहीं।

यद्यपि मैं सो रहा था; लेकिन मेरा ज्ञान जाग रहा था। मुझे ऐसा मालूम हुआ कि कोई स्त्री, जिसकी आकृति तूरया से बहुत कुछ मिलती थी लेकिन उससे कहीं अधिक भयावनी थी, दीवार फोड़ कर भीतर घुस आयी है। उसके हाथ में एक तेज छुरा है, जो लालटेन के प्रकाश में चमक रहा है। वह दबे पाँव सतर्क नेत्रों से ताकती हुई धीरे-धीरे मेरी ओर बढ़ रही है। मैं उसे देखकर उठना चाहता हूँ, लेकिन हाथ-पैर मेरे काबू में नहीं हैं। मानो उनमें जान है ही नहीं। वह स्त्री मेरे पास पहुँच गयी। थोड़ी देर तक मेरी ओर देखा, और फिर अपने छुरे वाले हाथ को ऊपर उठाया। मैं चिल्लाने का उपक्रम करने लगा; लेकिन मेरी घिग्गी बँध गयी। शब्द कंठ से फूटा ही नहीं। उसने मेरे दोनों हाथों को अपने घुटने के नीचे दबाया और मेरी छाती पर सवार हो गयी। मैं छटपटाने लगा और मेरी आँखें खुल गयीं! सचमुच एक काबुली औरत मेरी छाती पर सवार थी। उसके हाथ में छुरा था। और वह छुरा मारना ही चाहती थी।

मैंने कहा — कौन, तूरया?

यह वास्तव में तूरया ही थी। उसने मुझे बलपूर्वक दबाते हुए कहा — हाँ, मैं तूरया ही हूँ। आज तूने मेरे बाप का खून किया है, उसके बदले में तेरी जान जायेगी।

यह कह कर उसने अपना छुरा ऊपर उठाया। इस समय मेरे सामने जीवन और मरण का प्रश्न था। जीवन की लालसा ने मुझमें साहस का संचार किया। मैं मरने के लिए तैयार न था। मेरे अरमान और उमंगें अब भी बाकी थीं। मैंने बलपूर्वक अपना दाहिना हाथ छुड़ाने का प्रयत्न किया और एक ही झटके में मेरा हाथ छूट गया। मैंने अपनी पूरी ताकत से तूरया का छुरावाला हाथ पकड़ लिया। न मालूम क्यों तूरया ने कुछ भी विरोध न किया। वह मेरे हाथ को देखती हुई मेरी छाती से उतर आयी। उसकी आँखें पथरायी हुई थीं और वह एकटक मेरे हाथ की ओर देख रही थी।

मैंने हँस कर कहा — तूरया, अब तो पासा पलट गया। अब तेरे मरने की पारी है। तेरे बाप को मारा और अब तुझे भी मारता हूँ।

तूरया अब भी एकटक मेरे हाथ की ओर देख रही थी। उसने कुछ भी उत्तर न दिया।

मैंने उसे झँझोड़ते हुए कहा — बोलती क्यों नहीं? अब तो तेरी जान मेरी मुट्ठी में है।

तूरया का मोह टूटा। उसने बड़े गम्भीर और दृढ़ कंठ से कहा — तू मेरा भाई है। तूने अपने बाप को मारा है आज!

तूरया की बात सुन कर मुझे उस अवसर पर भी हँसी आ गयी।

मैंने हँसते हुए कहा — अफ्रीदी मक्कार भी होते हैं, यह आज ही मुझे मालूम हुआ।

तूरया ने शांत स्वर में कहा — तू मेरा खोया हुआ बड़ा भाई नाजिर है। वह जो तेरे हाथ में निशान है, वही बतला रहा है कि तू मेरा खोया हुआ भाई है।

बचपन से ही मेरे हाथ में एक साँप गुदा हुआ था। और यही मेरी पहचान फौजी रजिस्टर में भी लिखी हुई थी।

मैंने हँस कर कहा — तूरया, तू मुझे भुलावा नहीं दे सकती। मैं अब तुझे किसी तरह न छोड़ूँगा।

तूरया ने अपने हाथ से छुरा फेंक कर कहा — सचमुच तू मेरा भाई है। अगर तुझे विश्वास नहीं होता, तो देख, तेरे दाहिने हाथ में भी ऐसा ही साँप गुदा हुआ है।

मैंने तूरया के हाथ पर दृष्टि डाली, तो वहाँ भी बिलकुल मेरा ही जैसा साँप गुदा हुआ है।

मैंने कुछ सोचते हुए कहा — तूरया, मैं तेरा विश्वास नहीं कर सकता, यह इत्तफाक की बात है।

तूरया ने कहा — मेरा हाथ छोड़ दे। मैं तुझ पर वार न करूँगी! अफ्रीदी झूठ नहीं बोलते।

मैंने उसका हाथ छोड़ दिया, वह पृथ्वी पर बैठ गयी और मेरी ओर देखने लगी। थोड़ी देर बाद उसने कहा — अच्छा, तुझे अपने माँ-बाप का पता है?

मैंने सिर हिलाकर उत्तर दिया — नहीं, मैं सरकारी अनाथालय में पाला गया हूँ।

मेरी बात सुन कर तूरया उठ खड़ी हुई और बोली — तब तू मेरा खोया हुआ बड़ा भाई नाज़िर ही है। मेरे पैदा होने के एक साल पहले तू खोया था! मेरे माँ-बाप

तब सरकारी फौज पर छापा डालने के लिए आये थे और तू भी साथ था। मेरी माँ लड़ने में बड़ी होशियार थी। तू उनके पीठ से बँधा हुआ था और वे लड़ रही थीं। इसी समय एक गोली उनके पैर में लगी और वे गिर कर बेहोश हो गयीं। बस, कोई तुझे खोल ले गया। मेरी माँ को मेरा बाप अपने कंधे पर उठा लाया ; लेकिन तुझे खोज न सका। बहुत तलाश की ; लेकिन क़हीं भी तेरा पता न लगा। अम्माँ अक्सर तेरी चर्चा किया करती थीं। उनके हाथ में भी निशान था।

यह कह कर उसने फिर वही हाथ मुझे दिखलाया। मैं उसका और अपना साँप मिलाने लगा। वास्तव में दोनों साँप हू-ब-हू एक-से थे, बाल भर भी अन्तर न था। मैं हताश-सा होकर चारपाई पर गिर पड़ा।

तूरया मेरे पास बैठकर स्नेह से मेरे माथे का पसीना पोंछने लगी। उसने कहा — नाज़िर, माँ कहती थीं कि तू मरा नहीं, जिन्दा है। एक दिन जरूर तू हम लोगों से मिलेगा।

तूरया की बात पर अब मुझे विश्वास हो चला था। जाने कौन मेरे हृदय में बैठा हुआ कह रहा था कि तूरया जो कहती है ; ठीक है। मैंने एक लम्बी साँस लेकर कहा — क्यों तूरया, मैंने जिसे आज मारा है, वह हम लोगों का बाप था ?

तूरया के मुँह पर शोक का एक छोटा-सा बादल घिर आया। उसने बड़े ही दुःखपूर्ण स्वर में कहा — हाँ, नाज़िर, वह अभागा हमारा बाप ही था। कौन जानता था कि वह अपने प्यारे लड़के के हाथों हलाल होगा।

फिर सांत्वनापूर्ण स्वर में बोली — लेकिन नाज़िर, तूने तो अनजान में यह काम किया है। बाप के मरने से मैं बिल्कुल अकेली हो गयी थी ; लेकिन अब तुझे पाकर बाप के रंज को भूल जाऊँगी। नाज़िर, तू रंज न कर। तुझे क्या मालूम था कि कौन तेरा बाप है और कौन तेरी माँ है। देख, मैं ही तुझे मारने के लिए आयी थी, तुझे मार डालती ; लेकिन खुदा की मेहरबानी से मैंने अपना खानदानी निशान देख लिया। खुदा की ऐसी ही मरजी थी।

तूरया से मालूम हुआ कि मेरे बाप का नाम हैदर खाँ था, जो अफ्रीदियों के एक गिरोह का सरदार था। मैंने सरदार हिम्मतसिंह के सम्बन्ध में भी तूरया से बातें की तो मालूम हुआ कि तूरया सरदार साहब को प्यार करने लगी थी। वह हमारे बाप से लड़-भिड़ कर सरदार साहब से निकाह करने आयी थीं ; लेकिन वहाँ इनकी स्त्री को पा कर वह ईर्ष्या और क्रोध से पागल हो गयी, और उसने उनकी स्त्री की हत्या कर डाली। काबुली औरत के भेष में जाकर वह कुछ मजाक करना चाहती थी ; लेकिन घटना-चक्र उसे दूसरी ओर ले गया।

मैंने सरदार साहब की दशा का वर्णन किया। सुनकर वह कुछ सोचती रही और फिर कहा — नहीं, वह आदमी झूठा और दगाबाज है। मैं उससे निकाह नहीं करूँगी। लेकिन तेरी खातिर अब सब भूल जाऊँगी। कल उनके बच्चों को ले आना, मैं प्यार करूँगी।

प्रातःकाल तूरया को देखकर मेरा नौकर आश्चर्य करने लगा। मैंने उससे कहा — यह मेरी बहन है।

नौकर को मेरी बात पर विश्वास न हुआ। तब मैंने विस्तारपूर्वक सब हाल कहा और उसी समय अपने बाप की लाश की खबर लेने के लिए भेजा। नौकर ने आकर कहा — लाश अभी तक थाने पर रखी हुई है।

मैंने बड़े साहब के नाम एक पत्र लिखकर सब हाल बता दिया और लाश पाने के लिए दरख्वास्त की। उसी समय साहब के यहाँ से स्वीकृति आ गयी।

एक पत्र लिख कर मेजर साहब को भी बुलवाया।

मेजर साहब ने आकर कहा — क्या बात है असद? इतनी जल्दी आने के लिए क्यों लिखा?

मैंने हँसते हुए कहा — मेजर साहब, मेरा नाम अब असद नहीं रहा, मेरा असली नाम है नाज़िर।

मेजर साहब ने साश्चर्य मेरी ओर देखते हुए कहा — रात भर में तुम पागल तो नहीं हो गये।

मैंने हँसते हुए कहा — नहीं सरदार साहब, अभी और सुनिए। तूरया मेरी सगी बहन है, और जिसे कल मैंने मारा वह मेरा बाप था।

सरदार साहब मेरी बात सुनकर मानो आकाश से गिर पड़े। उनकी आँखें कपाल पर चढ़ गयीं। उन्होंने कहा — क्यों असद, तुम मुझे पागल कर डालोगे?

मैंने सरदार साहब का हाथ पकड़कर कहा — आइए, तूरया के मुँह से ही सब हाल सुन लीजिए। तूरया मेरे यहाँ बैठी हुई आपकी प्रतीक्षा कर रही है।

सरदार साहब सकते की हालत में मेरे पीछे-पीछे चले। तूरया उन्हें आते देखकर उठ खड़ी हुई और हँसती हुई बोली — कैदी, तुम वही गीत फिर गाओ। तूरया की बात सुनकर मैं और सरदार साहब भी हँसने लगे।

सरदार साहब को बिठाकर मैंने विस्तारपूर्वक सब हाल कहा। कहानी सुनकर सरदार साहब ने मुझसे कहा — नाज़िर, अब तुम्हें नाज़िर ही कहूँगा। तूरया को मैं तुमसे माँगता हूँ! मैं इसके साथ विवाह करूँगा।

मैंने हँस कर कहा — लेकिन आप हिंदू हैं, और हम लोग मुसलमान।

सरदार साहब ने हँसकर कहा- पलटनियों की कोई जाति-पाँति नहीं है।

तूरया ने उसी समय कहा — लेकिन सरदार साहब, मैं तुमसे विवाह नहीं करूंगी। हाँ, अगर तुम अपने दोनों बच्चों को मेरे पास भेज दो तो मैं उनकी माँ बन जाऊँगी।

सरदार साहब हँसते हुए विदा हुए।

उसी दिन शाम को हमने सरदार साहब, तूरया और दूसरे पलटनियों के साथ जाकर अपने बाप की लाश दफनायी।

सूरज डूब रहा था। धीरे-धीरे अँधेरा हो रहा था; और हम दोनों, तूरया और मैं, अपने बाप की कब्र पर फ़ातिहा पढ़ रहे थे।

□

वैर का अंत

रामेश्वरराय अपने बड़े भाई के शव को खाट से नीचे उतारते हुए भाई से बोले — तुम्हारे पास कुछ रुपये हों तो लाओ, दाह-क्रिया की फिक्र करें, मैं बिलकुल खाली हाथ हूँ।

छोटे भाई का नाम विश्वेश्वरराय था। वह एक जमींदार के कारिंदा थे, आमदनी अच्छी थी। बोले, आधे रुपये मुझसे ले लो। आधे तुम निकालो।

रामेश्वर — मेरे पास रुपये नहीं हैं।

विश्वेश्वर — तो फिर इनके हिस्से का खेत रेहन रख दो।

रामेश्वर — तो जाओ, कोई महाजन ठीक करो। देर न लगे। विश्वेश्वरराय ने अपने एक मित्र से कुछ रुपये उधार लिये, उस वक्त का काम चला। पीछे फिर कुछ रुपये लिये, खेत की लिखा-पढी कर दी। कुल पाँच बीघे जमीन थी। तीन सौ रुपये मिले। गाँव के लोगों का अनुमान है कि क्रिया-कर्म में मुश्किल से एक सौ रुपये उठे होंगे; पर विश्वेश्वरराय ने षोडशी के दिन तीन सौ एक रुपये का लेखा भाई के सामने रख दिया। रामेश्वरराय ने चकित होकर पूछा — सब रुपये उठ गये?

विश्वेश्वर — क्या मैं इतना नीच हूँ कि करनी के रुपये भी कुछ उठा रखूँगा! किसको यह धन पचेगा।

रामेश्वर — नहीं, मैं तुम्हें बेईमान नहीं बनाता, खाली पूछता था।

विश्वेश्वर — कुछ शक हो तो जिस बनिये से चीजें ली गयी हैं, उससे पूछ लो।

2

साल-भर के बाद एक दिन विश्वेश्वरराय ने भाई से कहा — रुपये हों तो लाओ, खेत छुड़ा लें।

रामेश्वर — मेरे पास रुपये कहाँ से आये? घर का हाल तुमसे छिपा थोड़े ही है।

विश्वेश्वर — तो मैं सब रुपये देकर जमीन छोड़ाये लेता हूँ। जब तुम्हारे पास रुपये हों, आधा देकर अपनी आधी जमीन मुझसे ले लेना।

रामेश्वर — अच्छी बात है, छुड़ा लो।

तीस साल गुजर गये। विश्वेश्वरराय जमीन को भोगते रहे; उसे खाद-गोबर से खूब सजाया।

उन्होंने निश्चय कर लिया था कि यह जमीन न छोड़ूँगा। मेरा तो इस पर मौरूसी हक हो गया। अदालत से भी कोई नहीं ले सकता। रामेश्वरराय ने कई बार यत्न किया कि रुपये दे कर अपना हिस्सा ले लें, पर तीस साल में ये कभी एक सौ पचास रुपये जमा न कर सके।

मगर रामेश्वरराय का लड़का जागेश्वर कुछ सँभल गया। वह गाड़ी लादने का काम करने लगा था और इस काम में उसे अच्छा नफा भी होता था। उसे अपने हिस्से की रात-दिन चिंता रहती थी। अंत में उसने रात-दिन श्रम करके यथेष्ट धन बटोर लिया और एक दिन चाचा से बोला — काका, अपने रुपये ले लीजिए। मैं अपना नाम चढ़वा लूँ।

विश्वेश्वर — अपने बाप के तुम्ही चतुर बेटे नहीं हो। इतने दिनों तक कान न हिलाये, जब मैंने जमीन सोना बना लिया तब हिस्सा बांटने चले हो? तुमसे माँगने तो नहीं गया था।

जागेश्वर — तो अब जमीन न मिलेगी।

रामेश्वर — भाई का हक मार कर कोई सुखी नहीं रहता।

विश्वेश्वर — जमीन हमारी है। भाई की नहीं।

जागेश्वर — तो आप सीधे न दीजिएगा।

विश्वेश्वर — न सीधे दूँगा, न टेढ़े दूँगा। अदालत करो।

जागेश्वर — अदालत करने की मुझे सामर्थ्य नहीं है ; पर इतना कहे देता हूँ कि जमीन चाहे मुझे न मिले ; पर आपके पास न रहेगी।

विश्वेश्वर — यह धमकी जा कर किसी और को दो।

जागेश्वर -फिर यह न कहियेगा कि भाई होकर वैरी हो गया।

विश्वेश्वर — एक हजार गाँठ में रख कर तब जो कुछ जी में आये, करना।

जागेश्वर — मैं गरीब आदमी हजार रुपये कहाँ से लाऊँगा ; पर कभी-कभी भगवान् दीनों पर दयालु हो जाते हैं।

मुंसिफ ने उसके विरुद्ध फैसला सुनाया। बेचारा हताश हो गया। विश्वेश्वर की अदालत में सबसे जान-पहचान थी। जागेश्वर को जिस काम के लिए मुट्ठियों रुपये खर्च करने पड़ते थे, वह विश्वेश्वर मुरौवत में करा लेता।

जागेश्वर ने अपील करने का निश्चय किया। रुपये न थे, गाड़ी-बैल बेच डाले। अपील हुई। महीनों मुकदमा चला। बेचारा सुबह से शाम तक कचहरी के अमलों और वकीलों की खुशामद किया करता, रुपये भी उठ गये, महाजनों से ऋण लिया। बारे अबकी उसकी डिग्री हो गयी। पाँच सौ का बोझ सिर पर हो गया था, पर अब जीत ने आँसू पोंछ दिये।

विश्वेश्वर ने हाईकोर्ट में अपील की। जागेश्वर को अब कहीं से रुपये न मिले। विवश होकर अपने हिस्से की जमीन रेहन रखी। फिर घर बेचने की नौबत आयी। यहाँ तक कि स्त्रियों के गहने भी बिक गये। अंत में हाईकोर्ट से भी उसकी जीत हो गयी। आनंदोत्सव में बची-खूची पूँजी भी निकल गयी। एक हजार पर पानी फिर गया। हाँ, संतोष यही था कि ये पाँचों बीघे मिल गये। तपेश्वरी क्या इतनी निर्दय हो जायेगी कि थाली मेरे सामने से खींच लेगी!

लेकिन खेतों पर अपना नाम चढ़ते ही तपेश्वरी की नीयत बदली। उसने एक दिन गाँव में आकर पूछ-ताछ की तो मालूम हुआ कि पाँचों बीघे सौ रुपये में उठ सकते हैं। लगान केवल पच्चीस रुपये था, पचहत्तर रुपये साल का नफा था। इस रकम ने उसे विचलित कर दिया। उसने असामियों को बुला कर उनके साथ बंदोबस्त कर दिया। जागेश्वरराय हाथ मलता रह गया। आखिर उससे न रहा गया। बोला — फूफी जी, आपने जमीन तो दूसरों को दे दी, अब मैं कहाँ जाऊँ।

तपेश्वरी — बेटा, पहले अपने घर में दिया जला कर तब मस्जिद में जलाते हैं। इतनी जगह मिल गयी, तो मैके से नाता हो गया, नहीं तो कौन पूछता।

जागेश्वर — मैं तो उजड़ गया!

तपेश्वरी — जिस लगान पर और लोग ले रहे हैं, उसमें दो-चार रुपये कम करके तुम्हीं क्यों नहीं ले लेते?

तपेश्वरी तो दो-चार दिन में विदा हो गयी। रामेश्वरराय पर वज्रपात-सा हो गया। बुढ़ापे में मजदूरी करनी पड़ी। मान-मर्यादा से हाथ धोया। रोटियों के लाले पड़ गये। बाप-बेटे दोनों प्रातःकाल से संध्या तक मजदूरी करते, तब कहीं आग जलती। दोनों में बहुधा तकरार हो जाती। रामेश्वर सारा अपराध बेटे के सिर रखता। जागेश्वर कहता, आपने मुझे रोका होता तो मैं क्यों इस विपत्ति में फँसता। उधर विश्वेश्वरराय

विश्वेश्वर — मैं इस डर से बिल नहीं खोद रहा हूँ।

रामेश्वरराय तो चुप ही रहा पर जागेश्वर इतना क्षमाशील न था। व
बातचीत की। वह अब आधी नहीं ; पूरी जमीन पर दाँत लगाए हुए था।

मृत सिद्धेश्वर राय के एक लड़की तपेश्वरी थी। अपने जीवन-काल में वे
विवाह कर चुके थे। उसे कुछ मालूम ही न था कि बाप ने क्या छोड़ा और
लिया। क्रिया-कर्म अच्छी तरह हो गया; वह इसी में खुश थी। षोड़शी में आय
फिर ससुराल चली गयी। तीस वर्ष हो गये, न किसी ने बुलाया, न वह मैके अ
ससुराल की दशा भी अच्छी न थी। पति का देहांत हो चुका था। लड़के भी
वेतन पर नौकर थे। जागेश्वर ने अपनी फूफी को उभारना शुरू किया। वह उस
मुद्दई बनाना चाहता था।

तपेश्वरी ने कहा — बेटा, मुझे भगवान् ने जो दिया है, उसी में मगन हूँ।
जगह-जमीन न चाहिए। मेरे पास अदालत करने को धन नहीं है।

जागेश्वर — रुपये मैं लगाऊँगा, तुम खाली दावा कर दो।

तपेश्वरी — भैया तुम्हें खड़ा कर किसी काम का न रखेंगे।

जागेश्वर — यह नहीं देखा जाता कि वे जायदाद लेकर मजे उड़ावें और हम
मुँह ताकें। मैं अदालत का खर्च दे दूँगा। इस जमीन के पीछे बिक जाऊँगा पर उनका
गला न छोड़ूँगा।

तपेश्वरी — अगर जमीन मिल भी गयी तो तुम अपने रुपयों के एवज में ले
लोगे, मेरे हाथ क्या लगेगा? मैं भाई से क्यों बुरी बनूँ?

जागेश्वर — जमीन आप ले लीजिएगा, मैं केवल चाचा साहब का घमंड
तोड़ना चाहता हूँ।

तपेश्वरी — अच्छा, जाओ, मेरी तरफ से दावा कर दो।

जागेश्वर ने सोचा, जब चाचा साहब की मुट्ठी से जमीन निकल आयेगी तब मैं दस
पाँच रुपये साल भर इनसे ले लूँगा। इन्हें अभी कौड़ी नहीं मिलती। जो कुछ मिलेग
उसी को बहुत समझेंगी। दूसरे दिन दावा कर दिया। मुंसिफ के इजलास में मुकदमा पे
हुआ। विश्वेश्वरराय ने सिद्ध किया कि तपेश्वरी सिद्धेश्वर की कन्या ही नहीं है।

गाँव के आदमियों पर विश्वेश्वर का दबाव था। सब लोग उससे रुपये-
उधार ले जाते थे। मामले-मुकदमे में उनसे सलाह लेते। सबने अदालत में ब
किया कि हम लोगों ने कभी तपेश्वरी को नहीं देखा। सिद्धेश्वर के कोई लड़कि
न थी। जागेश्वर ने बड़े-बड़े वकीलों से पैरवी करायी, बहुत धन खर्च किया, ले

ने महाजनों को उकसा दिया। साल भी न गुजरने पाया था कि बेचारे निराधार हो गये — जमीन निकल गयी, घर नीलाम हो गया, दस-बीस पेड़ थे, वे भी नीलाम हो गये। चौबे जी दूबे न बने, दरिद्र हो गये। इस पर विश्वेश्वरराय के ताने और भी गजब ढाते। यह विपत्ति का सबसे नोंकदार काँटा था। आतंक का सबसे निर्दय आघात था।

दो साल तक इस दुःखी परिवार ने जितनी मुसीबतें झेली, यह उन्हीं का दिल जानता है। कभी पेट भर भोजन न मिला। हाँ, इतनी आन थी कि नीयत नहीं बदली। दरिद्रता ने सब कुछ किया, पर आत्मा का पतन न कर सकी। कुलमर्यादा में आत्मरक्षा की बड़ी शक्ति होती है।

एक दिन संध्या समय दोनों आदमी बैठे आग ताप रहे थे कि सहसा एक आदमी ने आ कर कहा — ठाकुर, चलो, विश्वेश्वरराय तुम्हें बुलाते हैं।

रामेश्वर ने उदासीन भाव से कहा — मुझे क्यों बुलायेंगे? मैं उनका कौन होता हूँ? क्या कोई और उपद्रव खड़ा करना चाहते हैं?

इतने में दूसरा आदमी दौड़ा हुआ आकर बोला — ठाकुर, जल्दी चलो, विश्वेश्वरराय की दशा अच्छी नहीं है।

विश्वेश्वरराय को इधर कई दिनों से खाँसी-बुखार की शिकायत थी; लेकिन शत्रुओं के विषय में हमें किसी अनिष्ट की शंका नहीं होती। रामेश्वर और जागेश्वर कभी कुशल-समाचार पूछने भी न गये। कहते, उन्हें क्या हुआ है। अमीरों को धन का रोग होता है। जब आराम करने को जी चाहा; पलँग पर लेट रहे, दूध में साबूदाना उबाल कर मिश्री मिला कर खाया और फिर उठ बैठे। विश्वेश्वरराय की दशा अच्छी नहीं है, यह सुन कर भी दोनों जगह से न हिले। रामेश्वर ने कहा — दशा को क्या हुआ है। आराम से पड़े बातें तो कर रहे हैं।

जागेश्वर — किसी वैद-हकीम को बुलाने भेजना चाहते होंगे। शायद बुखार तेज हो गया हो।

रामेश्वर — यहाँ किसे इतनी फुरसत है। सारा गाँव तो उनका हितू है, जिसे चाहें भेज दें।

जागेश्वर — हर्ज ही क्या है। जरा जा कर सुन आऊँ?

रामेश्वर — जा कर थोड़े उपले बटोर लाओ, चूल्हा जले, फिर जाना। ठाकुरसोहाती करनी आती तो आज यह दशा न होती।

जागेश्वर ने टोकरी उठायी और हार की तरफ चला कि इतने में विश्वेश्वरराय के घर से रोने की आवाजें आने लगीं। उसने टोकरी फेंक दी और दौड़ा हुआ चाचा

के घर में जा पहुँचा। देखा तो उन्हें लोग चारपाई से नीचे उतार रहे थे। जागेश्वर को ऐसा जान पड़ा, मेरे मुँह में कालिख लगी हुई है। वह आँगन से दालान में चला आया और दीवार में मुँह छिपा कर रोने लगा। युवावस्था आवेशमय होती है; क्रोध से आग हो जाती है तो करुणा से पानी भी हो जाती है।

3

विश्वेश्वरराय के तीन बेटियाँ थीं। उनके विवाह हो चुके थे। तीन पुत्र थे, वे अभी छोटे थे। सबसे बड़े की उम्र दस वर्ष से अधिक न थी। माता जी जीवित थी। खानेवाले तो चार थे, कमानेवाला कोई न था। देहात में जिसके घर में दोनों जून चूल्हा जले, वह धनी समझा जाता है। उसके धन के अनुमान में भी अत्युक्ति से काम लिया जाता है। लोगों का विचार था कि विश्वेश्वरराय ने हजारों रुपये जमा कर लिए हैं; पर वहाँ वास्तव में कुछ न था। आमदनी पर सबकी निगाह रहती है, खर्च को कोई नहीं देखता। उन्होंने लड़कियों के विवाह खूब दिल खोल कर किये थे। भोजन-वस्त्र में, मेहमानों और नातेदारों के आदर-सत्कार में उनकी सारी आमदनी गायब हो जाती थी। अगर गाँव में अपना रोब जमाने के लिए दो-चार सौ रुपयों का लेन-देन कर लिया था, तो कई महाजनों का कर्ज भी था। यहाँ तक कि छोटी लड़की के विवाह में अपनी जमीन गिरों रख दी थी।

साल-भर तक तो विधवा ने ज्यों-त्यों करके बच्चों का भरण-पोषण किया, गहने बेच कर काम चलाती रही; पर जब यह आधार भी न रहा तब कष्ट होने लगा। निश्चय किया कि तीनों लड़कों को तीनों कन्याओं के पास भेज दूँ। रही अपनी जान उसकी क्या चिंता। तीसरे दिन भी पाव भर आटा मिल जायेगा तो दिन कट जायेंगे। लड़कियों ने पहले तो भाइयों को प्रेम से रखा; किन्तु तीन महीने से ज्यादा कोई न रख सकी। उनके घरवाले चिढ़ते थे और अनाथों को मारते थे। लाचार हो माता ने लड़कों को बुला लिया।

छोटे-छोटे लड़के दिन-दिन भर भूखे रह जाते। किसी को कुछ खाते देखते तो घर में जा कर माँ से माँगते। फिर माँ से माँगना छोड़ दिया। खाने वालों ही के सामने जा कर खड़े हो जाते और क्षुधित नेत्रों से देखते। कोई तो मुट्ठी भर चबेना निकाल कर दे देता; पर प्राय: लोग दुत्कार देने थे।

जाड़ों के दिन थे। खेतों में मटर की फलियाँ लगी हुई थीं। एक दिन तीनों लड़के खेत में घुस कर मटर उखाड़ने लगे। किसान ने देख लिया, दयावान आदमी

था। खुद एक बोझा मटर उखाड़ कर विश्वेश्वरराय के घर पर लाया और ठकुराइन से बोला — काकी, लड़कों को डाँट दो किसी के खेत में न जाया करें। जागेश्वरराय उसी समय अपने द्वार पर बैठा चिलम पी रहा था, किसान को मटर लाते देखा — तीनों बालक पिल्लों की भाँति पीछे-पीछे दौड़े चले आते थे। उसकी आँखें सजल हो गयीं। घर में जा कर पिता से बोला — चाची के पास अब कुछ नहीं रहा, लड़के भूखों मर रहे है।

रामेश्वर — तुम त्रिया-चरित्र नहीं जानते। यह सब दिखावा है। जन्म भर की कमाई कहाँ उड़ गयी?

जागेश्वर — अपना काबू चलते हुए कोई लड़कों को भूखों नहीं मार सकता।

रामेश्वर — तुम क्या जानो, बड़ी चतुर औरत है।

जागेश्वर — लोग हमी लोगों को हँसते होंगे।

रामेश्वर — हँसी की लाज है तो जा कर छाँह कर लो, खिलाओ-पिलाओ। है दम!

जागेश्वर — न भर-पेट खायेंगे, आधे पेट ही सही। बदनामी तो न होगी? चाचा से लड़ाई थी। लड़कों ने हमारा क्या बिगाड़ा है?

रामेश्वर — वह चुड़ैल तो अभी जीती है न?

जागेश्वर चला आया। उसके मन में कई बार यह बात आयी थी कि चाची को कुछ सहायता दिया करूँ, पर उनकी जली-कटी बातों से डरता था। आज से उसने एक नया ढंग निकाला है। लड़कों को खेलते देखता तो बुला लेता, कुछ खाने को दे देता। मजूरों को दोपहर की छुट्टी मिलती है। अब वह अवकाश के समय काम करके मजूरी के पैसे कुछ ज्यादा पा जाता। घर चलते समय खाने की कोई न कोई चीज लेता आता और अपने घरवालों की आँख बचा कर उन अनाथों को दे देता। धीरे-धीरे लड़के उससे इतने हिल-मिल गये कि उसे देखते ही 'भैया-भैया' कह कर दौड़ते, दिन भर उसकी राह देखा करते। पहले माता डरती थी कि कहीं मेरे लड़कों को बहला कर ये महाशय पुरानी अदावत तो नहीं निकालना चाहते हैं। वह लड़कों को जागेश्वर के पास जाने और उससे कुछ ले कर खाने से रोकती; पर लड़के शत्रु और मित्र को बूढ़ों से ज्यादा पहचानते हैं। लड़के माँ के मना करने की परवाह न करते, यहाँ तक कि शनैः-शनैः माता को भी जागेश्वर की सहृदयता पर विश्वास आ गया।

एक दिन रामेश्वर ने बेटे से कहा — तुम्हारे पास रुपये बढ़ गये हैं, तो चार पैसे जमा क्यों नहीं करते। लुटाते क्यों हो?

जागेश्वर — मैं तो एक-एक कौड़ी की किफायत करता हूँ।

रामेश्वर — जिन्हें अपना समझ रहे हो, वे एक दिन तुम्हारे शत्रु होंगे।

जागेश्वर — आदमी का धैर्य भी तो कोई चीज है! पुराने बैर पर एक परिवार को भेंट नहीं कर सकता। मेरा बिगड़ता ही क्या है, यही न रोज घंटे-दो घंटे और मिहनत करनी पड़ती है।

रामेश्वर ने मुँह फेर लिया। जागेश्वर घर में गया तो उसकी स्त्री ने कहा — अपने मन की ही करते हो, चाहे कोई कितना ही समझाये। पहले घर में आदमी दिया जलाता है।

जागेश्वर — लेकिन यह तो उचित नहीं कि अपने घर में दिया की जगह मोमबतियाँ जलाये और मसजिद को अँधेरा ही छोड़ दे।

स्त्री — मैं तुम्हारे साथ क्या पड़ी, मानो कुएँ में गिर पड़ी। कौन सुख देते हो? गहने उतार लिये, अब साँस भी नहीं लेते।

जागेश्वर — मुझे तुम्हारे गहने से भाइयों की जान ज्यादा प्यारी है।

स्त्री ने मुँह फेर लिया और बोली — वैरी की संतान कभी अपनी नहीं होती।

जागेश्वर ने बाहर जाते हुए उत्तर दिया — वैर का अंत वैरी के जीवन के साथ हो जाता है।

□

दो भाई

प्रातःकाल सूर्य की सुहावनी सुनहरी धूप में कलावती दोनों बेटों को जाँघों पर बैठा दूध और रोटी खिलाती। केदार बड़ा था, माधव छोटा। दोनों मुँह में कौर लिये, कई पग उछल-कूद कर फिर जाँघों पर आ बैठते और अपनी तोतली बोली में इस प्रार्थना की रट लगाते थे, जिसमें एक पुराने सहृदय कवि ने किसी जाड़े के सताये हुए बालक के हृदयोद्गार को प्रकट किया है —

"दैव-दैव घाम करो तुम्हारे बालक को लगता जाड़"

माँ उन्हें चुमकार कर बुलाती और बड़े-बड़े कौर खिलाती। उसके हृदय में प्रेम की उमंग थी और नेत्रों में गर्व की झलक। दोनों भाई बड़े हुए। साथ-साथ गले में बाँहें डाले खेलते थे। केदार की बुद्धि चुस्त थी। माधव का शरीर। दोनों में इतना स्नेह था कि साथ-साथ पाठशाला जाते, साथ-साथ खाते और साथ ही साथ रहते थे! दोनों भाइयों का ब्याह हुआ। केदार की वधू चम्पा अमितभाषिणी और चंचला थी। माधव की वधू श्यामा साँवली-सलोनी, रूपराशि की खनि थी। बड़ी ही मृदुभाषिणी, बड़ी ही सुशीला और शांतस्वभावा थी।

केदार चम्पा पर मोहे और माधव श्यामा पर रीझे। परन्तु कलावती का मन किसी से न मिला। वह दोनों से प्रसन्न और दोनों से अप्रसन्न थी। उसकी शिक्षा-दीक्षा का बहुत अंश इस व्यर्थ के प्रयत्न में व्यय होता था कि चम्पा अपनी कार्यकुशलता का एक भाग श्यामा के शांत स्वभाव से बदल ले।

दोनों भाई संतानवान हुए। हरा-भरा वृक्ष खूब फैला और फलों से लद गया। कुत्सित वृक्ष में केवल एक फल दृष्टिगोचर हुआ, वह भी कुछ पीला-सा, मुरझाया हुआ, किन्तु दोनों अप्रसन्न थे। माधव को धन-सम्पत्ति की लालसा थी और केदार को संतान की अभिलाषा।

भाग्य की इस कूटनीति ने शनैः-शनैः द्वेष का रूप धारण किया, जो स्वाभाविक था। श्यामा अपने लड़कों को सँवारने-सुधारने में लगी रहती ; उसे

सिर उठाने की फुरसत नहीं मिलती थी। बेचारी चम्पा को चूल्हे में जलना और चक्की में पिसना पड़ता। यह अनीति कभी-कभी कटु शब्दों में निकल जाती। श्यामा सुनती, कुढ़ती और चुपचाप सह लेती। परन्तु उसकी यह सहनशीलता चम्पा के क्रोध को शांत करने के बदले और बढ़ाती। यहाँ तक कि प्याला लबालब भर गया। हिरन भागने की राह न पा कर शिकारी की तरह लपका। चम्पा और श्यामा समकोण बनानेवाली रेखाओं की भाँति अलग हो गयीं। उस दिन एक ही घर में दो चूल्हे जले, परन्तु भाइयों ने दाने की सूरत न देखी और कलावती सारे दिन रोती रही।

2

कई वर्ष बीत गये। दोनों भाई जो किसी समय एक ही पालथी पर बैठते थे, एक ही थाली में खाते थे और एक ही छाती से दूध पीते थे, उन्हें अब एक घर में, एक गांव में रहना कठिन हो गया। परन्तु कुल की साख में बट्टा न लगे, इसलिए ईर्ष्या और द्वेष की धधकी हुई आग को राख के नीचे दबाने की व्यर्थ चेष्टा की जाती थी। उन लोगों में अब भ्रातृ-स्नेह न था। केवल भाई के नाम की लाज थी। माँ भी जीवित थी, पर दोनों बेटों का वैमनस्य देख कर आँसू बहाया करती। हृदय में प्रेम था, पर नेत्रों में अभिमान न था। कुसुम वही था, परन्तु वह छटा न थी।

दोनों भाई जब लड़के थे, तब एक को रोते देख दूसरा भी रोने लगता था, तब वह नादान, बेसमझ और भोले थे। आज एक को रोते हुए देख दूसरा हँसता और तालियाँ बजाता। अब वह समझदार और बुद्धिमान हो गये थे।

जब उन्हें अपने-पराये की पहचान न थी, उस समय यदि कोई छेड़ने के लिए एक को अपने साथ ले जाने की धमकी देता, तो दूसरा जमीन पर लोट जाता और उस आदमी का कुर्ता पकड़ लेता। अब यदि एक भाई की मृत्यु भी धमकाती तो दूसरे के नेत्रों में आँसू न आते। अब उन्हें अपने-पराये की पहचान हो गयी थी।

बेचारे माधव की दशा शोचनीय थी। खर्च अधिक था और आमदनी कम। उस पर कुल-मर्यादा का निर्वाह। हृदय चाहे रोये, पर होंठ हँसते रहें। हृदय चाहे मलीन हो, पर कपड़े मैले न हों! चार पुत्र थे, चार पुत्रियाँ और आवश्यक वस्तुएँ मोतियों के मोल। कुछ पाइयों की जमींदारी कहाँ तक सम्हालती। लड़कों का ब्याह

अपने वश की बात थी, पर लड़कियों का विवाह कैसे टल सकता। दो पाई जमीन पहली कन्या के विवाह में भेंट हो गयी। उस पर भी बराती बिना भात खाये आँगन से उठ गये। शेष दूसरी कन्या के विवाह में निकल गयी। साल भर बाद तीसरी लड़की का विवाह हुआ, पेड़-पत्ते भी न बचे। हाँ, अब की डाल भरपूर थी। परन्तु दरिद्रता और धरोहर में वही सम्बन्ध है जो माँस और कुत्ते में।

3

इस कन्या का अभी गौना न हुआ था कि माधव पर दो साल के बकाया लगान का वारंट आ पहुँचा। कन्या के गहने गिरों (बंदक) रखे गये। गला छूटा। चम्पा इसी समय की ताक में थी। तुरन्त नये नातेदारों को सूचना दी। तुम लोग बेसुध बैठे हो, यहाँ गहनों का सफाया हुआ जाता है। दूसरे दिन एक नाई और दो ब्राह्मण माधव के दरवाजे पर आकर बैठ गये। बेचारे के गले में फाँसी पड़ गयी। रुपये कहाँ से आवें, न जमीन, न जायदाद, न बाग, न बगीचा। रहा विश्वास, वह कभी का उठ चुका था, अब यदि कोई सम्पत्ति थी, तो केवल वही दो कोठरियाँ, जिसमें उसने अपनी सारी आयु बितायी थी, और उनका कोई ग्राहक न था। विलम्ब से नाक कटी जाती थी। विवश हो कर केदार के पास आया और आँखों में आँसू भरे बोला, भैया, इस समय मैं बड़े संकट में हूँ मेरी सहायता करो।

केदार ने उत्तर दिया — मद्धू! आजकल मैं भी तंग हो रहा हूँ, तुमसे सच कहता हूँ।

चम्पा अधिकारपूर्ण स्वर से बोली — अरे, तो क्या इनके लिए भी तंग हो रहे हैं! अलग भोजन करने से क्या इज्जत अलग हो जाएगी!

केदार ने स्त्री की ओर कनखियों से ताक कर कहा — नहीं-नहीं मेरा यह प्रयोजन नहीं था। हाथ तंग है तो क्या, कोई न कोई प्रबन्ध किया ही जाएगा।

चम्पा ने माधव से पूछा — पाँच बीस से कुछ ऊपर ही पर गहने रखे थे न।

माधव ने उत्तर दिया — हाँ, ब्याज सहित कोई सवा सौ रुपये होते हैं!

केदार रामायण पढ़ रहे थे। फिर पढ़ने में लग गये। चम्पा ने तत्त्व की बातचीत शुरू की — रूपया बहुत है, हमारे पास होता तो कोई बात न थी। परन्तु हमें भी दूसरे से दिलाना पड़ेगा और महाजन बिना कुछ लिखाये-पढ़ाये रुपया देते नहीं।

माधव ने सोचा, यदि मेरे पास कुछ लिखाने-पढाने का होता, तो क्या और महाजन मर गये थे, तुम्हारे दरवाजे आता क्यों? बोला—लिखने-पढ़ने को मेरे पास है ही क्या? जो कुछ जगह-जायदाद है, वह यही घर है।

केदार और चम्पा ने एक दूसरे को मर्मभेदी नयनों से देखा और मन ही मन कहा — क्या आज सचमुच जीवन की प्यारी अभिलाषाएँ पूरी होंगी। परन्तु हृदय की यह उमंग मुँह तक आते-आते गम्भीर रूप धारण कर गयी। चम्पा बड़ी गम्भीरता से बोली — घर पर तो कोई महाजन कदाचित् ही रुपया दे। शहर हो तो कुछ किराया ही आवे, पर गँवई में तो कोई सेंत में रहने वाला भी नहीं। फिर साझे की चीज ठहरी।

केदार डरे कि कहीं चम्पा की कठोरता से खेल बिगड़ न जाए। बोले—एक महाजन से मेरी जान-पहचान है, वह कदाचित् कहने-सुनने में आ जाये!

चम्पा ने गर्दन हिला कर इस युक्ति की सराहना की और बोली — पर दो-तीन बीस से अधिक मिलना कठिन है।

केदार ने जान पर खेल कर कहा — अरे बहुत दबाने पर चार बीस हो जायेंगे। और क्या!

अबकी चम्पा ने तीव्र दृष्टि से केदार को देखा और अनमनी-सी हो कर बोली — महाजन ऐसे अंधे नहीं होते।

माधव अपने भाई-भावज के इस गुप्त रहस्य को कुछ-कुछ समझता था। वह चकित था कि इन्हें इतनी बुद्धि कहाँ से मिल गयी। बोला — और रुपये कहाँ से आवेंगे?

चम्पा चिढ़ कर बोली—और रुपयों के लिए और फिक्र करो! सवा सौ रुपये इन दो कोठरियों के इस जन्म में कोई न देगा, चार बीस चाहो तो एक महाजन से दिला दूँ, लिखा-पढ़ी कर लो।

माधव इन रहस्यमय बातों से सशंक हो गया। उसे भय हुआ कि यह लोग मेरे साथ कोई गहरी चाल चल रहे हैं। दृढ़ता के साथ अड़ कर बोला — और कौन-सी फिक्र करूँ? गहने होते तो कहता, लाओ रख दूँ। यहाँ तो कच्चा सूत भी नहीं है। जब बदनाम हुए तो क्या दस के लिए क्या पचास के लिए, दोनों एक ही बात है। यदि घर बेच कर मेरा नाम रह जाये, तो यहाँ तक तो स्वीकार है, परन्तु घर भी बेचूँ और उस पर भी प्रतिष्ठा धूल में मिले, ऐसा मैं न करूंगा। केवल नाम का ध्यान है, नहीं एक बार नहीं कर जाऊँ तो मेरा कोई क्या करेगा? और सच

पूछो तो मुझे अपने नाम की कोई चिन्ता नहीं है। मुझे कौन जानता है? संसार तो भैया को हँसेगा।

केदार का मुँह सूख गया। चम्पा भी चकरा गयी। वह बड़ी चतुर वाक्य निपुण रमणी थी। उसे माधव जैसे गँवार से ऐसी दृढ़ता की आशा न थी। उसकी ओर आदर से देख कर बोली — लालू, कभी-कभी तुम भी लड़कों की-सी बातें करते हो! भला इस झोपड़ी पर कौन सौ रुपये निकाल कर देगा? तुम सवा सौ के बदले सौ ही दिलाओ, मैं आज ही अपना हिस्सा बेचती हूं। उतना ही मेरा भी तो है? घर पर तो तुमको वही चार बीस मिलेंगे। हाँ, और रुपयों का प्रबन्ध हम-आप कर देंगे। इज्जत हमारी-तुम्हारी एक ही है, वह न जाने पायेगी। वह रुपया अलग खाते में चढ़ा लिया जाएगा।

माधव की इच्छाएं पूरी हुई। उसने मैदान मार लिया। सोचने लगा, मुझे तो रुपयों से काम है, चाहे एक नहीं, दस खाते में चढ़ा लो। रहा मकान, वह जीते जी नहीं छोड़ने का। प्रसन्न होकर चला। उसके जाने के बाद केदार और चम्पा ने कपट-भेष त्याग दिया और बड़ी देर तक एक दूसरे को इस कड़े सौदे का दोषी सिद्ध करने की चेष्टा करते रहे। अंत में मन को इस तरह संतोष दिया कि भोजन बहुत मधुर नहीं, किन्तु भर-कठौत तो है। घर, हाँ, देखेंगे कि श्यामा रानी इस घर में कैसे राज करती हैं।

केदार के दरवाजे पर दो बैल खड़े हैं। इनमें कितनी संघ-शक्ति, कितनी मित्रता और कितना प्रेम है। दोनों एक ही जुए में चलते हैं, बस इनमें इतना ही नाता है। किन्तु अभी कुछ दिन हुए, जब इनमें से एक चम्पा के मैके मँगनी गया था, तो दूसरे ने तीन दिन तक नाद में मुँह नहीं डाला। परन्तु शोक, एक गोद के खेले भाई, एक छाती से दूध पीनेवाले आज इतने बेगाने हो रहे हैं कि एक घर में रहना भी नहीं चाहते।

प्रातःकाल था। केदार के द्वार पर गाँव के मुखिया और नंबरदार विराजमान थे। मुंशी दातादयाल अभिमान से चारपाई पर बैठे रेहन का मसविदा तैयार करने में लगे थे। बार-बार कलम बनाते और बार-बार खत रखते, पर खत की शान न सुधरती थी। केदार का मुखारविंद विकसित था और चम्पा फूली नहीं सभाती थी। माधव कुम्हलाया और म्लान था।

मुखिया ने कहा — भाई ऐसा हित, न भाई ऐसा शत्रु। केदार ने छोटे भाई की लाज रख ली।

नम्बरदार ने अनुमोदन किया — भाई हो तो ऐसा हो।

मुख्तार ने कहा — भाई, सपूतों का यही काम है।

दातादयाल ने पूछा — रेहन लिखनेवाले का नाम?

बड़े भाई बोले — माधव वल्द शिवदत्त।

'और लिखानेवाले का?'

'केदार वल्द शिवदत।'

माधव ने बड़े भाई की ओर चकित होकर देखा। आँखें डबडबा आयीं। केदार उसकी ओर देख न सका। नम्बरदार, मुखिया और मुख्तार भी विस्मित हुए। क्या केदार खुद ही रूपया दे रहा है? बातचीत तो किसी साहूकार की थी। जब घर ही में रुपया मौजूद है तो इस रेहननामे की आवश्यकता ही क्या थी? भाई-भाई में इतना अविश्वास। अरे, राम! राम! क्या माधव अस्सी रुपये का भी महँगा है! और यदि दबा ही बैठता, तो क्या रुपये पानी में चले जाते।

सभी की आँखें सैन द्वारा परस्पर बातें करने लगीं, मानो आश्चर्य की अथाह नदी में नौकाएँ डगमगाने लगीं।

श्यामा दरवाजे की चौखट पर खड़ी थी। वह सदा केदार की प्रतिष्ठा करती थी, परन्तु आज केवल लोकरीति ने उसे अपने जेठ को आड़े हाथों लेने से रोका।

बूढी अम्माँ ने सुना तो सूखी नदी उमड़ आयी। उसने एक बार आकाश की ओर देखा और माथा ठोंक लिया।

अब उसे उस दिन का स्मरण हुआ जब ऐसा ही सुहावना सुनहरा प्रभात था और दो प्यारे-प्यारे बच्चे उसकी गोद में बैठे हुए उछल-कूद कर दूध-रोटी खाते थे। उस समय माता के नेत्रों में कितना अभिमान था, हृदय में कितनी उमंग और कितना उत्साह!

परन्तु आज, आह! आज नयनों में लज्जा है और हृदय में शोक-संताप। उसने पृथ्वी की ओर देखकर कातर स्वर में कहा — हे नारायण! क्या ऐसे पुत्रों को मेरी ही कोख में जन्म लेना था?

□

महातीर्थ

मुंशी इंद्रमणि की आमदनी कम थी और खर्च ज्यादा। अपने बच्चे के लिए दाई का खर्च न उठा सकते थे। लेकिन एक तो बच्चे की सेवा-शुश्रूषा की फ़िक्र और दूसरे अपने बराबरवालों से हेठे बन कर रहने का अपमान ; इस खर्च को सहने पर मजबूर करता था। बच्चा दाई को बहुत चाहता था, हरदम उसके गले का हार बना रहता था। इसलिए दाई और भी जरूरी मालूम होती थी, पर शायद सबसे बड़ा कारण यह था कि वह मुरौवत के वश दाई को जवाब देने का साहस नहीं कर सकते थे। बुढ़िया उनके यहाँ तीन साल से नौकर थी। उसने उनके इकलौते लड़के का लालन-पालन किया था। अपना काम बड़ी मुस्तैदी और परिश्रम से करती थी। उसे निकालने का कोई बहाना नहीं था और व्यर्थ खुचड़ निकालना इंद्रमणि जैसे भले आदमी के स्वभाव के विरुद्ध था, पर सुखदा इस संबंध में अपने पति से सहमत न थी। उसे संदेह था कि दाई हमें लूटे लेती है। जब दाई बाजार से लौटती तो वह दालान में छिपी रहती कि देखूँ आटा कहीं छिपाकर तो नहीं रख देती, लकड़ी तो नहीं छिपा देती। उसकी लायी हुई चीजों को घंटों देखती, पूछताछ करती। बार-बार पूछती, इतना ही क्यों? क्या भाव है? क्या इतना महंगा हो गया? दाई कभी तो इन संदेहात्मक प्रश्नों का उत्तर नम्रतापूर्वक देती, किन्तु जब कभी बहू जी ज्यादा तेज हो जातीं तो वह भी कड़ी पड़ जाती थी। शपथें खाती। सफाई की शहादतें पेश करती। वाद-विवाद में घंटों लग जाते थे। प्राय: नित्य यही दशा रहती थी और प्रतिदिन यह नाटक दाईं के अश्रुपात के साथ समाप्त होता था। दाई का इतनी सख्तियाँ झेल कर पड़े रहना सुखदा के संदेह को और भी पुष्ट करता था। उसे कभी विश्वास नहीं होता था कि यह बुढ़िया केवल बच्चे के प्रेमवश पड़ी हुई है। वह बुढ़िया को इतनी बाल-प्रेम-शीला नहीं समझती थी।

2

संयोग से एक दिन दाई को बाजार से लौटने में जरा देर हो गयी। वहाँ दो कुँजड़िनों में देवासुर संग्राम मचा था। उनका चित्रमय हाव-भाव, उनका आग्नेय तर्क-वितर्क, उनके कटाक्ष और व्यंग्य सब अनुपम थे। विष के दो नद थे या ज्वाला के दो पर्वत, जो दोनों तरफ से उमड़ कर आपस में टकरा गये थे! क्या वाक्य-प्रवाह था, कैसी विचित्र विवेचना! उनका शब्द-बाहुल्य, उनकी मार्मिक विचारशीलता, उनके अलंकृत शब्द-विन्यास और उनकी उपमाओं की नवीनता पर ऐसा कौन-सा कवि है जो मुग्ध न हो जाता। उनका धैर्य, उनकी शांति विस्मयजनक थी। दर्शकों की एक खासी भीड़ भी थी। वह लाज को भी लज्जित करनेवाले इशारे, वह अश्लील शब्द जिनसे मलिनता के भी कान खड़े होते, सहस्रों रसिकजनों के लिए मनोरंजन की सामग्री बने हुए थे।

दाई भी खड़ी हो गयी कि देखूँ क्या मामला है। तमाशा इतना मनोरंजक था कि उसे समय का बिलकुल ध्यान न रहा। यकायक जब नौ के घंटे की आवाज कान में आयी तो चौंक पड़ी और लपकी हुई घर की ओर चली।

सुखदा भरी बैठी थी। दाई को देखते ही त्योरी बदल कर बोली — क्या बाजार में खो गयी थी?

दाई विनयपूर्ण भाव से बोली — एक जान-पहचान की महरी से भेंट हो गयी। वह बातें करने लगी।

सुखदा इस जवाब से और भी चिढ़कर बोली — यहाँ दफ्तर जाने को देर हो रही है और तुम्हें सैर-सपाटे की सूझती है।

परन्तु दाई ने इस समय दबने में ही कुशल समझी, बच्चे को गोद में लेने चली, पर सुखदा ने झिड़ककर कहा — रहने दो, तुम्हारे बिना वह व्याकुल नहीं हुआ जाता।

दाई ने इस आज्ञा को मानना आवश्यक नहीं समझा। बहू जी का क्रोध ठंडा करने के लिए इससे उपयोगी और उपाय न सूझा। उसने रुद्रमणि को इशारे से अपने पास बुलाया। वह दोनों हाथ फैलाये खड़खड़ाता हुआ उसकी ओर चला। दाई ने उसे गोद में उठा लिया और दरवाजे की तरफ चली। लेकिन सुखदा बाज की तरह झपटी और रुद्र को उसकी गोद से छीन कर बोली — तुम्हारी यह धूर्तता बहुत दिनों से देख रही हूँ। यह तमाशे किसी और को दिखाइयो। यहाँ जी भर गया।

दाई रुद्र पर जान देती थी और समझती थी कि सुखदा इस बात को जानती है। उसकी समझ में सुखदा और उसके बीच यह ऐसा मजबूत संबंध था, जिसे साधारण झटके तोड़ न सकते थे। यही कारण था कि सुखदा के कटुवचनों को सुनकर भी उसे यह विश्वास न होता था कि मुझे निकालने पर प्रस्तुत है। सुखदा ने यह बातें कुछ ऐसी कठोरता से कहीं और रुद्र को ऐसी निर्दयता से छीन लिया कि दाई से सह्य न हो सका! बोली — बहू जी! मुझसे कोई बड़ा अपराध तो नहीं हुआ, बहुत तो पाव घंटे की देर हुई होगी। इस पर आप इतना बिगड़ रही हैं, तो साफ क्यों नहीं कह देतीं कि दूसरा दरवाजा देखो। नारायण ने पैदा किया है तो खाने को भी देगा। मजदूरी का अकाल थोड़े ही है।

सुखदा ने कहा — तो यहाँ तुम्हारी परवाह ही कौन करता है? तुम्हारी जैसी लौंडिनें गली-गली ठोकरें खाती फिरती हैं।

दाई ने जवाब दिया — हाँ, नारायण आपको कुशल से रखें। लौंडिनें और दाइयाँ आपको बहुत मिलेगी। मुझसे जो कुछ अपराध हुआ हो, क्षमा कीजिएगा मैं जाती हूँ।

सुखदा — जा कर मरदाने में अपना हिसाब कर लो।

दाई — मेरी तरफ से रुद्र बाबू को मिठाइयाँ मँगवा दीजिएगा।

इतने में इंद्रमणि भी बाहर से आ गये, पूछा — क्या है क्या?

दाई ने कहा — कुछ नहीं। बहू जी ने जवाब दिया है, घर जाती हूँ।

इंद्रमणि गृहस्थी के जंजाल से इस तरह बचते थे जैसे कोई नंगे पैर वाला मनुष्य काँटों से बचे। उन्हें सारे दिन एक ही जगह खड़े रहना मंजूर था, पर काँटों में पैर रखने की हिम्मत न थी। खिन्न होकर बोले — बात क्या हुई?

सुखदा ने कहा — कुछ नहीं। अपनी इच्छा। जी नहीं चाहता, नहीं रखते। किसी के हाथों बिक तो नहीं गये।

इंद्रमणि ने झुंझला कर कहा — तुम्हें बैठे-बैठे एक-न-एक खुचड़ सूझती रहती है।

सुखदा ने तिनक कर कहा — हाँ, मुझे तो इसका रोग है। क्या करूँ स्वभाव ही ऐसा है। तुम्हें यह बहुत प्यारी है तो ले जाकर गले में बाँध लो, मेरे यहाँ जरूरत नहीं।

3

दाई घर से निकली तो आँखें डबडबायी हुई थीं। हृदय रुद्रमणि के लिए तड़प रहा था। जी चाहता था कि एक बार बालक को लेकर प्यार कर लूँ; पर यह अभिलाषा लिये हुए ही उसे घर से बाहर निकलना पड़ा।

रुद्रमणि दाई के पीछे-पीछे दरवाजे तक आया, पर दाई ने जब दरवाजा बाहर से बंद कर दिया तो वह मचल कर जमीन पर लेट गया और अन्ना-अन्ना कह कर रोने लगा। सुखदा ने चुमकारा, प्यार किया, गोद में लेने की कोशिश की, मिठाई देने का लालच दिया, मेला दिखाने का वादा किया, इससे जब काम न चला तो बंदर, सिपाही, लूलू और हौआ की धमकी दी ; पर रुद्र ने वह रौद्र भाव धारण किया, कि किसी तरह चुप न हुआ। यहाँ तक कि सुखदा को क्रोध आ गया, बच्चे को वहीं छोड़ दिया और आकर घर के धंधे में लग गयी। रोते-रोते रुद्र का मुंह और गाल लाल हो गये, आँखें सूज गयीं। निदान वह वहीं जमीन पर सिसकते-सिसकते सो गया।

सुखदा ने समझा था कि बच्चा थोड़ी देर में रो-धो कर चुप हो जायेगा। रुद्र ने जागते ही अन्ना की रट लगायी। तीन बजे इंद्रमणि दफ्तर से आये और बच्चे की यह दशा देखी तो स्त्री की तरफ कुपित नेत्रों से देखकर उसे गोद में उठा लिया और बहलाने लगे। जब अंत में रुद्र को यह विश्वास हो गया कि दाई मिठाई लेने गयी है तो उसे संतोष हुआ।

परंतु शाम होते ही उसने फिर चीखना शुरू किया — अन्ना मिठाई ला।

इस तरह दो-तीन दिन बीत गये। रुद्र को अन्ना की रट लगाने और रोने के सिवा और कोई काम न था। वह शांत प्रकृति कुत्ता ; जो उसकी गोद से एक क्षण के लिए भी न उतरता था, वह मौन व्रतधारी बिल्ली जिसे ताख पर देख कर वह खुशी से फूला न समाता था, पंखहीन चिड़िया, जिस पर वह जान देता था, सब उसके चित्त से उतर गये। वह उनकी तरफ आँख उठा कर भी न देखता। अन्ना जैसी जीती-जागती, प्यार करनेवाली, गोद में लेकर घुमानेवाली, थपक-थपक कर सुलानेवाली, गा-गा कर खुश करनेवाली चीज का स्थान उन निर्जीव चीजों से पूरा न हो सकता था। वह अकसर सोते-सोते चौंक पड़ता। अन्ना-अन्ना पुकार कर हाथों से इशारा करता, मानो उसे बुला रहा है। अन्ना की खाली कोठरी में घंटों बैठा रहता। उसे आशा होती कि अन्ना यहाँ आती होगी। इस कोठरी का दरवाजा खुलते सुनता तो अन्ना! अन्ना कह कर दौड़ता। समझता कि अन्ना आ गयी। उसका भरा हुआ शरीर घुल गया, गुलाब जैसा चेहरा सूख गया, माँ और बाप उसकी मोहनी हँसी के लिए तरस कर रह जाते थे। यदि बहुत गुदगुदाने या छेड़ने से हँसता भी तो ऐसा जान पड़ता था कि दिल से नहीं हँसता, केवल दिल रख लेने के लिए हँस रहा है। उसे अब दूध से प्रेम न था, न मिश्री से, न मेवे से, न मीठे बिस्कुट से, न ताजी इमरती से। उनमें मजा तब था जब अन्ना अपने हाथों से खिलाती थी। अब उनमें मजा नहीं था। दो साल का लहलहाता हुआ सुन्दर पौधा मुरझा गया। वह बालक जिसे गोद में उठाते ही नरमी, गरमी और

भारीपन का अनुभव होता था, अब सूख कर काँटा हो गया। सुखदा अपने बच्चे की यह दशा देखकर भीतर-ही-भीर कुढ़ती, अपनी मूर्खता पर पछताती। इंद्रमणि, जो शांतिप्रिय आदमी थे, अब बालक को गोद से अलग न करते थे, उसे रोज साथ हवा खिलाने ले जाते थे। नित्य नये खिलौने लाते थे, पर मुर्झाया हुआ पौधा किसी तरह भी न पनपता था। दाई उसके लिए संसार की सूर्य थी। उस स्वाभाविक गर्मी और प्रकाश से वंचित रहकर हरियारी को बाहर कैसे दिखाता? दाई के बिना उसे अब चारों ओर सन्नाटा दिखायी देता था। दूसरी अन्ना तीसरे ही दिन रख ली गयी थी। पर रुद्र उसकी सूरत देखते ही मुंह छिपा लेता था मानों वह कोई डाइन या चुड़ैल हो।

प्रत्यक्ष रूप में दाई को न देख कर रुद्र अब उसकी कल्पना में मग्न रहता। वहाँ उसकी अन्ना चलती-फिरती दिखायी देती थी। उसकी वह गोद थी, वही स्नेह ; वही प्यारी-प्यारी बातें, वही प्यारे गाने, वही मजेदार मिठाइयाँ, वही सुहावना संसार, वही आनन्दमय जीवन। अकेले बैठकर कल्पित अन्ना से बातें करता, अन्ना, कुत्ता भूके। अन्ना, गाय दूध देती। अन्ना; उजला-उजला घोड़ा दौड़े। सबेरा होते ही लोटा लेकर दाई की कोठरी में जाता और कहता — अन्ना, पानी। दूध का गिलास लेकर उसकी कोठरी में रख आता और कहता — अन्ना, दूध पिला। अपनी चारपाई पर तकिया रखकर चादर से ढाँक देता, और कहता — अन्ना सोती है। सुखदा जब खाने बैठती तो कटोरे उठा-उठा कर अन्ना को कोठरी में ले जाता और कहता — अन्ना खाना खायेगी। अन्ना अब उसके लिए एक स्वर्ग की वस्तु थी, जिसके लौटने की अब उसे बिलकुल आशा न थी। रुद्र के स्वभाव में धीरे-धीरे बालकों की चपलता और सजीवता की जगह एक निराशाजनक धैर्य, एक आनंदविहीन शिथिलता दिखायी देने लगी। इस तरह तीन हफ्ते गुजर गये। बरसात का मौसम था। कभी बेचैन करनेवाली गर्मी, कभी हवा में ठंडे झोंके। बुखार और जुकाम का जोर था। रुद्र की दुर्बलता इस ऋतु-परिवर्तन को बर्दाश्त न कर सकी। सुखदा उसे फलालैन का कुर्ता पहनाये रखती थी। उसे पानी के पास नहीं जाने देती। नंगे पैर एक कदम भी नहीं चलने देती। पर सर्दी लग ही गयी। रुद्र को खाँसी और बुखार आने लगा।

4

प्रभात का समय था। रुद्र चारपाई पर आँख बन्द किये पड़ा था। डाक्टरों का इलाज निष्फल हुआ। सुखदा चारपाई पर बैठी उसकी छाती में तेल

की मालिश कर रही थी और इंद्रमणि विषाद की मूर्ति बने हुए करुणापूर्ण आँखों-से बच्चे को देख रहे थे। इधर सुखदा से बहुत कम बोलते थे। उन्हें उससे एक तरह की घृणा-सी हो गयी थी। वह रुद्र की बीमारी का एकमात्र कारण उसी को समझते थे — वह उनकी दृष्टि में बहुत नीच स्वभाव की स्त्री थी। सुखदा ने डरते-डरते कहा — आज बड़े हकीम साहब को बुला लेते; शायद उनकी दवा से फायदा हो।

इंद्रमणि ने काली घटाओं की ओर देख कर रुखाई से जवाब दिया — बड़े हकीम नहीं, यदि धन्वन्तरि भी आवें तो भी उसे कोई फायदा न होगा।

सुखदा ने कहा — तो क्या अब किसी की दवा न होगी?

इंद्रमणि — बस, इसकी एक ही दवा है और अलभ्य है।

सुखदा — तुम्हें तो बस वही धुन सवार है। क्या बुढ़िया आकर अमृत पिला देगी।

इंद्रमणि — वह तुम्हारे लिए चाहे विष हो, पर लड़के के लिए अमृत ही होगी।

सुखदा — मैं नहीं समझती कि ईश्वरेच्छा उसके अधीन है।

इंद्रमणि — यदि नहीं समझती हो और अब तक नहीं समझी, तो रोओगी। बच्चे से हाथ धोना पड़ेगा।

सुखदा — चुप भी रहो, क्य अशुभ मुँह से निकालते हो। यदि ऐसी ही जलीकटी सुनानी है, तो बाहर चले जाओ।

इंद्रमणि — तो मैं जाता हूँ। पर याद रखो, यह हत्या तुम्हारी ही गर्दन पर होगी। यदि लड़के को तंदुरुस्त देखना चाहती हो, तो उसी दाई के पास जाओ, उससे विनती और प्रार्थना करो, क्षमा माँगो। तुम्हारे बच्चे की जान उसी की दया के अधीन है।

सुखदा ने कुछ उत्तर नहीं दिया। उसकी आँखों से आँसू जारी थे।

इंद्रमणि ने पूछा — क्या मर्जी है, जाऊँ उसे बुला लाऊँ?

सुखदा — तुम क्यों जाओगे, मैं आप चली जाऊँगी।

इंद्रमणि — नहीं, क्षमा करो। मुझे तुम्हारे ऊपर विश्वास नहीं है। न जाने तुम्हारे जबान से क्या निकल पड़े कि जो वह आती भी तो न आवे।

सुखदा ने पति की ओर फिर तिरस्कार की दृष्टि से देखा और बोली — हाँ, और क्या मुझे अपने बच्चे की बीमारी का शोक थोड़े ही है। मैंने लाज के मारे तुमसे कहा नहीं, पर मेरे हृदय में यह बात बार-बार उठी है। यदि मुझे दाई के मकान का पता मालूम होता, तो मैं कब ही उसे मना लायी होती। वह मुझसे कितनी ही नाराज हो, पर रुद्र से उसे प्रम था। मैं आज ही उसके पास जाऊँगी। तुम विनती

करने को कहते हो, मैं उसके पैरों पड़ने के लिए तैयार हूँ। उसके पैरों को आँसुओं से भिगोऊँगी, और जिस तरह राजी होगी, राजी करूँगी।

सुखदा ने बहुत धैर्य धर कर यह बातें कहीं, परंतु उमड़े हुए आँसू न रुक सके। इंद्रमणि ने स्त्री की ओर सहानुभूतिपूर्वक देखा और लज्जित हो बोले — मैं तुम्हारा जाना उचित नहीं समझता। मैं खुद ही जाता हूँ।

5

कैलासी संसार में अकेली थी। किसी समय उसका परिवार गुलाब की तरह फूला हुआ था; परंतु धीरे-धीरे उसकी सब पत्तियाँ गिर गयीं। अब उसकी सब हरियाली नष्ट-भ्रष्ट हो गयी, और अब वही एक सूखी हुई टहनी उस हरे-भरे पेड़ की चिह्न रह गयी थी।

परंतु रुद्र को पाकर इस सूखी हुई टहनी में जान पड़ गयी थी। इसमें हरी-भरी पत्तियाँ निकल आयी थीं। वह जीवन, जो अब तक नीरस और शुष्क था ; अब सरस और सजीव हो गया था। अँधेरे जंगल में भटके हुए पथिक को प्रकाश की झलक आने लगी। अब उसका जीवन निरर्थक नहीं बल्कि सार्थक हो गया था।

कैलासी रुद्र की भोली-भाली बातों पर निछावर हो गयी; पर वह अपना स्नेह सुखदा से छिपाती थी, इसलिए कि माँ के हृदय में द्वेष न हो। वह रुद्र के लिए माँ से छिप कर मिठाइयाँ लाती और उसे खिला कर प्रसन्न होती। वह दिन में दो-तीन बार उसे उबटन मलती कि बच्चा खूब पुष्ट हो। वह दूसरों के सामने उसे कोई चीज नहीं खिलाती कि उसे नजर लग जायेगी। सदा वह दूसरों से बच्चे के अल्पाहार का रोना रोया करती। उसे बुरी नजर से बचाने के लिए ताबीज और गंडे लाती रहती। यह उसका विशुद्ध प्रेम था। उसमें स्वार्थ की गंध भी न थी।

इस घर से निकल कर आज कैलासी की वह दशा थी, जो थियेटर में यकायक बिजली लैम्पों के बुझ जाने से दर्शकों की होती है। उसके सामने वही सूरत नाच रही थी। कानों में वही प्यारी-प्यारी बातें गूँज रही थीं। उसे अपना घर काटे खाता था। उस कालकोठरी में दम घुटा जाता था।

रात ज्यों-त्यों कर कटी। सुबह को वह घर में झाड़ू लगा रही थी। बाहर ताजे हलवे की आवाज सुन कर बड़ी फुर्ती से घर से बाहर निकल आयी। तब याद आ गया, आज हलुवा कौन खायेगा? आज गोद में बैठ कर कौन चहकेगा? वह मधुर

गान सुनने के लिए जो हलुवा खाते समय रुद्र की आँखों से, होंठों से, और शरीर के एक-एक अंग से बरसता, कैलासी का हृदय तड़प गया। वह व्याकुल होकर घर से बाहर निकली कि चलूँ रुद्र को देख आऊँ। पर आधे रास्ते से लौट गयी।

रुद्र कैलासी के ध्यान से एक क्षण भर के लिए भी नहीं उतरता था। यह सोते-सोते चौंक पड़ती, जान पड़ता रुद्र डंडे का घोड़ा दबाये चला आता है। पड़ोसियों के पास जाती, तो रुद्र ही की चर्चा करती। रुद्र उसके दिल और जान में बसा हुआ था। सुखदा के कठोरतापूर्ण कुव्यवहार का उसके हृदय में ध्यान नहीं था। वह रोज इरादा करती कि आज रुद्र को देखने चलूँगी। उसके लिए बाजार से मिठाइयाँ और खिलौने लाती। घर से चलती, पर रास्ते से लौट आती। कभी दो-चार कदम से आगे नहीं बढ़ा जाता। कौन मुँह लेकर जाऊँ। जो प्रेम को धूर्तता समझता हो, उसे कौन-सा मुँह दिखाऊँ? कभी सोचती यदि रुद्र मुझे न पहचाने तो? बच्चों के प्रेम का ठिकाना ही क्या? नयी दाई से हिल-मिल गया होगा। यह ख्याल उसके पैरों पर जंजीर का काम कर जाता था।

इस तरह दो हफ्ते बीत गये। कैलासी का जी उचटा रहता, जैसे उसे कोई लम्बी यात्रा करनी हो। घर की चीजें जहाँ की तहाँ पड़ी रहतीं, न खाने की सुधि थी, न कपड़े की। रात-दिन रुद्र ही के ध्यान में डूबी रहती थी। संयोग से इन्हीं दिनों बद्रीनाथ की यात्रा का समय आ गया। महल्ले के कुछ लोग यात्रा की तैयारियाँ करने लगे। कैलासी की दशा इस समय उस पालतू चिड़िया की-सी थी, जो पिंजड़े से निकल कर फिर किसी कोने की खोज में हो। उसे विस्मृति का यह अच्छा अवसर मिल गया। यात्रा के लिए तैयार हो गयी।

6

आसमान पर काली घटाएँ छायी हुई थीं, और हल्की-हल्की फुहारें पड़ रही थीं। देहली स्टेशन पर यात्रियों की भीड़ थी। कुछ गाड़ियों पर बैठे थे, कुछ अपने घरवालों से विदा हो रहे थे। चारों तरफ एक हलचल-सी मची थी। संसार-माया आज भी उन्हें जकड़े हुए थी। कोई स्त्री को सावधान कर रहा था कि धान कट जावे तो तालाब वाले खेत में मटर बो देना, और बाग के पास गेहूँ। कोई अपने जवान लड़के को समझा रहा था, असामियों पर बकाया लगान की नालिश में देर न करना, और दो रुपये सैकड़ा सूद जरूर काट लेना। एक बूढ़े व्यापारी महाशय

अपने मुनीम से कह रहे थे कि माल आने में देर हो तो खुद चले जाइएगा, और चलतू माल लीजिएगा, नहीं तो रुपया फँस जायगा। पर कोई-कोई-ऐसे श्रद्धालु मनुष्य भी थे, जो धर्म-मग्न दिखायी देते थे। वे या तो चुपचाप आसमान की ओर निहार रहे थे या माला फेरने में तल्लीन थे। कैलासी भी एक गाड़ी में बैठी सोच रही थी, इन भले आदमियों को अब भी संसार की चिंता नहीं छोड़ती। वही बनिज-व्यापार लेन-देन की चर्चा। रुद्र इस समय यहाँ होता, तो बहुत रोता, मेरी गोद से कभी न उतरता। लौट कर उसे अवश्य देखने जाऊँगी। या ईश्वर किसी तरह गाड़ी चले; गर्मी के मारे जी व्याकुल हो रहा है। इतनी घटा उमड़ी हुई है, किंतु बरसने का नाम नहीं लेती। मालूम नहीं, यह रेलवाले क्यों देर कर रहे हैं। झूठमूठ इधर-उधर दौड़ते-फिरते हैं। यह नहीं कि झटपट गाड़ी खोल दें। यात्रियों की जान में जान आये। एकाएक उन्होंने इंद्रमणि को बाइसिकिल लिये प्लेटफार्म पर आते देखा। उसका चेहरा उतरा हुआ, और कपड़े पसीने से तर थे। वह गाड़ियों में झाँकने लगे। कैलासी केवल यह जताने के लिए कि मैं भी यात्रा करने जा रही हूँ, गाड़ी से बाहर निकल आयी। और इंद्रमणि उसे देखते ही लपक कर करीब आ गये, और बोले — क्यों कैलासी, तुम भी यात्रा को चलीं?

कैलासी ने सगर्व दीनता से उत्तर दिया — हाँ, यहाँ क्या करूँ, जिंदगी का कोई ठिकाना नहीं, मालूम नहीं कब आँखें बंद हो जायें, परमात्मा के यहाँ मुँह दिखाने का भी तो कोई उपाय होना चाहिए। रुद्र बाबू अच्छी तरह हैं?

इंद्रमणि — अब तो जा ही रही हो। रुद्र का हाल पूछ कर क्या करोगी? उसे आशीर्वाद देती रहना।

कैलासी की छाती धड़कने लगी। घबरा कर बोली — उनका जी अच्छा नहीं है क्या?

इंद्रमणि — वह तो उसी दिन से बीमार है जिस दिन तुम वहाँ से निकलीं। दो हफ्ते तक उसने अन्ना-अन्ना की रट लगायी। अब एक हफ्ते से खाँसी और बुखार में पड़ा है। सारी दवाइयाँ करके हार गया, कुछ फायदा न हुआ। मैंने सोचा था कि चल कर तुम्हारी अनुनय-विनय करके लिवा लाऊँगा। क्या जाने तुम्हें देख कर उसकी तबियत सँभल जाय। पर तुम्हारे घर पर आया तो मालूम हुआ कि तुम यात्रा करने जा रही हो। अब किस मुँह से चलने को कहूँ। तुम्हारे साथ सलूक-ही कौन-सा अच्छा किया था जो इतना साहस करूँ। फिर पुण्य-कार्य में विघ्न डालने का भी डर है। जाओ, उसका ईश्वर मालिक है। आयु शेष है तो बच ही जायगा। अन्यथा ईश्वरीय गति में किसी का क्या वश।

कैलासी की आँखों के सामने अँधेरा छा गया। सामने की चीजें तैरती हुई मालूम होने लगी। हृदय भावी अशुभ की आशंका से दहल गया। हृदय से निकल पड़ा — या ईश्वर, मेरे रुद्र का बाल बाँका न हो।' प्रेम से गला भर आया। विचार किया मैं कैसी कठोरहृदया हूँ। प्यारा बच्चा रो-रो कर हलकान हो गया, और मैं उसे देखने तक नहीं गयी। सुखदा का स्वभाव अच्छा नहीं, न सही किंतु रुद्र ने मेरा क्या बिगाड़ा था कि मैंने माँ का बदला बेटे से लिया। ईश्वर मेरा अपराध क्षमा करो। प्यारा रुद्र मेरे लिए हुड़क रहा है। (इस खयाल से कैलासी का कलेजा मसोस उठा और आँखों से आँसू बह निकले) मुझे क्या मालूम था कि उसे मुझसे इतना प्रम है। नहीं मालूम बच्चे की क्या दशा है। भयातुर हो बोली — दूध तो पीते हैं न?

इंद्रमणि — तुम दूध पीने को कहती हो। उसने दो दिन से आँखें तक नहीं खोलीं।

कैलासी — या मेरे परमात्मा! अरे कुली! कुली! बेटा, आकर मेरा सामान गाड़ी से उतार दे। अब मुझे तीरथ जाना नहीं सूझता। हाँ बेटा, जल्दी कर, बाबू जी देखो कोई एक्का हो तो ठीक कर लो।

एक्का रवाना हुआ। सामने सड़क पर बग्घियाँ खड़ी थीं। घोड़ा धीरे-धीरे चल रहा था। कैलासी बार-बार झुँझलाती थी और एक्कावान से कहती थी, बेटा जल्दी कर। मैं तुझे कुछ ज्यादे दे दूँगी। रास्ते में मुसाफिरों की भीड़ देख कर उसे क्रोध आता था। उसका जी चाहता था कि घोड़े के पर लग जाते ; लेकिन इंद्रमणि का मकान करीब आ गया तो कैलासी का हृदय उछलने लगा। बार-बार हृदय से रुद्र के लिए शुभ आशीर्वाद निकलने लगा। ईश्वर करे सब कुशल-मंगल हो। एक्का इंद्रमणि की गली की ओर मुड़ा। अकस्मात् कैलासी के कान में रोने की ध्वनि पड़ी। कलेजा मुँह को आ गया। सिर में चक्कर आ गया। मालूम हुआ नदी में डूबी जाती हूँ। जी चाहा कि इक्के पर से कूद पड़ूँ। पर थोड़ी ही देर में मालूम हुआ कि कोई स्त्री मैके से विदा हो रही है, संतोष हुआ। अंत में इंद्रमणि का मकान आ पहुँचा। कैलासी ने डरते-डरते दरवाजे की तरफ ताका। जैसे कोई घर से भागा हुआ अनाथ लड़का शाम को भूखा-प्यासा घर आये, दरवाजे की ओर सटकी हुई

आँखों से देखे कि कोई बैठा तो नहीं है। दरवाजे पर सन्नाटा छाया हुआ था। महाराज बैठा सुरती मल रहा था। कैलासी को जरा ढाढ़स हुआ। घर में बैठी तो नयी दाई पुलटिस पका रही है। हृदय में बल का संचार हुआ। सुखदा के कमरे में गयी तो उसका हृदय गर्मी के मध्याह्नकाल के सदृश काँप रहा था। सुखदा रुद्र को

गोद में लिये दरवाजे की ओर एकटक ताक रही थी। शोक और करुणा की मूर्ति बनी थी।

कैलासी ने सुखदा से कुछ नहीं पूछा। रुद्र को उसकी गोद से लिया और उसकी तरफ सजल नयनों से देख कर कहा — बेटा रुद्र आँखें खोलो।

रुद्र ने आँखें खोली, क्षणभर दाई को चुपचाप देखता रहा, तब यकायक दाई के गले से लिपट कर बोला — अन्ना आयी! अन्ना आयी!!

रुद्र का पीला मुर्झाया हुआ चेहरा खिल उठा, जैसे बुझते हुए दीपक में तेल पड़ जाये। ऐसा मालूम हुआ मानों वह कुछ बढ़ गया है।

एक हफ्ता बीत गया। प्रात:काल का समय था। रुद्र आँगन में खेल रहा था। इंद्रमणि ने बाहर से आ कर उसे गोद में उठा लिया, और प्यार से बोले — तुम्हारी अन्ना को मार कर भगा दें?

रुद्र ने मुँह बना कर कहा — नहीं, रोयेगी।

कैलासी बोली — क्यों बेटा, तुमने तो मुझे बद्रीनाथ नहीं जाने दिया। मेरी यात्रा का पुण्य-फल कौन देगा?

इंद्रमणि ने मुस्करा कर कहा — तुम्हें उससे कहीं अधिक पुण्य हो गया। यह तीर्थ महातीर्थ है।

□

विस्मृति

चित्रकूट के सन्निकट धनगढ़ नामक एक गाँव है। कुछ दिन हुए वहाँ शानसिंह और गुमानसिंह दो भाई रहते थे। ये जाति के ठाकुर (क्षत्रिय) थे। युद्धस्थल में वीरता के कारण उनके पूर्वजों को भूमि का एक भाग मुआफी प्राप्त हुआ था। खेती करते थे, भैंसें पाल रखी थीं, घी बेचते थे, मट्ठा खाते थे और प्रसन्नतापूर्वक समय व्यतीत करते थे। उनकी एक बहिन थी, जिसका नाम दूजी था। यथा नाम तथा गुण। दोनों भाई परिश्रमी और अत्यंत साहसी थे। बहिन अत्यंत कोमल, सुकुमारी, सिर पर घड़ा रख कर चलती तो उसकी कमर बल खाती थी; किन्तु तीनों अभी तक कुँवारे थे। प्रकटत: उन्हें विवाह की चिंता न थी। बड़े भाई शानसिंह सोचते, छोटे भाई के रहते हुए अब मैं अपना विवाह कैसे करूँ। छोटे भाई गुमानसिंह लज्जावश अपनी अभिलाषा प्रकट न करते थे कि बड़े भाई से पहले मैं अपना ब्याह कर लूँ। वे लोगों से कहा करते थे कि — "भाई, हम बड़े आनंद में हैं, आनंदपूर्ण भोजन कर मीठी नींद सोते हैं। कौन यह झंझट सिर पर ले?" किन्तु लग्न के दिनों में कोई नाई या ब्राह्मण गाँव में वर ढूँढ़ने आ जाता तो उसकी सेवा-सत्कार में यह कोई बात न उठा रखते थे। पुराने चावल निकाले जाते, पालतू बकरे देवी को भेंट होते, और दूध की नदियाँ बहने लगती थीं। यहाँ तक कि कभी-कभी उसका भ्रातृ-स्नेह प्रतिद्वन्द्विता एवं द्वेष भाव के रूप में परिणत हो जाता था। इन दिनों में इनकी उदारता उमंग पर आ जाती थी, और इसमें लाभ उठाने वालों की भी कमी न थी। कितने ही नाई और ब्राह्मण ब्याह के असत्य समाचार ले कर उनके यहाँ आते, और दो-चार दिन पूड़ी-कचौड़ी खा कुछ विदाई ले कर वरक्षा (फलदान) भेजने का वादा करके अपने घर की राह लेते। किंतु दूसरे लग्न तक वह अपना दर्शन तक न देते थे। किसी न किसी कारण भाइयों का यह परिश्रम निष्फल हो जाता था। अब कुछ आशा थी, तो दूजी से। भाइयों ने यह निश्चय कर लिया था कि इसका विवाह वहीं पर किया जाये जहाँ से एक बहू प्राप्त हो सके।

2

इसी बीच में गाँव का बूढ़ा कारिंदा परलोक सिधारा। उसकी जगह पर एक नवयुवक ललनसिंह नियुक्त हुआ जो अँगरेजी की शिक्षा पाया हुआ शौकीन, रंगीन और रंसीला आदमी था। दो-चार ही दिनों में उसने पनघटों, तालाबों और झरोखों की देखभाल भली-भाँति कर ली। अंत में उसकी रसभरी दृष्टी दूजी पर पड़ी। उसकी सुकुमारता और रूपलावण्य पर मुग्ध हो गया। भाइयों से प्रम और परस्पर मेल-जोल पैदा किया। कुछ विवाह-सम्बन्धी बातचीत छेड़ दी। यहाँ तक कि हुक्का-पानी भी साथ-साथ होने लगा। सायं-प्रातः इनके घर पर आया करता। भाइयों ने भी उसके आदर-सम्मान की सामग्रियाँ जमा की। पानदान मोल लाये, कालीन खरीदी। वह दरवाजे पर आता तो दूजी तुरंत पान के बीड़े बना कर भेजती। बड़े भाई कालीन बिछा देते और छोटे भाई तश्तरी में मिठाइयाँ रख लाते। एक दिन श्रीमन् ने कहा — भैया शानसिंह, ईश्वर की कृपा हुई तो अब की लग्न में भाभी जी आ जायेगी। मैंने सब बातें ठीक कर ली हैं।

शानसिंह की बाछे खिल गयीं। अनुग्रहपूर्ण दृष्टि से देख कर कहा — मैं अब इस अवस्था में क्या करूँगा। हाँ, गुमानसिंह की बातचीत कहीं ठीक हो जाती, तो पाप कट जाता!

गुमानसिंह ने ताड़ का पंखा उठा लिया और झलते हुए बोले — वाह भैया! कैसी बात कहते हो?

ललनसिंह ने अकड़ कर शानसिंह की ओर देखते हुए कहा — भाई साहब, क्या कहते हो, अबकी लग्न में दोनों भाभियाँ छमाछम करती हुई घर में आवें तो बात! मैं ऐसा कच्चा मामला नहीं रखता। तुम तो अभी से बुड्ढ़ों की भाँति बातें करने लगे! तुम्हारी अवस्था यद्यपि पचास से भी अधिक हो गयी, पर देखने में चालीस वर्ष से भी कम मालूम होती है। अब दोनों विवाह होंगे, बीच खेत होंगे। यह तो बताओ; वस्त्राभूषण का समुचित प्रबंध है न?

शानसिंह ने उनके जूतों को सीधा करते हुए कहा — भाई साहब! आप की यदि ऐसी कृपा-दृष्टि है, तो सब कुछ हो जायेगा। आखिर इतने दिन कमा-कमा कर क्या किया है।

गुमानसिंह घर में गये, हुक्का ताजा किया; तम्बाकू में दो-तीन बूँद इत्र के डाले, चिलम भरी, दूजी से कहा कि शरबत घोल दे और हुक्का ला कर ललनसिंह के सामने रख दिया।

ललनसिंह ने दो-चार दम लगाये और बोले — नाई दो-चार दिन में आने वाला है। ऐसा घर चुना है कि चित्त प्रसन्न हो जाये, एक विधवा है। दो कन्यायें एक से एक सुंदर। विधवा दो-एक वर्ष में संसार को त्याग देगी और तुम एक सम्पूर्ण गाँव में दो आने के हिस्सेदार बन जाओगे। गाँव वाले जो अभी हँसी करते है, पीछे जल-जल मरेंगे। हाँ, भय इतना ही है कि कोई बुढ़िया के कान न भर दे कि सारा बना-बनाया खेल बिगड़ जाये।

शानसिंह के चेहरे पर हवाइयाँ उड़ने लगीं। गुमानसिंह की मुखकांति मलिन हो गयी। कुछ देर बाद शानसिंह बोले — अब तो आपकी ही आशा है, आपकी जैसी राय हो, किया जाये।

जब कोई पुरुष हमारे साथ अकारण मित्रता का व्यवहार करने लगे तो हमको सोचना चाहिए कि इसमें उसका कोई स्वार्थ तो नहीं छिपा है। यदि हम अपने सीधेपन से इस भ्रम में पड़ जाएँ कि कोई मनुष्य हमको केवल अनुग्रहीत करने के लिए हमारी सहायता करने पर तत्पर है तो हमें धोखा खाना पड़ेगा। किन्तु अपने स्वार्थ की धुन में ये मोटी-मोटी बातें भी हमारी निगाहों से छिप जाती हैं और हमें छल अपने रँगे हुए भेष में आकर हमको सर्वदा के लिए परस्पर व्यवहार का उपदेश देता है। शानसिंह और गुमानसिंह ने विचार से कुछ भी काम न लिया और ललनसिंह के फंदे नित्यप्रति गाढ़े होते गये। मित्रता ने यहाँ तक पाँव पसारे कि भाइयों की अनुपस्थिति में भी वह बेधड़क घर में घुस जाते और आँगन में खड़े हो कर छोटी बहिन से पान-हुक्का माँगते। दूजी उन्हें देखते ही अति प्रसन्नता से पान बनाती। फिर आँखें मिलतीं, एक प्रेमाकांक्षा से बेचैन, दसरी लज्जावश सकुची हुई। फिर मुस्कराहट की झलक होठों पर आती। चितवनों की शीतलता कलियों को खिला देती। हृदय नेत्रों द्वारा बातें कर लेते।

इस प्रकार प्रेमलिप्सा बढ़ती गयी। उस नेत्रलिंगन में, जो मनोभावों का बाह्यरूप था, उद्विग्नता और विकलता की दशा उतपन्न हुई। वह दूजी, जिसे कभी मनिहारे और बिसाती की रुचिकर ध्वनि भी चौखट से बाहर न निकाल सकती थी, अब एक प्रेम-विह्वलता की दशा में प्रतीक्षा की मूर्ति बनी हुई घंटों दरवाजों पर खड़ी रहती। उस दोहे और गीतों में, जिन्हें वह कभी विनोदार्थ गाया करती थी, अब उसे विशेष अनुराग और विरह-वेदना का अनुभव होता? तात्पर्य यह कि प्रेम का रंग गाढ़ा हो गया।

शनैः-शनैः गाँव में चर्चा होने लगी। घास और कास स्वयं उगते हैं। उखाड़ने से भी नहीं जाते। अच्छे पौधे बड़ी देख-रेख से उगते हैं। इसी प्रकार बुरे समाचार स्वयं

फैलते हैं, छिपाने से भी नहीं छिपते। पनघटों और तालाबों के किनारे इस विषय पर कानाफूसी होने लगी। गाँव की बनियाइन, जो अपनी तराजू पर हृदयों को तोलती थी और ग्वालिन जो जल में प्रेम का रंग देकर दूध का दाम लेती थी और तम्बोलिन जो पान के बीड़ों से दिलों पर रंग जमाती थी, बैठ कर दूजी की लोलुपता और निर्लज्जता का राग अलापने लगी। बेचारी दूजी को घर से निकलना दुर्लभ हो गया, सखी-सहेलियाँ एवं बड़ी-बूढ़ियाँ सभी उनको ताने मारतीं। सखी-सहेलियाँ हँसी से छेड़तीं और वृद्धा स्त्रियाँ हृदय विदारक व्यंग्यों से।

मर्दों तक बातें फैलीं। ठाकुरों का गाँव था। उनकी क्रोधाग्नि भड़की। आपस में सम्मति हुई कि ललनसिंह को इस दुष्टता का दंड देना उचित है। दोनों भाइयों को बुलाया और बोले — भैया, क्या अपनी मर्यादा का नाश करके विवाह करोगे?

दोनों भाई चौंक पड़े। उन्हें विवाह की उमंग में यह सुधि ही नहीं थी कि घर में क्या हो रहा है। शानसिंह ने कहा — तुम्हारी बात मेरी समझ में नहीं आयी। साफ-साफ क्यों नहीं कहते।

एक ठाकुर ने जवाब दिया — साफ-साफ क्या कहलाते हो। इस शोहदे ललनसिंह का अपने यहाँ आना-जाना बंद कर दो, तुम तो अपनी आँखों पर पट्टी बाँधे ही हो, पर उसकी जान की कुशल नहीं। हमने अभी तक इसीलिए तरह दिया है कि कदाचित् तुम्हारी आँखें खुलें, किन्तु ज्ञात होता है कि तुम्हारे ऊपर उसने मुर्दे का भस्म डाल दिया है। ब्याह क्या अपनी आबरू बेच कर करोगे? तुम लोग खेत में रहते हो और हम लोग अपनी आँखों से देखते हैं कि वह शोहदा अपना बनाव-सँवार किये आता है और तुम्हारे घर में घंटों घुसा रहता है। तुम उसे अपना भाई समझते हो तो समझा करो, हम तो ऐसे भाई का गला काट लें, जो विश्वासघात करे।

भाइयों के नेत्रपट खुले। दूजी के ज्वर के सम्बन्ध में जो ज्वर का संदेह था, वह प्रेम का ज्वर निकला। रूधिर में उबाल आया। नेत्रों में चिनगारियाँ उड़ीं। तेवर बदले। दोनों भाइयों ने एक-दूसरे की ओर क्रोधमय दृष्टि से देखा। मनोगत भाव जिह्वा तक न आ सके। अपने घर आये; किन्तु दर पर पाँव रखा ही था कि ललनसिंह से मुठभेड़ हो गयी।

ललनसिंह ने हँस कर कहा — वाह भैया! वाह! हम तुम्हारी खोज में बार-बार आते हैं, किन्तु तुम्हारे दर्शन तक नहीं मिलते। मैंने समझा, आखिर रात्रि में तो कुछ काम न होगा। किन्तु देखता हूँ, आपको इस समय भी छुट्टी नहीं है।

शानसिंह ने हृदय के भीतर क्रोधाग्नि को दबा कर कहा — हाँ, इस समय वास्तव में छुट्टी नहीं है।

ललनसिंह — आखिर क्या काम है? मैं भी सुनूँ।

शानसिंह — बहुत बड़ा काम है, आपसे छिपा न रहेगा।

ललनसिंह — कुछ वस्त्राभूषण का भी प्रबंध कर रहे हो? अब लगन सिर पर आ गया है।

शानसिंह — अब बड़ा लगन सिर पर आ पहुँचा है, पहले इसका प्रबंध करना।

ललनसिंह — क्या किसी से ठन गयी।

शानसिंह — भली-भाँति।

ललनसिंह — किससे!

शानसिंह — इस समय जाइए, प्रात:काल बतलाऊँगा।

3

दूजी भी ललनसिंह के साथ दरवाजे की चौखट तक आयी थी। भाइयों की आहट पाते ही ठिठक गयी और यह बातें सुनी। उसका माथा ठनका कि आज यह क्या मामला है। ललनसिंह का कुछ आदर-सत्कार नहीं हुआ। न हुक्का, न पान। क्या भाइयों के कानों में कुछ भनक तो नहीं पड़ी। किसी ने कुछ लगा तो नहीं दिया। यदि ऐसा हुआ तो कुशल नहीं।

इसी उधेड़बुन में पड़ी थी कि भाइयों ने भोजन परोसने की आज्ञा दी। जब वह भोजन करने बैठे तो दूजी ने अपनी निर्दोषिता और पवित्रता प्रकट करने के लिए एवं अपने भाइयों के दिल का भेद लेने के लिए कुछ कहना चाहा। त्रिया-चरित्र में अभी निपुण न थी। बोली — भैया, ललनसिंह से कह दो, घर में न आया करें। आप घर में रहिये तो कोई बात नहीं, किन्तु कभी-कभी आप नहीं रहते तो मुझे अत्यन्त लज्जा आती है। आज ही वह आपको पूछते हुए चले आये, अब मैं उनसे क्या कहूँ। आपको नहीं देखा तो लौट गये!

शानसिंह ने बहिन की तरफ ताने-भरे नेत्रों से देख कर कहा — अब वह घर में न आयेंगे।

गुमानसिंह बोले — हम इसी समय जाकर उन्हें समझा देंगे।

भाइयों ने भोजन कर लिया। दूजी को पुन: कुछ कहने का साहस न हुआ। उसे उनके तेवर आज कुछ बदले हुए मालूम होते थे। भोजनोपरांत दोनों भाई दीपक ले कर भंडारे की कोठरी में गये। अनावश्यक बर्तन, पुराने सामान, पुरुषाओं के समय के अस्त्र-शस्त्र आदि इसी कोठरी में रखे थे। गाँव में जब कोई बकरा देवी जी को भेंट दिया जाता तो यह कोठरी खुलती थी। आज तो कोई ऐसी बात नहीं है। इतनी रात गये यह कोठरी क्यों खोली जाती है? दूजी को किसी भावी दुर्घटना का सन्देह हुआ। वह दबे पाँव दरवाजे पर गयी तो देखती क्या है कि गुमानसिंह एक भुजाली लिये पत्थर पर रगड़ रहा है। उसका कलेजा धक्-धक् करने लगा और पाँव थर्राने लगे। वह उल्टे पाँव लौटना चाहती थी कि शानसिंह की आवाज सुनायी दी —"इसी समय एक घड़ी में चलना ठीक है। पहली नींद बड़ी गहरी होती है। बेधड़क सोता होगा।" गुमानसिंह बोले — "अच्छी बात है, देखो, भुजाली की धार? एक हाथ में काम तमाम हो जायगा!"

दूजी को ऐसा ज्ञात हुआ मानो किसी ने पहाड़ पर से ढकेल दिया। सारी बातें उसकी समझ में आ गयीं। वह भय की दशा में घर से निकली और ललनसिंह के चौपाल की ओर चली। किंतु वह अँधेरी रात प्रम की घाटी थी और वह रास्ता प्रेम का कठिन मार्ग। वह इस सुनसान अँधेरी रात में चौकन्ने नेत्रों से इधर-उधर देखती, विह्वलता की दशा में शीघ्रतापूर्वक चली जाती थी। किंतु हाय निराशा! एक-एक पल उसे प्रम-भवन से दूर लिये जाता था। उस अंधेरी भयानक रात्रि में भटकती, न जाने वह कहाँ चली जाती थी, किससे पूछे। लज्जावश किसी से कुछ न पूछ सकती थी। कहीं चूड़ियों का झनझनाना भेद न खोल दे! क्या इन अभागे आभूषणों को आज ही झनझनाहट है? अंत में एक वृक्ष के तले वह बैठ गयीं। सब चूड़ियाँ चूर-चूर कर दीं, आभूषण उतार कर आँचल में बाँध लिये। किन्तु हाय! यह चूड़ियाँ सुहाग की चूड़ियाँ थीं और यह गहने सुहाग के गहने थे जो एक बार उतार कर फिर न पहने गये।

उसी वृक्ष के नीचे पयस्विनी नदी पत्थर के टुकड़ों से टकराती हुई बहती थी। यहाँ नौकाओं का निर्वाह दुस्तर था। दूजी बैठी हुई सोचती, क्या मेरे जीवन की नदी में प्रेम की नौका दु:ख की शिलाओं से टक्कर खा कर डूब जायेगी।

4

प्रातःकाल ग्रामवासियों ने आश्चर्यपूर्वक सुना कि ठाकुर ललनसिंह की किसी ने हत्या कर डाली। सारे गाँव के स्त्री-पुरुष, वृद्धा-युवा सहस्रों की संख्या में

चौपाल के सामने जमा हो गये। स्त्रियाँ पनघटों को जाती हुई रुक गयीं। किसान हल-बैल लिए ज्यों के त्यों खड़े रह गये। किसी की समझ में न आता था कि यह हत्या किसने की। कैसा मिलनसार, हँसमुख सज्जन मनुष्य था! उनका कौन ऐसा शत्रु था! बेचारे ने किसी पर इजाफा लगान या बेदखली की नालिश तक नहीं की। किसी को दो बात तक नहीं कही। दोनों भाइयों के नेत्रों से आँसू की धारा बहती थी। उन का घर उजड़ गया। सारी आशाओं पर तुषारपात हो गया। गुमानसिंह ने रोकर कहा — हम तीन भाई थे, अब दो ही रह गये! हमसे तो दाँत-काटी रोटी थी। साथ उठना, हँसी-दिल्लगी, भोजन-छाजन एक हो गया था। हत्यारे से इतना भी नहीं देखा गया। हाय! अब हमको कौन सहारा देगा?

शानसिंह ने आँसू पोछते हुए कहा — हम दोनों भाई कपास निराने जा रहे थे। ललनसिंह से कई दिन से भेंट नहीं हुई थी। सोचे कि इधर से होते चलें, किन्तु पिछवाड़े आते ही सेंध दिखायी पड़ी। हाथों के तोते उड़ गये। दरवाजों पर जाकर देखा तो चौकीदार-सिपाही सब सो रहे हैं। उन्हें जगा कर ललनसिंह के किवाड़ खटखटाने लगे। परन्तु बहुत बल करने भी किवाड़ अंदर से न खुले तो सेंध के रास्ते से झाँका। आह! कलेजे में तीर लग गया। संसार अंधेरा दिखायी दिया। प्यारे ललनसिंह का सिर धड़ से अलग था। रक्त की नदी बह रही थी। शोक! भैया सदा के लिए बिछुड़ गये।

मध्याह्न काल तक इसी प्रकार विलाप होता रहा। दरवाजे पर मेला लगा हुआ था। दूर-दूर से लोग इस दुर्घटना का समाचार पाकर इकट्ठे होते जाते थे। संध्या होते-होते हल्के के दारोगा साहब भी चौकीदार और सिपाहियों का एक झुँड लिए आ पहुँचे। कड़ाही चढ गयी। पूड़ियाँ छनने लगा। दारोगा जी ने जाँच करनी शुरू की। घटनास्थल देखा। चौकीदारों का बयान हुआ। दोनों भाइयों के बयान लिखे। आस-पास के पासी और चमार पकड़े गये और उन पर मार पड़ने लगी। ललनसिंह की लाश लेकर थाने पर गये। हत्यारे का पता न चला। दूसरे दिन इन्स्पेक्टर-पुलिस का आगमन हुआ। उन्होंने भी गाँव का चक्कर लगाया, चमारों और पासियों की मरम्मत हुई, हलुआ, मोहन, गोश्त-पूड़ी के स्वाद लेकर सायंकाल को उन्होंने भी अपनी राह ली। कुछ पासियों पर जो कि कई बार डाके-चोरी में पकड़े जा चुके थे, सन्देह हुआ। उनका चालान किया। मजिस्ट्रेट ने गवाही पुष्ट पाकर अपराधियों को सेशन सुपुर्द किया और मुकदमे की पेशी होने लगी।

मध्याह्न का समय था। आकाश पर मेघ छाये हुए थे। कुछ बूँदें भी पड़ रही थीं। सेशन जज कुँवर विनयकृष्ण बघेल के इजलास में मुकदमा पेश था। कुंवर साहब बड़े सोच-विचार में थे कि क्या करूँ। अभियुक्तों के विरुद्ध साक्षी निर्बल थी। किन्तु, सरकारी

वकील, जो एक प्रसिद्ध नीतिज्ञ थे, नजीरों पर नजीर पेश करते जाते थे कि अचानक दूजी श्वेत साड़ी पहने, घूंघट निकाले हुए निर्भय न्यायालय में आ पहुंची और हाथ जोड़ कर बोली — श्रीमान्! मैं शानसिंह और गुमानसिंह की बहन हूँ। इस मामले में जो कुछ जानती हूँ वह मुझसे भी सुन लिया जाय, इसके बाद सरकार जो फैसला चाहें, करें।

कुँवर साहब ने आश्चर्य से दूजी की तरफ दृष्टि फेरी। शानसिंह और गुमानसिंह के शरीर में काटो तो रक्त नहीं। वकीलों ने आश्चर्य की दृष्टि से उसकी ओर देखना शुरू किया। दूजी के चेहरे पर दृढ़ता झलक रही थी। भय का लेशमात्र न था। नदी आँधी के पश्चात स्थिर दशा में थी। उसने उसी प्रवाह में कहना प्रारम्भ किया — ठाकुर ललनसिंह की हत्या करने वाले मेरे दोनों भाई हैं।

कुँवर साहब के नेत्रों के सामने से पर्दा हट गया। सारी कचहरी दंग हो गयी और सब टकटकी बाँधे दूजी की तरफ देखने लगे।

दूजी बोली — यह वह भुजाली है, जो ललनसिंह की गर्दन पर फेरी गयी है। अभी इसका खून ताजा है। मैंने अपनी आँखों से भाइयों को इसे पत्थर पर रगड़ते देखा, उनकी बातें सुनीं। मैं उसी समय घर से बाहर निकली कि ललनसिंह को सावधान कर दूँ, किन्तु मेरा भाग्य खोटा था। चौपाल का पता न लगा। मेरे दोनों भाई सामने खड़े हैं, वह मर्द हैं, मेरे सामने असत्य कदापि न कहेंगे। इनसे पूछ लिया जाये। और सच पूछिए तो यह छुरी मैंने चलायी है। मेरे भाइयों का अपराध नहीं है। यह सब मेरे भाग्य का खेल है। यह सब मेरे कारण हुआ और न्याय की तलवार मेरी ही गर्दन पर पड़नी चाहिए। मैं ही अपराधिनी हूँ और हाथ जोड़ कर कहती हूँ कि इस मुजाली से मेरी गर्दन काट ली जाए।

5

न्यायालय में एक स्त्री का आना बाजार में भानमती का आना है। अब तक अभियोग नीरस और अरुचिकर था। दूजी के आगमन ने उनमें प्राण डाल दिये। न्यायालय में एक भीड़ लग गयी। मुवक्किल और वकील, अमले और दूकानदार, असावधानी की दशा में इधर-उधर दौड़ते हुए चले आते थे। प्रत्येक पुरुष उसको देखने का इच्छुक था। सहस्रों नेत्र उसके मुखड़े की तरफ देखते थे और वह जन-समूह में शांति की मूर्ति बनी हुई निश्चल खड़ी थी।

इस घटना की प्रत्येक पुरुष अपनी-अपनी समझ के अनुसार आलोचना करता था। वृद्धजन कहते थे — बेहया है, ऐसी लड़की का सिर काट लेना चाहिए।

भाइयों ने वही किया, जो मर्दों का काम था। इस निर्लज्ज को तो देखो कि अपना परदा ढाँकने के बदले उसका डंका बजा रही है और भाइयों को भी डुबाये देती है। आँखों का पानी गिर गया है। ऐसी न होती तो यह दिन ही क्यों आता?

मगर नवयुवकों, स्वतन्त्रता पर जान न्योछावर कर देने वाले वकीलों और अमलों में उसके साहस और निर्भयता की प्रशंसा हो रही थी। उस की समझ में जब यहाँ तक नौबत आ गयी थी तो भाइयों का धर्म था कि दोनों का ब्याह कर देते।

कई वृद्ध वकीलों की अपने नवयुवक मित्रों से कुछ छेड़छाड़ हो गई। एक फैसनेबुल बैरिस्टर साहब ने हँसकर कहा —'मित्र, और तो जो कुछ है सो है, यह स्त्री सहस्रों में एक है, रानी मालूम होती है? सर्वसाधारण ने इनका समर्थन किया। कुँवर विनयकृष्ण इस समय कचहरी से उठे थे। बैरिस्टर साहब की बात सुनी और घृणा से मुंह फेर लिया। वह सोच रहे थे कि जिस स्त्री के क्रोध में इतनी ज्वाला है, क्या उसका प्रेम भी इसी प्रकार ज्वालापूर्ण होगा।

6

दूसरे दिन फिर दस बजे मुकदमा पेश हुआ। कमरे में तिल रखने की भी जगह न थी। दूजी कटघरे के पास सिर झुकाये खड़ी थी। दोनों भाई कई कॉन्स्टेबलों के बीच में चुपचाप खड़े थे। कुँवर विनयकृष्ण ने उन्हें सम्बोधित करके उच्च स्वर से कहा — ठाकुर शानसिंह, गुमानसिंह! तुम्हारी बहिन ने तुम्हारे सम्बन्ध में अदालत में जो कुछ बयान किया है, उसका तुम्हारे पास क्या उत्तर है?

शानसिंह ने गर्वपूर्ण भाव से उत्तर दिया — बहिन ने जो कुछ बयान किया है वह सब सत्य है। हमने अपना अपराध इसलिए छिपाया था कि हम बदनामी, बेइज्जती से डरते थे। किन्तु अब जब हमारी बदनामी जो कुछ होनी थी, हो चुकी तो हमको अपनी सफाई देने की कोई आवश्यकता नहीं। ऐसे जीवन से अब मृत्यु ही उत्तम है। ललनसिंह से हमारी हार्दिक मित्रता थी। आपस में कोई विभेद न था। हम उसे अपना भाई समझते थे, किन्तु उसने हमको धोखा दिया। उसने हमारे कुल में कलंक लगा दिया और हमने उसका बदला लिया। उसने चिकनी-चुपड़ी बातों द्वारा हमारी इज्जत लेनी चाही। किन्तु हम अपने कुल की मर्यादा इतनी सस्ती नहीं बेच सकते थे। स्त्रियाँ ही कुल-मर्यादा की सम्पति होती हैं। मर्द उसके रक्षक होते हैं। जब इस सम्पत्ति पर कपट का हाथ उठे तो मर्दों का धर्म है कि रक्षा करें। इस पूँजी को

अदालत का कानून, परमात्मा का भय या सदविचार नहीं बचा सकता। हमको इसके लिए न्यायालय से जो दण्ड प्राप्त हो, वह शिरोधार्य है।

जज ने शानसिंह की बात सुनी। कचहरी में सन्नाटा छा गया और सन्नाटे की दशा में उन्होंने अपना फैसला सुनाया। दोनों भाइयों को हत्या के अपराध में चौदह वर्ष कालेपानी का दंड मिला।

7

सायंकाल हो गया था। दोनों भाई कांस्टेबलों के बीच में कचहरी से बाहर निकले। हाथों में हथकड़ियाँ थीं, पाँवों में बेड़ियाँ। हृदय अपमान से संकुचित और सिर लज्जा के बोझ से झुके हुए थे। मालूम होता था मानों सारी पृथ्वी हम पर हँस रही है।

दूजी पृथ्वी पर बैठी हुई थी कि उसने कैदियों के आने की आहट सुनी और उठ खड़ी हुई। भाइयों ने भी उसकी ओर देखा। परन्तु हाय! उन्हें ऐसा ज्ञात हुआ कि यह भी हमारे ऊपर हँस रही है। घृणा से नेत्र फेर लिए। दूजी ने भी उन्हें देखा; किन्तु क्रोध और घृणा से नहीं, केवल एक उदासीन भाव से। जिन भाइयों की गोद में खेली और जिनके कंधों पर चढ़कर बाल्यावस्था व्यतीत की, जिन भाइयों पर न्योछावर करती थी, आज वही दोनों भाई कालेपानी को जा रहे हैं जहाँ से कोई लौट कर नहीं आता और उसके रक्त में तनिक भी गति नहीं होती! रुधिर भी द्वेष से जल की भांति जम जाता है! सूर्य की किरणें वृक्षों की डालियों से मिलीं, फिर जड़ों को चूमती हुई चल दीं। उनके लिए अंधकार गोद फैलाये हुए था। क्या इस अभागिनी स्त्री के लिए भी संसार में कोई ऐसा आश्रय नहीं था!

आकाश की लालिमा नीलावरण हो गयी। तारों के कँवल खिले। वायु के लिए पुष्प-शय्या बिछ गयी। ओस के लिए हरी मखमल का फर्श बिछ गया, किन्तु अभागिनी दूजी उसी वृक्ष के नीचे शिथिल बैठी थी। उसके लिए संसार में कोई स्थान न था। अब तक जिसे वह अपना घर समझती थी, उसके दरवाजे उसके लिए बन्द थे। वहाँ क्या मुँह ले कर जाती? नदी को अपने उद्गम से चल कर अथाह समुद्र के अतिरिक्त अन्यत्र कहीं ठिकाना नहीं है।

दूजी उसी तरह निराशा के समुद्र में निमग्न हो रही थी, कि एक वृद्ध स्त्री उसके सामने आ कर खड़ी हो गयी। दूजी चौंक कर उठ बैठी। वृद्ध स्त्री ने उसकी ओर

आश्चर्यान्वित हो कर कहा — इतनी रात बीत गयी, अभी तक तुम यहीं बैठी हो?

दजी ने चमकते हुए तारों की ओर देख कर कहा — कहाँ जाऊँ? इन शब्दों में कैसा हृदय-विदारक आशय छिपा हुआ था! कहाँ जाए? संसार में उसके लिए अपमान की गली के सिवा और कोई स्थान नहीं था।

बुढ़िया ने प्रेममय स्वर में कहा — बेटी, भाग्य में जो कुछ लिखा है, वह तो हो कर ही रहेगा, किन्तु तुम कब तक यहाँ बैठी रहोगी! मैं दीन ब्राह्मणी हूँ। चलो मेरे घर चलो, जो कुछ भिक्षा-भवन माँगे मिलेगा, उसी में हम दोनों निर्वाह कर लेंगी। न जाने पूर्वजन्म में हमसे-तुमसे क्या संबंध था। जब से तुम्हारी दशा सुनी है, बेचैन हूँ। सारे शहर में आज घर-घर तुम्हारी चर्चा हो रही है। कोई कुछ कहता है, कोई कुछ। बस अब उठो, यहाँ सन्नाटे में पड़े रहना अच्छा नहीं। समय बुरा है। मेरा घर यहाँ से थोड़ी ही दूर पर है। नारायण का दिया बहुत कुछ है। मैं भी अकेली से दुकेली हो जाऊँगी। भगवान् किसी-न-किसी प्रकार दिन काट ही देंगे।

एक घने, सुनसान, भयानक वन में भटका हुआ मनुष्य जिधर पगडण्डियों का चिह्न पाता है, उसी मार्ग को पकड़ लेता है। वह सोच-विचार नहीं करता कि मार्ग मुझे कहाँ ले जाएगा। दूजी इस बुढ़िया के साथ चली। इतनी ही प्रसन्नता से वह कुएँ में भी कूद पड़ती। वायु में उड़ने वाली चिड़िया दाने पर गिरी। क्या इन दानों के नीचे जाल बिछा हुआ था?

8

दूजी को बूढ़ी कैलासी के साथ रहते हुए एक मास बीत गया। कैलासी देखने में दीन, किन्तु मन की धनी थी। उसके पास संतोष रूपी धन था जो किसी के सामने हाथ नहीं फैलाता। रीवाँ के महाराजा के यहाँ से कुछ सहायता मिलती थी। यही उसके जीवन का अवलम्ब था। वह सर्वदा दूजी को ढाढ़स देती रहती थी। ज्ञात होता था कि यह दोनों माँ-बेटी हैं। एक ओर से पूर्ण सहानुभूति और ढाढ़स, दूसरी ओर से सच्ची सेवकायी और विश्वास। कैलासी कुछ हिन्दी जानती थी। दूजी को रामायण और सीता-चरित्र सुनाती। दूजी इन कथाओं को बड़े प्रेम से सुनती। उज्ज्वल वस्त्र पर रंग भली-भाँति चढ़ता है। जिस दिन उसने सीता-वनवास की कथा सुनी, वह सारे दिन रोती रही। सोयी तो सीता की मूर्ति उसके सामने खड़ी थी। उसके शरीर पर उज्ज्वल

साड़ी थी, आँखों और आँसू की ओट में प्यार छिपा हुआ था। दूजी हाथ फैलाये हुए लड़कों की भाँति उनकी तरफ दौड़ी। माता, मुझको भी साथ लेती चलो। मैं वन में तुम्हारी सेवा करूँगी। तुम्हारे लिए पुष्प-शय्या बिछाऊँगी, तुमको कमल के थालों में फलों का भोजन कराऊँगी। तुम वहाँ अकेली एक बुड्ढे साधु के साथ कैसे रहोगी? मैं तुम्हारे चित्त को प्रसन्न रखूंगी। जिस समय हम और तुम वन में किसी सागर के किनारे घने वृक्षों की छाया में बैठेंगी उस समय मैं वायु की धीमी-धीमी लहरों के साथ गाऊँगी।

सीता ने उसको तिरस्कार से देखकर कहा — तू कलंकिनी है, मैं तुझे स्पर्श नहीं कर सकती। तपस्या की आँच में अपने को पवित्र कर।

दूजी की आँखें खुल गयीं। उसने निश्चय किया, मैं इस कलंक को मिटाऊँगी।

आकाश के नीचे समुद्र में तारागण पानी के बुलबुलों की भाँति मिटते जाते थे। दूजी ने उन झिलमिलाते हुए तारों को देखा। मैं भी उन्हीं तारों की तरह सबके नेत्रों में छिप जाऊँगी। उन्हीं बुलबुलों की भाँति मिट जाऊँगी।

विलासियों की रात हुई। संयोगी जागे। चक्कियों ने अपने सुहावने राग छेड़े। कैलासी स्नान करने चली। तब दूजी उठी और जंगल की ओर चल दी। चिड़िया पंख-हीन होने पर भी सुनहरे पिंजड़े में न रह सकी।

9

प्रकाश की धुँधली-सी झलक में कितनी आशा, कितना बल, कितना आश्वासन है, यह उस मनुष्य से पूछो जिसे अंधेरे ने एक घने वन में घेर लिया है। प्रकाश की वह प्रभा उसके लड़खड़ाते हुए पैरों को शीघ्रगामी बना देती है; उसके शिथिल शरीर में जान डाल देती है। जहाँ एक-एक पग रखना दुस्तर था, वहाँ इस जीवन-प्रकाश को देखते हुए यह मीलों और कोसों तक प्रेम की उमंगों से उछलता हुआ चला जाता है।

परंतु दूजी के लिए आशा की यह प्रभा कहाँ थी? वह भूखी-प्यासी, उन्माद की दशा में चली जाती थी।

शहर पीछे छूटा। बाग और खेत आये। खेतों में हरियाली थी, वाटिकाओं में वसन्त की छटा। मैदान और पर्वत मिले। मैदानों से बाँसुरी की सुरीली तानें आती थीं। पर्वतों के शिखर मोरों की झनकार से गूँज रहे थे।

दिन चढ़ने लगा। सूर्य उसकी ओर आता हुआ दिखायी पड़ा। कुछ काल तक उसके साथ रहा। कदाचित् रूठे को मनाता था। पुनः अपनी राह चला गया। वसंत ऋतु की शीतल, मंद, सुगन्धित वायु चलने लगी, खेतों ने कुहरे की चादर ओढ़ लीं। रात हो गयी और दूजी एक पर्वत के किनारे झाड़ियों से उलझती, चट्टानों से टकराती चली जाती थी, मानों किसी झील की मंद-मंद लहरों में किनारे पर उगे हुए झाऊ के पौधों का साया थरथरा रहा हो। इस प्रकार अज्ञात की खोज में अकेली निर्भय वह गिरती-पड़ती चली जाती थी। यहाँ तक कि भूख-प्यास और अधिक श्रम के कारण उसकी शक्तियों ने जवाब दे दिया। वह एक शिला पर बैठ गयी और भयभीत दृष्टि से इधर-उधर देखने लगी। दाहिने-बायें घोर अंधकार था। उच्च पर्वतशिखाओं पर तारे जगमगा रहे थे। सामने एक टीला मार्ग रोके खड़ा था और समीप ही किसी जलधारा से दबी हुई सांय-सांय की आवाज सुनायी देती थी।

10

दूजी थक कर चूर हो गयी थी; पर उसे नींद न आयी। सर्दी से कलेजा काँप रहा था। वायु के निर्दयी झोंके लेशमात्र भी चैन न लेने देते थे। कभी-कभी एक क्षण के लिए आँखें झपक जातीं और फिर चौंक पड़ती। रात्रि ज्यों-त्यों व्यतीत हुई। सबेरा हुआ। चट्टान से कुछ दूर एक घना पाकर का वृक्ष था, जिसकी जड़ें सूखे पत्थरों से चिमट कर यो रस खींचती थीं जैसे कोई महाजन दीन असामियों को बाँधकर उनसे ब्याज के रुपये वसूल करता है। इस वृक्ष के सामने कई छोटी-छोटी चट्टानों ने मिल कर एक कोठरी की आकृति बना रखी थी। दाहिनी ओर लगभग दो सौ गज की दूरी पर नीचे की ओर पयस्विनी नदी चट्टानों और पाषाण-शिलाओं से उलझती, घूमती-घामती बह रही थी, जैसे कोई दृढ़प्रतिज्ञ मनुष्य बाधाओं का ध्यान न कर अपने इष्ट-साधन के मार्ग पर बढ़ता चला जाता है। नदी के किनारे साधु-प्रकृति बकुले चुपचाप मौनव्रत धारण किये हुए बैठे थे। संतोषी जल-पक्षी पानी में तैर रहे थे। लोभी टिटिहरियाँ नदी पर मंडराती थीं और रह-रहकर मछलियों की खोज में टूटती थीं। खिलाड़ी मैंने निःशंक अपने पैरों को खुजला-खुजला स्नान कर रहे थे। और चतुर कौवे झुंड के झुंड भोजन-संबंधी प्रश्न को हल कर रहे थे। एक वृक्ष के नीचे मोरों की सभा सुजज्जित थी और वृक्षों की शाखाओं पर कबूतर आनन्द कर रहे थे। एक-दूसरे वृक्ष पर महाशय काग एवं श्रीमान् पंडित नीलकंठ जी

घोर शास्त्रार्थ में प्रवृत्त थे। महाशय काग ने छेड़ने के लिए पंडित जी के निवासस्थान की ओर दृष्टि डाली थी। इस पर पंडित जी इतने क्रोधित हुए कि महाशय काग के पीछे पड़ गये। महाशय काग अपनी स्वाभाविक बुद्धिमत्ता को काम में लाकर सहज ही में भाग खड़े हुए। श्रीमान् पंडित ज़ी बुरा-भला कहते हुए काग के पीछे पड़े। किसी भाँति महाशय जी की सर्वज्ञता ने उनकी जान बचायी।

थोड़ी देर में जंगली नील गायों का एक झुंड आया। किसी ने पानी पिया, किसी ने सूँघ कर छोड़ दिया। दो-चार युवावस्था के मतवाले हिरन आपस में सींग मिलाने लगे। फिर एक काला हिरन अभिमान-भरे नेत्रों से देखता ऐंड़-ऐंड़ कर पग उठाता कुछ मृगनयनियों को साथ लिये नदी के किनारे आया। बच्चे थोड़ी दूर पर खेलते हुए चले आते थे। कुछ और हट कर एक वृक्ष के नीचे बन्दरों ने अपने डेरे डाल रखे थे। बच्चे क्रीड़ा करते थे। पुरुषों में छेड़छाड़ हो रही थी। रमणियाँ सानन्द बैठी हुई एक-दूसरी के बालों से जुएँ अर्द्धनिद्रा निकालती थीं और उन्हें अपने मुँह में रखती जाती थीं। दूजी एक चट्टान पर की दशा में बैठी हुई यह दृश्य देख रही थी। घाम के कारण निद्रा आ गयी। नेत्रपट बन्द हो गये।

11

प्रकृति की इस रंग भूमि में दूजी ने अपने चौदह वर्ष व्यतीत किये। वह प्रतिदिन प्रातःकाल इसी नदी के किनारे शिलाओं पर बैठी यही दृश्य देखती और लहरों की कारुणिक ध्वनि सुनती। उसी नदी की भाँति उसके मन में लहरें उठतीं, जो कभी धैर्य और साहस के किनारों पर चढ़ कर नेत्रों द्वारा बह निकलतीं। उसे मालूम होता कि वन के वृक्ष तथा जीव-जन्तु सब मेरी ओर व्यंग्यपूर्ण नेत्रों से देख रहे हैं। नदी भी उसे देखकर क्रोध से मुँह में फेन भर लेती। जब यहाँ बैठे-बैठे उसका जी ऊब जाता तो वह पर्वत पर चढ़ जाती और दूर तक देखती। पर्वतों के बीच में कहीं-कहीं मिट्टी के घरौंदों की भाँति छोटे-छोटे मकान दिखायी देते, कहीं लहलहाती हुई हरियाली। सारा दृश्य एक नवीन वाटिका की भाँति मनोरम था। उसके दिल में एक तीव्र इच्छा होती कि उड़ कर उन चोटियों पर जा पहुँचूँ। नदी के किनारे या पाकर की घनी छाया में बैठी हुई घंटों सोचा करती। बचपन के वे दिन याद आ जाते जब वह सहेलियों के गले में बाँहें डाल कर महुए चुनने जाया करती थी। फिर गुड़ियों के ब्याह का स्मरण हो जाता। पुनः अपनी प्यारी मातृभूमि की पनघट आँखों में फिर जाती। आज भी

वहाँ वही भीड़ होगी, वही हास्य, चहल-पहल। पुनः अपना घर ध्यान में आता और वह गाय स्मरण आती जो कि उसको देख कर हुँकारती हुई अपने प्रेम का परिचय देती थी। मुन्नू स्मरण हो आता, जो उसके पीछे-पीछे छलाँगें मारता हुआ खेतों में जाया करता, जो बर्तन धोते समय बार-बार बर्तनों में मुंह डालता। तब ललनसिंह नेत्रों के सामने आ खड़े हो जाते थे। होंठों पर वही मुस्कराहट, नेत्रों में वही चंचलता। तब वह उठ खड़ी होती और अपना मन दूसरी ओर ले जाने की चेष्टा करती।

दिन गुजरते थे, किन्तु बहुत धीरे-धीरे। वसंत आया। सेलम की लालिमा एवं कचनार की ऊदी पुष्पमाला अपनी यौवन-छटा दिखलाने लगी। मकोय के फल महके। गरमी का प्रारम्भ हुआ; प्रात:काल समीर के झोंके, दोपहर की लू, जलती हुई लपट। डालियाँ फूलों से लदीं। फिर वह समय आया कि जब न दिन को सुख था और न रात को नींद। दिन तपड़ता था, रात जलती थी, नदियाँ बधिकों के हृदयों की भाँति सूख गयीं। वन के पशु मध्याह्न की धूप में प्यास के कारण जिह्वा निकाले पानी की खोज में इधर-उधर दौड़ते फिरते थे। जिस प्रकार द्वेष से भरे हुए दिल तनिक-तनिक-सी बातों पर जल उठते हैं उसी प्रकार गर्मी से जलते हुए वन-वृक्ष कभी-कभी वायु के झोंकों से परस्पर रगड़ खा कर जल उठते हैं। ज्वाला ऊँची उठती थी, मानो अग्निदेव ने तारागणों पर धावा मारा है। वन में एक भगदड़-सी पड़ जाती। फिर आँधी और तूफान के दिन आये। वायु की देवी गरजती हुई आती। पृथ्वी और आकाश थर्रा उठते, सूर्य छिप जाता, पर्वत भी काँप उटते। पुनः वर्षा ऋतु का जन्म हुआ। वर्षा की झड़ी लगी। वह लहराये, नदियों ने पुन: पुन: अपने सुरीले राग छेड़े! पर्वतों के कलेजे ठंडे हुए। मैदान में हरियाली छायी। सारस की ध्वनि पर्वतों में गूँजने लगी। आषाढ़ मास में बाल्यावस्था का अल्हड़पन था। श्रावण में युवावस्था के पग बढ़े, फुहारें पड़ने लगीं। भादों कमाई के दिन थे, जिसने झीलों के कोष भर दिये। पर्वतों को धनाढ्य कर दिया। अंत में बुढ़ापा आया। कास के उज्ज़्वल बाल लहराने लगे। जाड़ा आ गया।

12

इस प्रकार ऋतु परिवर्तन हुआ। दिन और महीने गुजरे। वर्ष आये और गये; किन्तु दुजी ने विंध्याचल के उस किनारे को न छोड़ा। गर्मियों के भयानक दिन और वर्षा की भयावनी रातें सब उसी स्थान पर काट दीं। क्या भोजन करती थी,

क्या पहनती थी; इसकी चर्चा व्यर्थ है। मन पर चाहे जो बीते किंतु भूख और ऋतु संबंधी कष्ट का निवारण करना ही पड़ता है। प्रकृति की थाल सजा हुई थी। कभी बनबेरी और शरीफों के पकवान थे, कभी तेंदू, कभी मकोय और कभी राम का नाम। वस्त्रों के लिए चित्रकूट के मेले में साल में केवल एक बार जाती, मोरों के पर, हिरणों के सींग, वन औषधियाँ महँगे दामों बिकतीं। कपड़ा भी आया, बर्तन भी आये। यहाँ तक कि दीपक जैसी विलास-वस्तु भी एकत्र हो गयी। एक छोटी-सी गृहस्थी जम गयी।

दूजी ने निराशा की दशा में संसार से विमुख होकर जीवन व्यतीत करना जितना सहज समझा था, उससे कहीं कठिन मालूम हुआ। आत्मानुराग में निमग्न वैरागी तो वन में रह सकता है, परंतु एक स्त्री जिसकी अवस्था हँसने-खेलने में व्यतीत हुई हो, बिना किसी के सहारे विराट सागर को किस प्रकार पार करने में समर्थ हो सकती है? दो वर्ष के पश्चात् दूजी को एक-एक दिन वहाँ वर्ष-सा प्रतीत होने लगा। कालक्षेप करना दुस्तर हो गया। घर की सुधि एक क्षण भी विस्मृत न होती। कभी-कभी वह इतनी व्यग्र होती कि क्षणमात्र के लिए अपमान का भी भय न रहता। वह दृढ़ विचार करके उन पहाड़ियों के बीच शीघ्रता से पग बढ़ाती, घर की ओर चलती, मानो कोई अपराधी कारागार से भागा जा रहा हो। किन्तु पहाड़ियों की सीमा से बाहर आते ही उसके पग स्वयं रुक जाते। वही आगे न बढ़ सकती। तब वह ठंडी साँस भर कर एक शिला पर बैठ जाती और फूट-फूट कर रोती। फिर वह भयानक रात्रि और बही-सघन कुंज, वही नदी की भयावनी गरज और श्रृंगालों को वही विकराल ध्वनि!

"ज्यों-ज्यों भीजै कामरी, त्यों-त्यों भारी होय" भाग्य को धिक्कारते-धिक्कारते उसने ललनसिंह को धिक्कारना आरम्भ किया। एकांतवास ने उसमें आलोचना और विवेचना की शक्ति पैदा कर दी। मैं क्यों इस वन में मुंह छिपाये दुःख के दिन व्यतीत कर रही हूँ? यह उसी निर्दयी ललनसिंह की लगायी आग है। कैसे सुख से रहती थी? इसी ने आकर मेरे झोपड़े में आग लगा दी। मैं अबोध और अनजान थी। उसने जान-बूझ कर मेरा जीवन भ्रष्ट कर डाला। मुझे अपने आमोद का केवल एक खिलौना बनाया था। यदि उसे मुझसे प्रेम होता तो क्या वह मुझसे विवाह न कर लेता? वह भी तो चंदेल ठाकुर था। हाय! मैं कैसी अज्ञान थी। अपने पैरों में आप कुल्हाड़ी मारी। इस प्रकार मन से बातें करते-करते ललनसिंह की मूर्ति उसके नेत्रों के सम्मुख आ जाती तो वह घृणा से मुँह फेर लेती। वह मुस्कराहट जो उसका मन हर

लिया करती थी, वह प्रेममय मृदुभाषण जो उसकी नसों में सनसनाहट पैदा कर देती थी, वह क्रीड़ामय हाव-भाव जिन पर मतवाली हो जाती थी, अब उसे एक-दूसरे ही रूप में दृष्टिगोचर होते। उनमें अब प्रेम की झलक न थी। अब वह कपट-प्रेम और काम-तृष्णा के गाढ़े रंग में रंगे हुए दिखायी देते थे। वह प्रेम का कच्चा घरौंदा, जिसमें वह गुड़िया बन बैठी थी, वायु के झोंके में सँभाला; किन्तु जल के प्रबल प्रवाह में न सँभाल सका। अब वह अभागी गुड़िया निर्दयी चट्टान पर पटक दी गयी है कि रो-रोकर जीवन के दिन काटे। उन गुड़ियों की माँति जो गोटे-पट्ठे और आभूषणों से सजी हुई, मखमली पिटारे में भोग-विलास करने के पश्चात्, नदी और तालाब में बहा दी जाती हैं, डूबने के लिए तरंगों में थपेड़े खाने के लिए।

ललनसिंह की तरफ से फिरते ही दूजी का मन एक अधीरता के साथ भाइयों की ओर मुड़ा। मैं अपने साथ उन बेचारों को व्यर्थ ले डूबी। मेरे सिर पर उस घड़ी न जाने कौन-सा भूत सवार था। उन बेचारों ने तो जो कुछ किया, मेरी ही मर्यादा रखने के लिए किया। मैं तो उन्मत्त हो रही थी। समझाने-बुझाने से क्या काम चलता! और समझाना-बुझाना तो स्त्रियों का काम है। मर्दों का समझाना तो उसी ढंग का होना चाहिए, और होता ही है। नहीं मालूम, उन बेचारों पर क्या बीती! क्या मैं उन्हें फिर कभी देखूँगी? यह विचारते-विचारते भाइयों की वह मूर्ति उसके नेत्रों में फिर जाती, जो उसने अंतिम बार देखी थी, अब वह उस देश को जा रहे थे, जहाँ से लौट कर फिर आना मानो मृत्यु के मुख से निकल आना है — वह रक्तवर्ण नेत्र, वह अभिमान से भरी हुई चाल, वह फिरे हुए नेत्र जो एक बार उसकी ओर उठ गये थे। आह! उनमें क्रोध या द्वेष न था, केवल क्षमा थी। वह मुझ पर क्रोध क्या करते। फिर अदालत के इजलास का चित्र नेत्रों के सामने खिंच जाता। भाइयों के यह तेवर, उनकी वह आँखें, जो क्षणमात्र के लए क्रोधाग्नि से फैल गयी थीं, फिर उनकी प्यार की बातें, उनका प्रेम स्मरण आता। पुन: वे दिन याद आते जब वह उनकी गोद में खेलती थी, जब वह उनकी उँगली पकड़ कर खेतों को जाया करती थी। हाय! क्या वह दिन भी आयेंगे कि मैं उनको पुन: देखूँगी।

एक दिन वह था कि दूजी अपने भाइयों के रक्त की प्यासी थी; निदान एक दिन आया कि वह पयस्विनी नदी के तट पर कंकड़ियों द्वारा दिनों की गणना करती थी। एक कृपण जिस सावधानी से रुपयों को गिन-गिन कर इकट्ठा करता है, उसी सावधानी से दूजी इन कंकड़ियों को गिन-गिन कर इकट्ठा करती थी। नित्य संध्याकाल वह इस ढेर में पत्थर का एक टुकड़ा और रख देती थी तो उसे क्षण-मात्र के लिए मानसिक सुख प्राप्त होता। इन कंकड़ियों का ढेर अब उसका जीवन-धन

था। दिन में अनेक बार इन टुकड़ों को देखती और गिनती। असहाय पक्षी पत्थर के ढेरों से आशा के खोंते बनाता था।

यदि किसी को चिंता और शोक की मूर्ति देखनी हो तो वह पयस्विनी नदी के तट पर प्रतिदिन सायंकाल देख पड़ती है। डूबे हुए सूर्य की किरणों की भांति उसका मुख-मंडल पीला है। वह अपने दुःखमय विचारों में डूबी हुई, तरंगों की ओर दृष्टि लगाये बैठी रहती है। यह तरंगें इतनी शीघ्रता से कहाँ जा रही हैं? मुझे भी अपने साथ क्यों नहीं ले जाती? क्या मेरे लिए वहाँ भी स्थान नहीं है? कदाचित शोक क्रन्दन में यह भी मेरी संगिनी है। तरंगों की ओर देखते-देखते उसे ऐसा ज्ञात होता है कि मानो वह स्थिर हो गयी और मैं शीघ्रता से बही जा रही हूँ। तब वह चौंक पड़ती है और अंधेरी शिलाओं के बीच मार्ग खोजती हुई फिर अपने शोक-स्थल पर आ जाती है।

इसी प्रकार दूजी ने अपने दुःख के दिन व्यतीत किये। तीस-तीस ढेलों के बहार ढेर बन गये; तब उसने उन्हें एक स्थान पर इकट्ठा कर दिया। वह आशा का मंदिर उसी हार्दिक अनुराग से बनता रहा जो किसी भक्त को अपने इष्ट देव के साथ होता है। रात्रि के बहार घंटे बीत गये। पूर्व की ओर प्रातःकाल का प्रकाश दिखायी देने लगा। मिलाप का समय निकट आया। इच्छा-रूपी अग्नि की लपट बढ़ी! दूजी उन ढेरों को बार-बार गिनती, महीनों के दिनों की गणना करती। कदाचित् एक दिन भी कम हो जाये। हाय! आजकल उसके मन की वह दशा थी जो प्रातःकाल सूर्य के सुनहरे प्रकाश में हलकोरें लेनेवाले सागर की होती है, जिसमें वायु की तरंगों से मुस्कराता हुआ कमल झूलता है।

13

आज दूजी इन पर्वतों और वनों से विदा होती है। वह दिन भी आ पहुँचा जिसकी राह देखते-देखते एक पूरा युग बीत गया। आज चौदह वर्ष के पश्चात् उसकी प्यासी पलकें नदी में लहरा रही हैं। बरगद की जटाएँ नागिन बन गयी हैं।

उस सुनसान वन से उसका चित कितना दुःखित था। किन्तु आज उससे पृथक् होते हुए दूजी के नेत्र भर-भर आते हैं। जिस पाकर की छाया में उसने दुःख के दिन बिताये, जिस गुफा में उसने रो-रो कर रातें काटीं, उसे छोड़ते आज शोक हो रहा है। वह दुःख के साथी हैं।

सूर्य की किरणें दूजी की आशाओं की भाँति कुहरा की घटाओं को हटाती चली आती थीं। उसने अपने दुःख के मित्रों को अब पूर्ण नेत्रों से देखा। पुनः ढेरों के पास गयी, जो उसके चौदह वर्ष की तपस्या के स्मारक चिह्न थे। उन्हें एक-एक कर चूमा, मानो वह देवी जी के चबूतरे हैं। तब वह रोती हुई चली जैसे लड़कियाँ ससुराल को चलती हैं।

संध्या समय उसने शहर में प्रवेश किया और पता लगाते हुए कैलासी के घर आयी। घर सूना पड़ा था। तब वह विनयकृष्ण बघेल का घर पूछते-पूछते उनके बंगले पर आयी। कुँवर महाशय टहल कर आये ही थे कि उसे खड़ी देखा। पास आये। उसके मुख पर घूँघट था। दूजी ने कहा — महाराज, मैं एक अनाथ दुखिया हूँ

कुँवर साहब ने आश्चर्य से पूछा — तुम दूजी हो। तुम इतने दिनों तक कहाँ रहीं।

कुंवर साहब के प्रेम-भाव ने घूँघट और बढ़ा दिया। इन्हें मेरा नाम स्मरण है, यह सोच कर दूजी का कलेजा धड़कने लगा। लज्जा से सिर नीचे झुक गया। लजाती हुई बोली — जिसका कोई हितू नहीं है उसका वन के सिवा अन्यत्र कहाँ ठिकाना है। मैं भी वनों में रही। पयस्विनी नदी के किनारे एक गुफा में पड़ी रही।

कुंवर साहब विस्मित हो गये। चौदह वर्ष और नदी के किनारे गुफा में। क्या कोई संन्यासी इससे अधिक त्याग कर सकता है? वह आश्चर्य से कुछ न बोल सके।

दूजी उन्हें चुपचाप देख कर बोली—मैं कैलासी के घर से सीधे पर्वत में चली गयी और वहीं इतने दिन व्यतीत किये। चौदह वर्ष पूरे हो गये। जिन भाइयों की गरदन पर छुरी चलायी उनके छूटने के दिन अब आये हैं। नारायण उन्हें अब कुशलपूर्वक लावें। मैं चाहती हूँ कि उनके दर्शन करूँ और उनकी ओर से मेरे दिल में जो इच्छाएँ हैं, पूर्ण हो जायें।

कुँवर साहब बोले — तुम्हारा हिसाब बहुत ठीक है। मेरे पास आज कलकत्ते से सरकारी पत्र आया है कि दोनों भाई चौदह तारीख को कलकत्ता पहुँचेंगे उनके सम्बन्धियों को सूचना दी जाये। यहाँ कदाचित् दो-तीन दिन में आ जायेंगे मैं सोच ही रहा था कि सूचना किसे दूँ।

दूजी ने विनयपूर्वक कहा — मेरा जी चाहता है कि वे जहाज पर से उतरें तो मैं उनके पैरों पर माथा नवाऊँ, उसके पश्चात् मुझे संसार में कोई अभिलाषा न

रहेगी। इसी लालसा ने मुझे इतने दिनों तक जिलाया है। नहीं तो मैं आपके सम्मुख कदापि न खड़ी होती।

कुँवर विनयकृष्ण गम्भीर स्वभाव के मनुष्य थे। दूजी के आंतरिक रहस्य उनके चित्त पर एक गहरा प्रभाव डालते जाते थे। जब सारी अदालत दूजी पर हँसती थी तब उन्हें उसके साथ सहानुभूति थी और आज इसके वृत्तांत सुन कर वे इस ग्रामीण स्त्री के भक्त हो गये। बोले — यदि तुम्हारी यही इच्छा है तो मैं स्वयं तुम्हें कलकत्ता पहुँचा दूँगा। तुमने उनसे मिलने की जो रीति सोची है, उससे उत्तम ध्यान में नहीं आ सकती; परन्तु तुम खड़ी हो और मैं बैठा हूँ, यह अच्छा नहीं लगता दूजी, मैं बनावट नहीं करता, जिसमें इतना त्याग और संकल्प हो वह यदि पुरुष है तो देवता है, स्त्री है तो देवी है। जब मैंने तुम्हें पहले देखा उसी समय मैंने समझ लिया था कि तुम साधारण स्त्री नहीं हो। जब तुम कैलासी के घर से चली गयी तो सब लोग कहते थे कि तुम जान पर खेल गयीं। परंतु मेरा मन कहता था कि तुम जीवित हो। नेत्रों से पृथक् हो कर भी तुम मेरे ध्यान से बाहर न हो सकीं। मैंने वर्षों तुम्हारी खोज की, मगर तुम ऐसी खोह में जा छिपी थीं कि तुम्हारा कुछ पता न चला।

इन बातों में कितना अनुराग था! दूजी को रोमांच हो गया। हृदय बल्लियों उछलने लगा। उस समय उसका मन चाहता था कि इनके पैरों पर सिर रख दूँ। कैलासी ने एक बार जो बात उससे कही थी, वह बात उसे इस समय स्मरण आयी। उसने भोलेपन से पूछा — क्या आप ही के कहने से कैलासी ने मुझे अपने घर में रख लिया था?

कुँवर साहब लज्जित हो कर बोले — मैं इसका उत्तर कुछ न दूँगा!

रात को जब दूजी एक ब्राह्मणी के घर में नर्म बिछावन पर लेटी हुई थी तो उसके मन की वह दशा हो रही थी जो अश्विन मास के आकाश की होती है, एक ओर चंद्र प्रकाश, दसरी ओर घनी घटा और तीसरी ओर झिलमिलाते हुए तारे।

14

प्रातःकाल का समय था। गंगा नामक स्टीमर बंगाल की खाड़ी में अभिमान से गर्दन उठाये, समुद्र की लहरों को पैरों से कुचलता हुगली के बंदरगाह की ओर चला आता था। डेढ़ सहस्त्र से अधिक आदमी उसकी गोद में थे। अधिकतर व्यापारी थे। कुछ वैज्ञानिक तत्त्वों के अनुरागी, कुछ भ्रमण करने वाले और कुछ ऐसे हिंदुस्तानी मजदूर जिनको अपनी मातृभूमि आकर्षित कर रही थी। उसी में दोनों

भाई शानसिंह और गुमानसिंह एक कोने में बैठे निराशा की दृष्टि से किनारे की ओर देख रहे थे। दोनों हड्डियों के दो ढाँचे थे, उन्हें पहिचानना कठिन था।

जहाज घाट पर पहुँचा। यात्रियों के मित्र और परिचित जन किनारे पर स्वागत करने के लिए अधीर हो रहे थे। जहाज पर से उतरते ही प्रेम की बाढ़ आ गयी। मित्रगण परस्पर हाथ मिलाते थे। उनके नेत्र प्रेमाश्रु से परिपूर्ण थे। यह दोनों भाई शनैः-शनैः जहाज से उतरे, मानो किसी ने ढकेल कर उतार दिया। उनके लिए जहाज के तख्ते और मातृभूमि में कोई अंतर न था। वे आये नहीं, बल्कि लाये गये। चिरकाल के कष्ट और शोक ने जीवन का ज्ञान भी शेष न छोड़ा था। साहस लेशमात्र भी न था। इच्छाओं का अंत हो चुका था। वह तट पर खड़े विस्मित दृष्टि से सामने देखते थे। कहाँ जाएँ? उनके लिए इस संसार-क्षेत्र में कोई स्थान न दिखायी देता था।

तब दूजी उस भीड़ में से निकल कर आती दिखायी दी। उसने भाइयों को खड़े देखा। तब जिस भाँति जल खाल की ओर गिरता है उसी प्रकार अधीरता की उमंग में रोती हुई वह उनके चरणों में चिपट गयी। दाहिने हाथ में शानसिंह के चरण थे, बायें हाथ में गुमानसिंह के, और नेत्रों से अश्रुधाराएँ प्रवाहित थीं ; मानो दो सूखे वृक्षों की जड़ों में एक मुरझायी बेल चिपटी हुई है या दो संन्यासी माया और मोह की बेड़ी में बंधे खड़े हैं। भाइयों के नेत्रों से भी आँसू बहने लगे। उनके मुखमंडल बादलों में से निकलने वाले तारों की भाँति प्रकाशित हो गये। वह दोनों पृथ्वी पर बैठ गये और तीनों भाई-बहिन परस्पर गले मिल कर बिलख-बिलख रोये। वह गहरी खाड़ी जो भाइयों और बहिन के बीच में थी, अश्रुधाराओं से परिपूर्ण हो गयी। आज चौदह वर्ष के पश्चात् भाई और बहिन में मिलाप हुआ और वह घाव जिसने मांस को मांस से, रक्त को रक्त से, बिलग कर दिया था, परिपूर्ण हो गया और वह उस मरहम का काम था जिससे अधिक लाभकारी और कोई मरहम नहीं होता, जो मन के मैल को साफ करता है, जो दुःख को भुलानेवाला और हृदय की दाह को शांत करनेवाला है, जो व्यंग्य विषैले घावों को भर देता है। यह काल का मरहम है।

दोनों भाई घर को लौटे। पट्टीदारों के स्वप्न भंग हो गये। हितमित्र इकट्ठे हुए। ब्रह्मभोज का दिन निश्चित हुआ। पूड़ियाँ पकने लगी, घी की सर्वश्रेष्ट ब्राह्मणों के लिए, तेल की पासी-चमारों के लिए। कालेपानी का पाप इस घी के साथ भस्म हो गया।

दूजी भी कलकत्ते से भाइयों के साथ चली; प्रयाग तक आयी। कुँवर विनयकृष्ण भी उनके साथ थे। भाइयों से कुँवर साहब ने दूजी के सम्बन्ध में कुछ

बातें कीं, उनकी भनक दूजी के कानों में पड़ी। प्रयाग में दोनों भाई-बहन रुक गये कि त्रिवेणी में स्नान करते चलें। कुँवर विनयकृष्ण अपने ध्यान में सब ठीक करके मन प्रसन्न करनेवाली आशाओं का स्वप्न देखते हुए चले गये, किन्तु फिर वहाँ से दूजी का पता न चला। मालूम नहीं क्या हुई, कहाँ चली गयी। कदाचित् गंगा जी ने उसे अपनी गोद में लेकर सदा के दुःख से मुक्त कर दिया। माई बहुत रोये-पीटे किन्तु क्या करते! जिस स्थान पर दूजी ने अपने वनवास के चौदह वर्ष व्यतीत किये थे वहाँ दोनों भाई प्रतिवर्ष जाते हैं और उन पत्थरों के ढेरों से चिमट-चिमट कर रोते हैं।

कुँवर साहब ने भी पेंशन ले ली। अब चित्रकूट में रहते हैं। दार्शनिक विचारों के पुरुष थे, जिस प्रेम की खोज थी वह न मिला। एक बार कुछ आशा दिखायी दी थी, जो चौदह वर्ष एक विचार के रूप में स्थित रही। एकाएक आशा की धुँधली झलक भी एक बार झिलमिलाते हुए दीपक की भाँति हँस कर सदा के लिए अदृश्य हो गयी।

□

प्रारब्ध

लाला जीवनदास को मृत्युशैय्या पर पड़े छह मास हो गये हैं। अवस्था दिनोंदिन शोचनीय होती जाती है। चिकित्सा पर उन्हें अब जरा भी विश्वास नहीं रहा। केवल प्रारब्ध का ही भरोसा है। कोई हितैषी वैद्य या डाक्टर का नाम लेता है तो मुंह फेर लेते हैं। उन्हें जीवन की अब कोई आशा नहीं है। यहाँ तक कि अब उन्हें अपनी बीमारी के जिक्र से भी घृणा होती है। एक क्षण के लिए भूल जाना चाहते हैं कि मैं काल के मुख में हूँ। एक क्षण के लिए इस दुस्साध्य चिंता-भार को सिर से फेंक कर स्वाधीनता से साँस लेने के लिए उनका चित्त लालायित हो जाता है। उन्हें राजनीति से कभी रुचि नहीं रही। अपनी व्यक्तिगत चिंताओं ही में लीन रहते। लेकिन अब उन्हें राजनीतिक विषयों से विशेष प्रम हो गया है। अपनी बीमारी की चर्चा के अतिरिक्त वह प्रत्येक विषय को शोक से सुनते हैं, किन्तु ज्योंही किसी ने सहानुभूति से किसी औषधि का नाम लिया कि उनकी त्योरी बदल जाती है। अंधकार में विलापध्वनि इतनी आशाजनक नहीं होती जितनी प्रकाश की एक झलक।

यह यथार्थवादी पुरुष थे। धर्म-अधर्म, स्वर्ग-नरक की व्यवस्थाएँ उनकी विचार-परिधि से बाहर थीं। यहाँ तक कि अज्ञात भय से भी वे शंकित न होते थे। लेकिन उसका कारण उनकी मानसिक शिथिलता न थी, बल्कि लोकचिंता ने परलोक-चिंता का स्थान ही शेष न रखा था। उनका परिवार बहुत छोटा था, पत्नी थी और एक बालक। लेकिन स्वभाव उदार था, ऋण से बढ़ा रहता था। उस पर यह असाध्य और चिरकालीन रोग ने ऋण पर कई दर्जे की वृद्धि कर दी थी। मेरे पीछे निःसहायों का क्या हाल होगा? ये किसके सामने हाथ फैलायेंगे? कौन इनकी खबर लेगा? हाय! मैंने विवाह क्यों किया? पारिवारिक बंधन में क्यों फँसा? क्या इसलिए कि ये संसार के हिमतुल्य दया के पात्र बनें? क्या अपने कुल की प्रतिष्ठा और सम्मान को यों विनष्ट होने दूँ? जिस जीवनदास ने सारे नगर को अपनी अनुग्रह-वृष्टि से प्लावित कर दिया था उसी के पोते और बहू द्वार-द्वार ठोकरें खाते फिरें? हाय, क्या

होगा? कोई अपना नहीं, चारों ओर भयावह वन है! कहीं मार्ग का पता नहीं! यह सरल रमणी, यह अबोध बालक! इन्हें किस पर छोड़ूँ?

हम अपनी आन पर जान देते थे। हमने किसी के सामने सिर नहीं झुकाया। किसी के ऋणी नहीं हुए। सदैव गर्दन उठा कर चले; और अब यह नौबत है कि कफन का भी ठिकाना नहीं!

2

आधी रात गुजर चुकी। जीवनदास की हालत आज बहुत नाजुक थी। बार बार मूर्छा आ जाती। बार-बार हृदय की गति रुक जाती। उन्हें ज्ञात होता था कि अब अन्त निकट है। कमरे में एक लैम्प जल रहा था। उनकी चारपाई के समीप ही प्रभावती और उसका बालक साथ सोए हुए थे। जीवनदास ने कमरे की दीवारों को निराशापूर्ण नेत्रों से देखा जैसे कोई भटका हुआ पथिक निवास-स्थान की खोज में हो। चारों ओर से घूम कर उनकी आँखें प्रभावती के चेहरे पर जम गयीं। हा! यह सुन्दरी एक क्षण में विधवा हो जायेगी! यह बालक पितृहीन हो जायेगा! यही दोनों व्यक्ति मेरी जीवन-आशाओं के केन्द्र थे। मैंने जो कुछ किया, इन्हीं के लिए किया। मैंने अपना जीवन इन्हीं पर समर्पण कर दिया था और अब इन्हें मझधार में छोड़े जाता हूँ। इसलिए कि वे विपत्ति भँवर के कौर बन जाएँ। इन विचारों ने उनके हृदय को मसोस दिया। आँखों से आँसू बहने लगे।

अचानक उनके विचार-प्रवाह में एक विचित्र परिवर्तन हुआ। निराशा की जगह मुख पर एक दृढ़ संकल्प की आभा दिखायी दी, जैसे किसी गृहस्वामिनी की झिड़कियाँ सुन कर एक दीन भिक्षुक के तेवर बदल जाते हैं। नहीं, कदापि नहीं! मैं अपने प्रिय पुत्र और अपनी प्राण-प्रिया पत्नी पर प्रारब्ध का अत्याचार न होने दूँगा। अपने कुल की मर्यादा को भ्रष्ट न होने दूँगा। अबला को जीवन की कठिन परीक्षा में न डालूँगा। मैं मर रहा हूँ, लेकिन प्रारब्ध के सामने सिर न झुकाऊँगा। उसका दास नहीं, स्वामी बनूँगा। अपनी नौका को निर्दय तरंगों के आश्रित न बनने दूँगा।

“निःसन्देह संसार मुँह बनायेगा। मुझे दुरात्मा, घातक नराधम कहेगा। इसलिए कि उसके पाशविक आमोद में, उसकी पैशाचिक क्रीड़ाओं में एक व्यवस्था कम हो जायेगी। कोई चिन्ता नहीं, मुझे सन्तोष तो रहेगा कि उसका अत्याचार मेरा बाल भी बाँका नहीं कर सकता, उसकी अनर्थ लीला से मैं सुरक्षित हूँ।”

जीवनदास के मुख पर वर्गहीन संकल्प अंकित था। वह संकल्प जो आत्महत्या का सूचक है। वह बिछौने से उठे, मगर हाथ-पाँव थर-थर काँप रहे थे। कमरे की प्रत्येक वस्तु उन्हें आँख फाड़-फाड़ कर देखती हुई जान पड़ती थीं। आलमारी के शीशे में अपनी परछाईं दिखायी दी। चौंक पड़े, वह कौन? ख्याल आ गया, यह तो अपनी छाया है। उन्होंने आलमारी से एक चमचा और एक प्याला निकाला। प्याले में वह जहरीली दवा थी जो डाक्टर ने उनकी छाती पर मलने के लिए दी थी! प्याले को हाथ में लिये चारों ओर सहमी हुई दृष्टि से ताकते हुए वह प्रभावती के सिरहाने आकर खड़े हो गये। हृदय पर करुणा का आवेग हुआ। "आह! इन प्यारों को क्या मेरे ही हाथों मरना लिखा था? मैं ही इनका यमदूत बनूँगा। यह अपने ही कर्मों का फल है। मैं आँखें बन्द करके वैवाहिक बन्धन में फँसा। इन भावी आपदाओं की ओर क्यों मेरा ध्यान न गया? मैं उस समय ऐसा हर्षित और प्रफुल्लित था, मानो जीवन एक अनादि सुख-स्वर है, एक-एक सुधामय आनन्द सरोवर। यह इसी अदूरदर्शिता का परिणाम है कि आज मैं यह दुर्दिन देख रहा हूँ।"

हठात् उनके पैरों में कम्पन हुआ, आँखों में अँधेरा छा गया, नाड़ी की गति बन्द होने लगी। वे करुणामयी भावनाएँ मिट गयीं। शंका हुई, कौन जाने यही दौरा जीवन का अन्त न हो। वह सँभल कर उठे और प्याले से दवा का एक चम्मच निकाल कर प्रभावती के मुँह में डाल दिया। उसने नींद में दो-एक बार मुँह डुला कर करवट बदल ली। तब उन्होंने लखनदास का मुँह खोल कर उसमें भी एक चम्मच भर दवा डाल दी और प्याले को जमीन पर पटक दिया। पर, हा! मानवपरवशता! हा प्रबल भावी! भाग्य की विषम क्रीड़ा अब भी उनसे चाल चल रही थी। प्याले में विष न था। वह टानिक था जो डाक्टर ने उनका बल बढ़ाने के लिए दिया था।

प्याले को रखते ही उनके काँपते हुए पैर स्थिर हो गये, मूर्छा के सब लक्षण जाते रहे। चित्त पर भय का प्रकोप हुआ। वह कमरे में एक क्षण भी न ठहर सके। हत्या — प्रकाश का भय हत्या-कर्म से भी कहीं दारुण था। उन्हें दण्ड की चिन्ता न थी, पर निन्दा और तिरस्कार से बचना चाहते थे। वह घर से इस तरह बाहर निकले, जैसे किसी ने उन्हें ढकेल दिया हो। उनके अंगों में कभी इतनी स्फूर्ति न थी। घर सड़क पर था, द्वार पर एक ताँगा मिला! उस पर जा बैठे। नाड़ियों में विद्युत-शक्ति दौड़ रही थी।

ताँगेवाले ने पूछा – कहाँ चलूँ?

जीवनदास — जहाँ चाहो।

ताँगेवाला — स्टेशन चलूँ।

जीवनदास — वहीं सही।

ताँगेवाला — छोटी लैन चलूँ या बड़ी लैन?

जीवनदास — जहाँ गाड़ी जल्दी मिल जाए।

ताँगेवाला ने उन्हें कौतूहल से देखा। परिचित था, बोला — आपकी तबीयत अच्छी नहीं है, क्या और कोई साथ न जाएगा?

जीवनदास ने जवाब दिया — नहीं, मैं अकेला ही जाऊँगा?

ताँगेवाला — आप कहाँ जाना चाहते है?

जीवनदास — बहुत बातें न करो। यहाँ से जल्दी चलो।

ताँगेवाले ने घोड़े को चाबुक लगाया और स्टेशन की ओर चला। जीवनदास वहाँ पहुँचते ही ताँगे से कूद पड़े और स्टेशन के अंदर चले। ताँगेवाले ने कहा — पैसे?

जीवनदास को अब ज्ञात हुआ कि मैं घर से कुछ नहीं ले कर चला, यहाँ तक कि शरीर पर वस्त्र भी न थे। बोले — पैसे फिर मिलेंगे।

ताँगेवाला — आप न जाने कब लौटेंगे।

जीवनदास — मेरा जूता नया है, ले लो।

ताँगेवाला का आश्चर्य और भी बढ़ा, समझा इन्होंने शराब पी है, अपने-आपे में नहीं हैं। चुपके से जूते लिये और चलता हुआ।

गाड़ी के आने में अभी घण्टों की देर थी। जीवनदास प्लेटफार्म पर जा कर टहलने लगे। धीरे-धीरे उनकी गति तीव्र होने लगी, मानो कोई उनका पीछा कर रहा है। उन्हें इसकी बिलकुल चिन्ता न थी कि मैं खाली हाथ हूँ। जाड़े के दिन थे। लोग सरदी के मारे अकड़े जाते थे, किन्तु उन्हें ओढ़ने-बिछौने की भी सुधि न थी। उनकी चैतन्यशक्ति नष्ट हो गयी थी, केवल अपने दुष्कर्म का ज्ञान जीवित था। ऐसी शंका होती थी कि प्रभावती मेरे पीछे दौड़ी चली आती है, कभी भ्रम होता कि लखनदास भागता हुआ आ रहा है, कभी पड़ोसियों के धर-पकड़ की आवाज कानों में आती थी, उनकी कल्पना प्रतिक्षण उत्तेजित होती जाती थी यहाँ तक कि वह प्राणभय से माल के बोरों के बीच जा छिपे। एक-एक मिनट पर चौंक पड़ते थे और सशंक नेत्रों से इधर-उधर देख कर फिर छिप जाते थे। उन्हें अब यह भी स्मरण न रहा कि मैं यहाँ क्या करने आया हूँ, केवल अपनी प्राणरक्षा का ज्ञान शेष था। घण्टियाँ बजी, मुसाफिरों के

झुँड के झुँड आने लगे, कुलियों की बक-झक, मुसाफिरों की चीख और पुकार, आने-जानेवाले इंजिनों की धक-धक से हाहाकार मचा हुआ था, किन्तु जीवनदास उन बोरों के बीच में इस तरह पैंतरे बदल रहे थे मानो वे चैतन्य हो कर उन्हें घेरना चाहते हैं।

निदान गाड़ी स्टेशन पर आ कर खड़ी हो गयी। जीवनदास सँभल गये। स्मृति जागृत हो गयी। लपक कर बोरों में से निकले और एक कमरे में जा बैठे।

इतने में गाड़ी के द्वार पर 'खट-खट' की ध्वनि सुनायी दी। जीवनदास ने चौंक कर देखा, टिकट का निरीक्षक खड़ा था। उनकी अचेतावस्था भंग हो गयी। वह कौन-सा नशा है, जो मार के आगे भाग न जाए। व्याधि की शंका संज्ञा को जागृत कर देती है। उन्होंने शीघ्रता से जल-गृह खोला और उसमें घुस गये। निरीक्षक ने पूछा —"और कोई नहीं।" मुसाफिरों ने एक स्वर से कहा —"अब कोई नहीं है।" जनता को अधिकारी वर्ग से एक नैसर्गिक द्वेष होता है। गाड़ी चली तो जीवनदास बाहर निकले। यात्रियों ने एक प्रचंड हास्यध्वनि से उनका स्वागत किया। यह देहरादून मेल था।

3

रास्ते-भर जीवनदास कल्पनाओं में मग्न रहे। हरिद्वार पहुँचे तो उन की मानसिक अशान्ति बहुत कुछ कम हो गयी थी। एक क्षेत्र से कम्बल लाये, भोजन किया और वहीं पड़े रहे। अनुग्रह के कच्चे धागे को वह लोहे की बेड़ी समझते थे, पर दुरावस्था ने आत्म-गौरव का नाश कर दिया था।

इस भाँति कई दिन बीत गये, किन्तु मौत का तो कहना ही क्या, वह व्याधि भी शांत होने लगी, जिसने जीवन से निराश कर दिया था। उनकी शक्ति दिनोंदिन बढ़ने लगी। मुख की कांति प्रदीप्त होने लगी, वायु का प्रकोप शांत हो गया, मानो दो प्रिय प्राणियों ने मृत्यु को तृप्त कर दिया था।

जीवनदास को यह रोग-निवृत्ति उस दारुण रोग से भी अधिक दुखदायी प्रतीत होती थी। वे अब मृत्यु-आह्वान करते, ईश्वर से प्रार्थना करते कि फिर उसी जीर्णावस्था का दुरागम हो, नाना प्रकार के कुपथ्य करते, किन्तु कोई प्रयत्न सफल न होता था। उन बलिदानों ने वास्तव में यमराज को सन्तुष्ट कर दिया था।

अब उन्हें चिन्ता होने लगी; क्या मैं वास्तव में जिन्दा रहूँगा। लक्षण ऐसे ही दीख पड़ते थे। नित्यप्रति यह शंका प्रबल होती जाती थी। उन्होंने प्रारब्ध को अपने पैरों पर झुकाना चाहा था, पर अब स्वयं उस के पैरों की रज चाट रहे थे। उन्हें

बार-बार अपने ऊपर क्रोध आता, कभी व्यग्र होकर उठते कि जीवन का अंत कर दूँ, तकदीर को दिखा दूं कि मैं अब भी उसे कुचल सकता हूँ, किन्तु उसके हाथों विकट यन्त्रणा भोगने के बाद उन्हें भय होता था कि कहीं इससे भी जटिल समस्या न उपस्थित हो जाये, क्योंकि उन्हें उसकी शक्ति का कुछ-कुछ अनुमान हो गया था। इन विचारों ने उनके मन में नास्तिकता के भाव उत्पन्न किये। वर्तमान भौतिक शिक्षा ने उन्हें पहले ही अनात्मवादी बना दिया था। अब उन्हें समस्त प्रकृति अनर्थ और अधर्म के रंग में डूबी हुई मालूम होने लगी। यहाँ न्याय नहीं, दया नहीं, सत्य नहीं। असम्भव है कि यह सृष्टि किसी कृपालु शक्ति के अधीन हो और उसके ज्ञान में नित्य ऐसे वीभत्स, ऐसे भीषण अभिनय होते रहें। वह न दयालु है, न वत्सल है। वह सर्वज्ञानी और अंतर्यामी भी नहीं, निस्संदेह वह एक विनाशिनी, वक्र और विकारमयी शक्ति है। सांसारिक प्राणियों ने उसकी अनिष्ट क्रीड़ा से भयभीत हो कर उसे सत्य का सागर, दया और धर्म का भंडार, प्रकाश और ज्ञान का स्रोत बना दिया है। यह हमारा दीन-विलाप है। अपनी दुर्बलता का अश्रुपात। इसी शक्तिहीनता को, इसी निःसहायता को हम उपासना और आराधना कहते हैं और उस पर गर्व करते हैं। दार्शनिकों का कथन है कि यह प्रकृति अटल नियमों के अधीन है, यह भी उनकी श्रद्धालुता है। नियम जड़, अचैतन्य होते हैं उनमें कपट के भाव कहाँ? इन नियमों का संचालक, इस इंद्रजाल का मदारी अवश्य है, यह स्पष्ट है, किन्तु वह प्राणी देवता नहीं, पिशाच है।

इन भावों ने शनैः-शनैः क्रियात्मक रूप धारण किया। सदभक्ति हमें ऊपर ले जाती है, असदभक्ति हमें नीचे गिराती है। जीवनदास की नौका का लंगर उखड़ गया। अब उसका न कोई लक्ष्य था और न कोई आधार, तरंगों में डांवाडोल होती रहती थी।

4

पंद्रह वर्ष बीत गये। जीवनदास का जीवन आनन्द और विलास में कटता था। रमणीक निवास स्थान था, सवारियाँ थीं, नौकर-चाकर थे। नित्य राग-रंग होता रहता था। अब इंद्रियलिप्सा उनका धर्म था, वासना तृप्ति उनका जीवनतत्व। वे विचार और विवेक के बन्धनों से मुक्त हो गये थे। नीति और अनीति का ज्ञान लुप्त हो गया था। साधनों की भी कमी नहीं थी। बँधे बैल और खुले साँड़ में

बड़ा अंतर है। एक रातिब पाकर भी दुर्बल है, दूसरा घास-पात ही खा कर ही मस्त हो रहा है। स्वाधीनता बड़ी पोषक वस्तु है।

जीवनदास को अब अपनी स्त्री और बालक की याद न सताती थी। भूत और भविष्य का उनके हृदय पर कोई चिह्न न था। उनकी निगाह केवल वर्तमान पर रहती थी। वह धर्म और अधर्म समझते थे और अधर्म को धर्म। उन्हें सृष्टि का यह मूल तत्व प्रतीत होता था। उनका जीवन स्वयं इसी दुर्नीति का उज्ज्वल प्रमाण था। आत्मबन्धन को तोड़ कर वे जितने उत्सित हुए, वहाँ तक उन बन्धनों में पड़े हुए उनकी दृष्टि भी न पहुँच सकती थीं। जिधर आँख उठती, अधर्म का साम्राज्य दीख पड़ता था। यही सफल जीवन का मन्त्र था। स्वेच्छाचारी हवा में उड़ते हैं, धर्म के सेवक एड़ियाँ रगड़ते हैं। व्यापार और राजनीति के भवन, ज्ञान और भक्ति के मन्दिर, साहित्य और काव्य की रंगशाला, प्रेम और अनुराग मंडलियाँ सब इसी दीपक से आलोकित हो रही हैं। ऐसी विराट ज्योति की आराधना क्यों न की जाए?

गरमी के दिन थे, संध्या का समय। हरिद्वार के रेलवे-स्टेशन पर यात्रियों की भीड़ थी। जीवनदास एक गेरुए रंग की रेशमी चादर गले में डाले, सुनहरा चश्मा लगाये, दिव्य ज्ञान की मूर्ति बने हुए अपने सहचरों के साथ प्लेटफार्म पर टहल रहे थे। उनकी भेदक दृष्टि यात्रियों पर लगी हुई थी। अचानक उन्हें दूसरे दर्जे के कमरे में एक शिकार दिखायी दिया। यह एक रूपवान युवक था। चेहरे से प्रतिभा झलक रही थी। उसकी घड़ी की जंजीर सुनहरी थी, तनजेब की अचकन के बटन भी सोने के थे। जिस प्रकार बधिक की दृष्टि पशु के मांस और चर्म पर रहती है, उसी प्रकार जीवनदास की दृष्टि में मनुष्य एक भोग्य पदार्थ था। उसके अनुमान ने आश्चर्यजनक कुशलता प्राप्त कर ली थी और उससे कभी भूल न होती थी। वह युवक अवश्य कोई रईस है। सरल और गौरवशाली भी है अतएव सुगमता से जाल में फँस जाएगा। उस पर अपनी सिद्धता का सिक्का बिठाना चाहिए। उसकी सरल-हृदयता पर निशाना मारना चाहिए। मैं गुरु बनूं यह दोनों मेरे शिष्य बन जायें, छल की घातें चलें, मेरी अपार विद्वता, अलौकिक कीर्ति और अगाध वैराग्य का मधुर गान हो, शब्दाडम्बरों के दाने बिखेर दिये जायें और मृग पर फंदा डाल दिया जाये।

यह निश्चय करके जीवनदास कमरे में दाखिल हुए। युवक ने उनकी ओर गौर से देखा, जैसे अपने भूले हुए मित्र को पहचानने की चेष्टा कर रहा हो। अब अधीर हो कर बोला — महात्मा जी, आपका स्थान कहाँ है?

जीवनदास प्रसन्न हो कर बोला — बच्चा, संतों का स्थान कहाँ? समस्त संसार हमारा स्थान है।

युवक ने पूछा — आपका शुभ नाम लाला जीवनदास तो नहीं है?

जीवनदास चौंक पड़े। छाती बल्लियों उछलने लगीं। चेहरे पर हवाइयाँ उड़ने लगी। कहीं यह खुफिया पुलिस का कर्मचारी तो नहीं है? कुछ निश्चय न कर सके, क्या उत्तर दूँ। गुम-सुम हो गये।

युवक ने असमंजस में पड़े देख कर कहा — मेरी यह धृष्टता क्षमा कीजियेगा। मैंने यह बात इसलिए पूछी कि आपका श्रीमुख मेरे पिताजी से बहुत मिलता है। वे बहुत दिनों से गायब हैं। लोग कहते हैं, संन्यासी हो गये। बरसों से उन्हीं की तलाश में मारा फिर रहा हूँ।

जिस प्रकार क्षितिज पर मेघराशि चढ़ती है और क्षणमात्र में संपूर्ण वायुमंडल को घेर लेती है उसी प्रकार जीवनदास को अपने हृदय में पूर्व-स्मृतियों की एक लहर-सी उठती हुई मालूम हुई। गला फँस गया और आँखों के सामने प्रत्येक तैरती हुई जान पड़ने लगी। युवक की ओर सचेष्ट नेत्रों से देखा, स्मृति सजा हो गयी। उसके गले से लिपट कर बोले — लक्खू?

लखनदास उनके पैरों पर गिर पड़ा।

'मैंने बिलकुल नहीं पहचाना।'

'एक युग हो गया।'

5

आधी रात गुजर चुकी थी। लखनदास सो रहा था और जीवनदास खिड़की से सिर निकाले विचारों में मग्न थे। प्रारब्ध का एक नया अभिनय उनके नेत्रों के सामने था। वह धारणा जो अतीत काल से उनकी पथ-प्रदर्शक बनी हुई थी, हिल गयी। मुझे अहंकार ने कितना विवेकहीन बना दिया था! समझता था, मैं ही सृष्टि का संचालक हूँ, मेरे मरने पर परिवार का अध:पतन हो जाएगा पर मेरी यह दुश्चिंता कितनी मिथ्या निकली। जिन्हें मैंने विष दिया, वे आज जीवित हैं, सुखी हैं और सम्पत्तिशाली हैं : असम्भव था कि लक्खू को ऐसी उच्च शिक्षा दे सकता। माता के पुत्र-प्रेम और अध्यवसाय ने कठिन मार्ग कितना सुगम कर दिया। मैं उसे इतना सच्चरित्र, इतना दृढ़ संकल्प, इतना कर्तव्यशील कभी न बना सकता। यह

स्वावलम्बन का फल है। मेरा विष उसके लिए अमृत हो गया। कितना विनयशील, हँसमुख, निःस्पृह और चतुर युवक है। मुझे तो अब उसके साथ बैठते भी संकोच होता है। मेरा सौभाग्य कैसे उदय हुआ है। मैं विराट् जगत को किसी पैशाचिक शक्ति के अधीन समझता था, जो दीन प्राणियों के साथ बिल्ली और चूहे का खेल खेलाती है। हा मूर्खता! हा अज्ञान! आज मुझ जैसा पापी मनुष्य इतना सुखी है! इस में संदेह नहीं कि इस जगत का स्वामी दया और कृपा का महासागर है। प्रातःकाल मुझे उस देवी से साक्षात् होगा, जिसके साथ जीवन के क्या-क्या सुख नहीं भोगे! मेरे पोते और पोतियां मेरी गोद में खेलेंगी। मित्रगण मेरा स्वागत करेंगे। ऐसे दयामय भगवान् को मैं अमंगल का मूल समझता था?

इस विचार में पड़े हुए जीवनदास को नींद आ गयी। जब आँखें खुली तो लखनऊ की प्रिय और अपरिचित ध्वनि कानों में आयी। वे चौंक कर उठ बैठे। लखनदास असबाब उतरवा रहे थे। स्टेशन के बाहर उनकी फिटन खड़ी थी। दोनों आदमी उस पर बैठे। जीवनदास का हृदय आह्वान से भर रहा था। मौन-रूप बैठे हुए थे, मानो समाधि में हों।

फिटन चली। जीवनदास को प्रायः सभी चीजें नयी मालूम होती थीं। न वे बाजार, न वे गली-कूचे, न वे प्राणी थे। युगांतर-सा हो गया था। निदान उन्हें एक रमणीक बंगला-सा दिखायी पड़ा, जिसके द्वार पर मोटे अक्षरों में अंकित था —

"जीवनदास-पाठशाला"

जीवनदास ने विस्मित होकर पूछा — क्या है?

लखनदास ने कहा — माता जी ने आपके स्मृति-रूप यह पाठशाला खोली है। कई लड़के छात्रवृत्ति पाते हैं!

जीवनदास का दिल और भी बैठ गया। मुँह से एक ठंडी साँस निकल आयी।

थोड़ी देर के बाद फिटन रुकी, लखनदास उतर पड़े। नौकरों ने असबाब उतारना शुरू किया। जीवनदास ने देखा, एक पक्का दो-मंजिला मकान था। उनके पुराने खपरैलवाले घर का कोई चिह्न न था। केवल एक नीम का वृक्ष बाकी था। दो कोमल बालक 'बाबू जी' कहते हुए दौड़े और लखनदास के पैरों से लिपट गये। घर में एक हलचल-सी मच गयी। दीवानखाने के पीछे एक सुन्दर पुष्पवाटिका थी। जीवनदास ऐसे चकित हो रहे थे, मानो कोई तिलिस्म देख रहे हों।

6

रात्रि का समय था। बारह बज चुके थे। जीवनदास को किसी करवट नींद न आती थी। अपने जीवन का चित्र उनके सामने था। इन पंद्रह वर्षों में उन्होंने जो काँटे बोये थे वे इस समय उनके हृदय में चुभ रहे थे। जो गढ़े खोदे थे वे उन्हें निगलने के लिए मुंह खोले हुए थे। उनकी दशा में एक ही दिन में घोर परिवर्तन हो गया था। अभक्ति और विश्वास केवल मानसिक न था, वरन प्रत्यक्ष था। ईश्वरीय न्याय का भय एक भयंकर मूर्ति के सदृश उनके सामने खड़ा था। उससे बचने की अब उन्हें कोई युक्ति नजर न आती थी। अब तक उनकी स्थिति उस आग की चिनगारी के समान थी, जो किसी मरुभूमि पर पड़ी हुई हो। उससे हानि की कोई शंका न थी, लेकिन आज वह चिनगारी एक खलिहान के पास पड़ी हुई थी। मालूम नहीं, कब वह प्रज्वलित होकर खलिहान को भस्मीभूत कर दे।

ज्यों-ज्यों रात गुजरती थी, यह भय ग्लानि का रूप धारण करता जाता था। "हा शोक! मैं इस योग्य भी नहीं कि इस साक्षात् क्षमादया को अपना कलुषित मुँह दिखाऊँ। उसने मुझ पर सदैव करुणा और वात्सल्य की दृष्टि रखी और यह शुभ दिन दिखाया। मेरी कालिमा उस की उज्ज्वल कीर्ति पर एक काला दाग है। मेरी कलुषता क्या इस मंगल चित्र को कलुषित न कर देगी? इस पापाग्नि के स्पर्श से क्या हरा-भरा उद्यान मटियामेट न हो जाएगा? मेरी अपकीर्ति कभी न कभी प्रकट हो कर इस कुल की मर्यादा और सम्मान को नष्ट न कर देगी? मेरे जीवन से अब किसको सुख है? कदाचित् भगवान् ने मुझे लज्जित करने के लिए मुझे अपनी तुच्छता को अवगत कराने के लिए, मेरे गले में अनुताप की फाँसी डालने के लिए यह अद्भुत लीला दिखायी है। हा! इसी कुल की मर्यादा-रक्षा के लिए भीषण हत्याएँ की थीं। क्या अब जीवित रह कर इसकी वह दुर्दशा कर दूँ जो मर कर भी न कर सका? मेरे हाथ खून से लाल हो रहे हैं। परमात्मन्! वह खून रंग न लाये। यह हृदय पापों के कीटाणु से जर्जर हो रहा है। भगवन्, यह कुल उनके छूत से बचा रहे।"

इन विचारों ने जीवनदास में ग्लानि और भय के भावों को इतना उत्तेजित किया कि वह विकल हो गये। जैसे परती भूमि में बीज का असाधारण विकास और प्रचार होता है, उसी प्रकार विश्वासहीन हृदय में जब विश्वास का बीज पड़ता है तो उसमें सजीवता और विकास का प्रादुर्भाव होता है। उसमें विचार के बदले व्यवहार का प्राधान्य होता है। आत्म-समर्पण उसका विशेष लक्ष्य होता है। जीवनदास को

अपने चारों तरफ एक सर्वव्यापी शक्ति, एक विराट आत्मा का अनुभव हो रहा था। प्रतिक्षण उनकी कल्पना सजग और प्रदीप होती जाती थी। अपने जीवन की घटनाएँ ज्वाला-शिखा बन-बन कर उस घर की ओर, उस मंगल और आनंद के निवासभवन की ओर दौड़ती हुई जान पड़ती थीं, मानों उसे निगल जायेंगी।

पूर्व की ओर आकाश अरुण वर्ण हो रहा था। जीवनदास की आँखें भी अरुण थीं। वे घर से निकले। हाथ में केवल धोती थी। उन्होंने अपने अनिष्टमय अस्तित्व को मिटा देने का निश्चय कर लिया था। अपनी पापाग्नि की आँच से अपने परिवार को बचाने का संकल्प कर चुके थे। प्राणपण से अपने आत्मशोक और हृदयदाह को शांत करने पर उद्यत हो गये थे।

सूर्योदय हो रहा था। उसी समय जीवनदास गोमती की लहरों में समा गये।

सुहाग की साड़ी

यह कहना भूल है कि दाम्पत्य-सुख के लिए स्त्री-पुरुष के स्वभाव में मेल होना आवश्यक है। श्रीमती गौरा और श्रीमान् कुँवर रतनसिंह में कोई बात न मिलती थी। गौरा उदार थी, रतनसिंह कौड़ी-कौड़ी को दाँतों से पकड़ते थे। वह हँसमुख भी, रतनसिंह चिंताशील थे। वह कुल-मर्यादा पर जान देती थी, रतनसिंह इसे आडम्बर समझते थे। उनके सामाजिक व्यवहार और विचार में भी घोर अंतर था। यहाँ उदारता की बाजी रतनसिंह के हाथ थी। गौरा को सहभोज से आपत्ति थी, विधवा-विवाह से घृणा और अछूतों के प्रश्न से विरोध। रतनसिंह इन सभी व्यवस्थाओं के अनुमोदक थे। राजनीतिक विषयों में यह विभिन्नता और भी जटिल थी! गोरा वर्तमान स्थिति को अटल, अमर, अपरिहार्य समझती थी, इसलिए वह नरम-गरम, काँग्रेस, स्वराज्य, होमरूल सभी से विरक्त थी। कहती —"ये मुट्ठी भर पढ़े-लिखे आदमी क्या बना लेंगे, चने कहीं भाड़ फोड़ सकते हैं?" रतनसिंह पक्के आशावादी थे, राजनीतिक सभा की पहली पंक्तियों में बैठनेवाले, कर्मक्षेत्र में सबसे पहले कदम उठानेवाला, स्वदेशव्रतधारी और बहिष्कार के पूरे अनुयायी। इतनी विषमताओं पर भी उनका दाम्पत्य-जीवन सुखमय था। कभी-कभी उनमें मतभेद अवश्य हो जाता था, पर वे समीर के वे झोंके थे, जो स्थिर जल को हल्की-हल्की लहरों से आभूषित कर देते हैं; वे प्रचंड झोंके थे, जो स्थिर जल को हल्की-हल्की लहरों से आभूषित कर देते हैं; वे प्रचंड झोंके नहीं जिनसे सागर विप्लवक्षेत्र बन जाता है। थोड़ी-सी सदिच्छा सारी विषमताओं और मतभेदों का प्रतिकार कर देती थी।

2

विदेशी कपड़ों की होलियाँ जलायी जा रही थीं। स्वयंसेवकों के जत्थे भिखारियों की भाँति द्वारों पर खड़े हो-हो कर विलायती कपड़ों की भिक्षा

माँगते थे और ऐसा कदाचित् ही कोई द्वार था जहाँ उन्हें निराश होना पड़ता हो। खद्दर और गाढ़े के दिन फिर गये थे। नयनसुख, नयनदुख, मलमल-मनमल और तनजेब तनबेध हो गये थे। रतनसिंह ने आ कर गौरा से कहा — लाओ, अब सब विदेशी कपड़े बंदूक से निकाल दो, दे दूँ।

गौरा — अरे तो इसी घड़ी कोई साइत निकली जाती है, फिर कभी दे देना।

रतनसिंह — वाह, लोग द्वार पर खड़े कोलाहल मचा रहे हैं और तुम कहती हो, फिर कभी दे देना।

गौरा — तो यह कुंजी लो, निकाल कर दे दो। मगर यह सब है लड़कों का खेल। घर फूंकने से स्वराज्य न कभी मिला है और न मिलेगा।

रतनसिंह — मैंने कल ही तो इस विषय पर तुमसे घंटों सिरपच्ची की थी और उस समय तुम मुझसे सहमत हो गयी थीं, आज तुम फिर वही शंकाएँ करने लगी?

गौरा — मैं तुम्हारे अप्रसन्न हो जाने के डर से चुप हो गयी थी।

रतनसिंह — अच्छा, शंकाएँ फिर कर लेना, इस समय जो करना है वह करो।

गौरा — लेकिन मेरे कपड़े तो न लोगे न?

रतनसिंह — सब देने पड़ेंगे, विलायत का एक सूत भी घर में रखना मेरे प्रण को भंग कर देगा।

इतने में रामटहल साईस ने बाहर से पुकारा — सरकार, लोग जल्दी मचा रहे हैं कहते हैं, अभी कई मुहल्लों का चक्कर लगाना है। कोई गाढ़े का टुकड़ा हो तो मुझे भी मिल जाये, मैंने भी अपने कपड़े दे दिये।

केसर महरी कपड़ों की एक गठरी लेकर बाहर जाती हुई दिखायी दी। रतनसिंह ने पूछा — क्या तुम भी अपने कपड़े देने जाती हो?

केसर ने लजाते हुए कहा — हाँ, सरकार जब देश छोड़ रहा है तो मैं कैसे पहनूँ?

रतनसिंह ने गौरा की ओर आदेशपूर्ण नेत्रों से देखा। अब वह विलम्ब न कर सकी। लज्जा से सिर झुकाये संदूक खोल कर कपड़े निकालने लगी। एक संदूक खाली हो गया तो उसने दूसरा संदूक खोला। सबसे ऊपर एक सुंदर रेशमी सूट रखा हुआ था जो कुँवर साहब ने किसी अँगरेजी कारखाने में सिलाया था।

गौरा ने पूछा — क्या सूट भी निकाल दू?

रतन — हाँ, हाँ, इसे किस दिन के लिए रखोगी?

गौरा — यदि मैं यह जानती कि इतनी जल्दी हवा बदलेगी तो कभी यह सूट न बनवाने देती। सारे रुपये खून हो गये।

रतनसिंह ने कुछ उत्तर न दिया। तब गौरा ने अपना संदूक खोला और जलन के मारे स्वदेशी-विदेशी सभी कपड़े निकाल-निकाल कर फेंकने लगी। वह आवेश-प्रवाह में आ गयी। उनमें कितनी ही बहुमूल्य फैंसी जाकेट और साड़ियाँ थीं जिन्हें किसी समय पहन कर वह फूली न समाती थी। बाज-बाज साड़ियों के लिए तो उसे रतनसिंह से बार-बार तकाजे करने पड़े थे। पर इस समय सब की अब आँखों में खटक रही थीं। रतनसिंह उसके भावों को ताड़ रहे थे। स्वदेशी कपड़ों का निकाला जाना उन्हें अखर रहा था, पर इस समय चुप रहने ही में कुशल समझते थे। तिस पर भी दो-एक बार वाद-विवाद की नौबत आ ही गयी। एक बनारसी साड़ी के लिए तो वह झगड़ बैठे, उसे गौरा के हाथों से छीन लेना चाहा, पर गौरा ने एक न मानी, निकाल ही फेंका। सहसा संदूक में से एक केसरिया रंग की तनजेब की साड़ी निकल आयी जिस पर पक्के आँचल और पल्ले टँके हुए थे। गौरा ने उसे जल्दी से लेकर अपनी गोद में छिपा लिया।

रतनसिंह ने पूछा — कैसी साड़ी है!

गौरा — कुछ नहीं, तनजेब की साड़ी है। आँचल पक्का है।

रतन — तनजेब की है तब तो जरूर ही विलायती होगी। उसे अलग क्यों रख लिया? क्या वह बनारसी साड़ियों से अच्छी है?

गौरा — अच्छी तो नहीं है, पर मैं इसे न दूँगी।

रतनसिंह — वाह, विलायती चीज को मैं न रखने दूँगा। लाओ इधर।

गौरा — नहीं मेरी खातिर से इसे रहने दो।

रतनसिंह — तुमने मेरी खातिर से एक भी चीज न रखी, मैं क्यों तुम्हारी खातिर करूँ?

गौरा — पैरों पड़ती हूँ, जिद न करो।

रतनसिंह — स्वदेशी साड़ियों में से जो चाहो रख लो, लेकिन इस विलायती चीज को मैं न रखने दूँगा। इसी कपड़े की बदौलत हम गुलाम बने, यह गुलामी का दाग मैं अब नहीं रख सकता। लाओ इधर।

गौरा — मैं इसे न दूँगी, एक बार नहीं हजार बार कहती हूँ कि न दूँगी।

रतनसिंह — मैं इसे लेकर छोड़ूँगा, इस गुलामी के पटके को, इस दासत्व के बंधन को किसी तरह न रखूँगा।

गौरा — नाहक जिद करते हो।

रतनसिंह — आखिर तुमको इससे क्यों इतना प्रेम है?

गौरा — तुम तो बाल की खाल निकालने लगते हो। इतने कपड़े थोड़े हैं? एक साड़ी रख ही ली तो क्या?

रतनसिंह — तुमने अभी तक इन होलियों का आशय ही नहीं समझा।

गौरा — खूब समझती हूँ। सब ढोंग है। चार दिन में जोश ठंडा पड़ जायेगा।

रतनसिंह — तुम केवल इतना बतला दो कि यह साड़ी तुम्हें क्यों इतनी प्यारी है, तो शायद मैं मान जाऊँ।

गौरा — यह मेरी सुहाग की साड़ी है।

रतनसिंह — (जरा देर सोच कर) तब तो मैं इसे कभी न रखूँगा। मैं विदेशी वस्त्र को यह शुभस्थान नहीं दे सकता। इस पवित्र संस्कार का यह अपवित्र स्मृतिचिह्न घर में नहीं रख सकता। मैं इसे सबसे पहले होली की भेंट करूँगा। लोग कितने हतबुद्धि हो गये थे कि ऐसे शुभ कार्यों में भी विदेशी वस्तुओं का व्यवहार करने में संकोच न करते थे। मैं इसे अवश्य होली में दूँगा।

गौरा — कैसा असगुन मुँह से निकालते हो।

रतनसिंह — ऐसी सुहाग की साड़ी का घर में रखना ही अशकुन, अमंगल, अनिष्ट और अनर्थ है।

गौरा — यों चाहे जबरदस्ती छीन ले जाओ, पर खुशी से न दूँगी।

रतनसिंह — तो फिर से जबरदस्ती ही करूँगा। मजबूरी है।

यह कह कर वह लपके कि गौरा के हाथों से साड़ी छीन लूँ। गौरा ने उसे मजबूती से पकड़ लिया और रतनसिंह की ओर कातर नेत्रों से देख कर कहा — तुम्हें मेरे सिर की कसम।

केसर महरी बोली — बहू जी की इच्छा है तो रहने दीजिए।

रतनसिंह के बढ़े हुए हाथ रुक गये, मुख मलिन हो गया। उदास हो कर बोले — मुझे अपना व्रत तोड़ना पड़ेगा। प्रतिज्ञा-पत्र पर झूठे हस्ताक्षर करने पड़ेंगे। खैर, यही सही।

3

शाम हो गयी थी। द्वार पर स्वयंसेवकगण शोर मचा रहे थे, कुँवर साहब जल्दी आइए, श्रीमती जी से भी कह दीजिए, हमारी प्रार्थना स्वीकार करें।

बहुत देर हो रही है। उधर रतनसिंह असमंजस में पड़े हुए थे कि प्रतिज्ञा-पत्र पर कैसे हस्ताक्षर करूँ। विदेशी वस्त्र घर में रख कर स्वदेशी व्रत का पालन क्योंकर होगा? आगे कदम बढ़ा चुका हूँ, पीछे नहीं हट सकता। लेकिन प्रतिज्ञा का अक्षरश: पालन करना अभीष्ट भी तो नहीं, केवल उसके आशय पर लक्ष्य रहना चाहिए। इस विचार से मुझे प्रतिज्ञा-पत्र पर हस्ताक्षर करने का पूरा अधिकार है। त्रिया-हठ के सामने किसी की नहीं चलती। यों चाहूं तो एक ताने में काम निकल सकता है, पर उसे बहुत दुःख होगा, बड़ी भावुक है, उसके भावों का आदर करना मेरा कर्तव्य है।

गौरा भी चिंता में डूबी हुई थी। सुहाग की साड़ी सुहाग का चिह्न है, उसे आग...कितने अशकुन की बात है। ये कभी-कभी बालकों की भाँति जिद करने लगते हैं, अपनी धुन में किसी की सुनते नहीं। बिगड़ते हैं तो मानो मुँह ही नहीं सीधा होता।

लेकिन वे बेचारे भी तो अपने सिद्धांतों से मजबूर हैं। झूठ से उन्हें घृणा है। प्रतिज्ञा-पत्र पर झूठी स्वीकृत लिखनी पड़ेगी, उनके आत्मा को बड़ा दुःख होगा, घोर धर्म संकट में पड़े होंगे, यह भी तो नहीं हो सकता कि सारे शहर में स्वदेशानुरागियों के सिरमौर बन कर उस प्रतिज्ञा-पत्र पर हस्ताक्षर करने से आनाकानी करें। कहीं मुँह दिखाने को जगह न रहेगी, लोग समझेंगे, बना हुआ है। पर शकुन की चीज कैसे दूँ?

इतने में उसने रामटहल रईस को सिर पर कपड़ों का गट्ठर लिये बाहर जाते देखा। केसर महरी भी एक गट्ठर सिर पर रखे हुए थी। पीछे-पीछे रतनसिंह हाथ में प्रतिज्ञा-पत्र लिये जा रहे थे। उनके चेहरे पर ग्लानि की झलक थी जैसे कोई सच्चा आदमी झूठी गवाही देने जा रहा हो। गौरा को देख कर उन्होंने आँखें फेर ली और चाहा कि उसकी निगाह बचा कर निकल जाऊँ। गौरा को ऐसा जान पड़ा कि उनकी आँखें डबडबायी हुई हैं। वह राह रोक कर बोली — जरा सुनते जाओ।

रतनसिंह — जाने दो, दिक न करो; लोग बाहर खड़े हैं।

उन्होंने चाहा कि पत्र को छिपा लूँ, पर गौरा ने उसे उनके हाथ से छीन लिया; उसे गौर से पढ़ा और एक क्षण चिन्तामग्न रहने के बाद बोली — वह साड़ी भी लेते जाओ।

रतनसिंह — रहने दो, अब तो मैंने झूठ लिख ही दिया।

गौरा — मैं क्या जानती थी कि तुम ऐसी कड़ी प्रतिज्ञा कर रहे हो।

रतनसिंह — यह तो मैं तुमसे पहले कह चुका था।

गौरा — मेरी भूल थी, क्षमा कर दो और इसे लेते जाओ।

रतनसिंह — जब तुम इसे देना अशगुन समझती हो तो रहने दो। तुम्हारी खातिर थोड़ा-सा झूठ बोलने में मुझे कोई आपत्ति नहीं है।

गौरा — नहीं लेते जाओ। अमंगल के भय से तुम्हारी आत्मा का हनन नहीं करना चाहती!

यह कह कर उसने अपनी सुहाग की साड़ी उठा कर पति के हाथों में रख दी। रतन ने देखा, गौरा के चेहरे पर एक रंग आता है, एक रंग जाता है, जैसे कोई रोगी अंतरस्थ विषम वेदना को दबाने की चेष्टा कर रहा हो। उन्हें अपनी अहृदयता पर लज्जा आयी। हा! केवल अपने सिद्धान्त की रक्षा के लिए, अपनी आत्मा के सम्मान के लिए, मैं इस देवी के भावों का वध कर रहा हूँ! यह अत्याचार है। साड़ी गौरा को दे कर बोले — तुम इसे रख लो, मैं प्रतिज्ञा-पत्र को फाड़े डालता हूँ।

गौरा ने दृढ़ता से कहा — तुम न ले जाओगे तो मैं खुद जाकर दे आऊँगी।

रतनसिंह विवश हो गये। साड़ी ली और बाहर चले आये।

4

उसी दिन से गौरा के हृदय पर एक बोझ-सा रहने लगा। वह दिल बहलाने के लिए नाना उपाय करतीं; जलसों में भाग लेती, सैर करने जाती, मनोरंजक पुस्तकें पढ़ती, यहाँ तक कि कई बार नियम के विरुद्ध थियेटरों में भी गयी, किसी प्रकार अमंगल कल्पना को शान्त करना चाहती थी, पर यह आशंका एक मेघ-मंडल की भाँति उसके हृदय पर छायी रहती थी।

जब एक पूरा महीना गुजर गया और उसकी मानसिक वेदना दिनोंदिन बढ़ती ही गयी तो कुँवर साहब ने उसे कुछ दिनों के लिए अपने इलाके पर ले जाने का निश्चय किया। उसका मन उन्हें उनके आदर्श प्रेम पर नित्य तिरस्कार किया करता था। वह अक्सर देहातों में प्रचार का काम करने जाया करते थे! पर अब अपने गाँव से बाहर न जाते, या जाते तो संध्या तक जरूर लौट आते। उनकी एक दिन की देर, उनका साधारण सिर दर्द और जुकाम उसे अव्यवस्थित कर देते थे। वह बहुधा बुरे स्वप्न देखा करती। किसी अनिष्ट के काल्पनिक अस्तित्व की छाया उसे अपने चारों ओर मँडराती हुई प्रतीत होती थी।

वह तो देहात में पड़ी हुई आशंकाओं की कठपुतली बनी हुई थी। इधर उसकी सुहाग की साड़ी स्वदेश-प्रेम की वेदी पर भस्म हो कर ऋद्धि-प्रदायिनी भभूत बनी हुई थी।

दूसरे महीने के अन्त में रतनसिंह उसे लेकर लौट आये।

5

गौरा को वापस आये तीन-चार दिन हो चुके थे, पर असबाब के सँभालने और नियत स्थान पर रखने में वह इतनी व्यस्त रही कि घर से बाहर न निकल सकी थी। कारण यह था कि केसर महरी उसके जाने के दूसरे ही दिन छोड़ कर चली गयी थी और अभी उतनी चतुर दूसरी महरी मिली न थी। कुँवर साहब का साईस रामटहल भी छोड़ गया था। बेचारे कोचवान को साईस का भी काम करना पड़ता था।

संध्या का समय था। गौरा बरामदे में बैठी आकाश की ओर एकटक हो कर ताक रही थी। चिन्ताग्रस्त प्राणियों का एकमात्र यही अवलम्ब है! सहसा रतनसिंह ने आ कर कहा — चलो, आज तुम्हें स्वदेशी बाजार की सैर करा लावें। यह मेरा ही प्रस्ताव था, पर चार दिन यहाँ आये हो गये, उधर जाने का अवकाश ही न मिला।

गौरा — मेरा तो जाने को जी नहीं चाहता। यहीं बैठकर कुछ बातें करो।

रतन — नहीं, चलो देख आवें। एक घंटे में लौट आवेंगे।

अंत में गौरा राजी हो गयी। इधर महीनों से बाहर न निकली थी। आज उसे चारों तरफ एक विचित्र शोभा दिखायी दी। बाजार कभी इतने रौनक पर न था। वह स्वदेशी बाजार में पहुंची तो जुलाहों और कोंरियों को अपनी-अपनी दुकानें सजाये बैठे देखा। सहसा एक वृद्ध कोरी ने आकर रतनसिंह को सलाम किया। रतनसिंह चौंक कर बोले — रामटहल, तुम अब कहाँ हो?

रामटहल का चेहरा श्रीसम्पन्न था। उसके अंग-अंग से आत्मसम्मान की आभा झलक रही थी। आँखों में गौरव ज्योति थी। रतनसिंह को कभी अनुमान न हुआ था कि अस्तबल साफ करने वाले बुड्ढा रामटहल इतना सौम्य, इतना भद्र पुरुष है। वह बोला — सरकार, अब तो अपना कारबार करता हूँ। जब से आपकी गुलामी छोड़ी तब से अपने काम में लग गया। आप लोगों की निगाह हम गरीबों पर हो गयी हमारा भी गुजर हो रहा है, नहीं तो आप जानते ही हैं, किस हालत में पड़ा हुआ था। जात का कोरी हूँ, पर पापी पेट के लिए चमार बन गया था।

रतन — तो भाई, अब मुँह मीठा कराओ। यह बाजार लगाने की मेरी ही सलाह थी, बिक्री तो अच्छी होती है।

रामटहल — हाँ, सरकार! आजकल खूब बिक्री हो रही है। माल हाथों-हाथ उड़ जाता है। यहाँ बैठते हुए एक महीना हो गया है, पर आपकी कृपा से लोगों के चार पैसे थे वे बेबाक हो गये। भगवान की दया से रूखा-सूखा भोजन भी दोनों समय मिल जाता है और क्या चाहिए। मालकिन की सुहाग की साड़ी का होली में आना कहिए और बाजार का चमकना कहिए। लोगों ने कहा, जब इतने बड़े आदमी हो कर ऐसे शकुन की चीज की परवाह नहीं करते तो फिर हम विदेशी कपड़े क्यों रखें। जिस दिन होली जली है उसके दो-तीन दिन पहले ही सरकार इलाके पर चले गये थे। उसके पहले भी सरकार कई दिनों तक घर से बहुत कम निकलते थे। मैं तो यही कहूँगा कि यह सारी माया उसी सुहाग की साड़ी की है।

इतने में एक अधेड़ स्त्री गौरा के सामने आकर बोली — बहू जी, मुझे भूल तो नहीं गयीं?

गौरा ने सिर उठाया तो सामने केसर महरी खड़ी थी। वह सुंदर साड़ी पहने हुए थी, हाथ-पाँव में मामूली गहने भी थे, चेहरा खिला हुआ था। स्वाधीन जीवन का गौरव एक-एक भाव से प्रस्फुटित हो रहा था।

गौरा ने कहा — इतनी जल्दी भूल जाऊँगी? अब कहाँ हो? हमें लौटने भी न दिया, बीच ही में उड़ भागी।

केसर — क्या करूँ सरकार, अपना काम चलते देख कर सबर न हो सका। जब तक रोजगार न चलता था, तब तक लाचारी थी। पेट के लिए सेवा-टहल, करम-कुकरम सभी करना पड़ता था। अब आप लोगों की दया से हमारे भी दिन लौटे हैं, अब दूसरा काम नहीं किया जाता। अगर बाजार का यही रंग रहा तो अपनी कमाई खाये न चुकेगी। यह सब आपकी साड़ी की महिमा है। उसकी बदौलत हम गरीबों के कितने ही घर बस गये। एक महीना पहले इन दुकानवालों में से किसी को रोटियों का ठिकाना न था। कोई साईसी करता था, कोई तासे बजाता था, यहाँ तक कि कई आदमी मेहतर का काम करते थे। कितने ही भीख माँगते थे। अब सब अपने धंधे में लग गये हैं। सच पूछो तो तुम्हारी सुहाग की साड़ी ने हमें सुहागिन बना दिया, नहीं तो हम सुहागिन होते हुए भी विधवाएँ थीं। सच कहती हूँ, सैकड़ों जबानों से नित्य यही दुआ निकलती है कि आपका सुहाग अमर हो, जिसने हमारी राँड़ जात को सुहाग दान दिया।

रतनसिंह एक दूकान पर बैठ कर कुछ कपड़े देखने लगे। गौरा का भावुक हृदय आनंद से पुलकित हो रहा था। उसकी सारी अमंगल कल्पनाएँ स्वप्नवत्

विच्छिन्न होती जाती थी! आँखें सजल हो गयी थीं और सुहाग की देवी अश्रुसंचित नेत्रों के सामने खड़ी आँचल फैला कर उसे आशीर्वाद दे रही थी।

उसने रतनसिंह को भक्तिपूर्ण आँखों से देख कर कहा — मेरे लिए भी एक साड़ी ले लो।

6

जब गौरा यहाँ से चली तो सड़क की बिजलियाँ जल चुकी थीं। सड़कों पर खूब प्रकाश था। उसका हृदय भी आनंद के प्रकाश से जगमगा रहा था।

रतनसिंह ने पूछा — सीधे घर चलूँ?

गौरा — नहीं, छावनी की तरफ होते चलो।

रतन — बाजार खूब सजा हुआ था।

गौरा — यह जमीन लेकर एक स्थायी बाजार बनवा दो। स्वदेशी कपड़ों की दूकानें हों और किसी से किराया न लिया जाये।

रतन — बहुत खर्च पड़ेगा।

गौरा — मकान बेच दो, रुपये ही रुपये हो जायेंगे।

रतन — और रहें पेड़ तले?

गौरा — नहीं, गाँववाले मकान में।

रतन — सोचूँगा।

गौरा — (जरा देर में) इलाके-भर में खूब कपास की खेती कराओ, जो कपास बोये उसकी बेगार माफ कर दो।

रतन — हाँ, तदबीर अच्छी है, दूनी उपज हो जायेगी।

गौरा — (कुछ देर सोचने के बाद) लकड़ी बिना दाम दो तो कैसा हो? जो चाहे, चरखे बनवाने के लिए काट ले जाये।

रतन — लूट मच जायेगी।

गौरा — ऐसी बेईमानी कोई न करेगा।

जब उसने गाड़ी से उतर कर घर में कदम रखा तो चित्त शुभ कल्पनाओं से प्रफुल्लित हो रहा था। मानो कोई बछड़ा खुँटे से छूट कर किलोलें कर रहा हो।

□

लोकमत का सम्मान

बेचू धोबी को अपने गाँव और घर से उतना ही प्रेम था, जितना प्रत्येक मनुष्य को होता है। उसे रूखी-सूखी और आधे पेट खा कर भी अपना गाँव समग्र संसार से प्यारा था। यदि उसे वृद्धा किसान स्त्रियों की गालियाँ खानी पड़ती थीं तो बहुओं से 'बेचू दादा' कह कर पुकारे जाने का गौरव भी प्राप्त होता था। आनन्द और शोक के प्रत्येक अवसर पर उसका बुलावा होता था विशेषतः विवाहों में तो उसकी उपस्थिति वर और वधू से कम आवश्यक न थी। उसकी स्त्री घर में पूजी जाती थी, द्वार पर बेचू का स्वागत होता था। वह पेशवाज पहने कमर में घंटियाँ बाँधे साजिल्दों को साथ लिये एक हाथ मृदंग और दूसरा अपने कान पर रख कर जब तत्कालरचित विरहे और बोल कहने लगता तो आत्मसम्मान से उसकी आँखें उन्मत्त हो जाती थीं। हाँ, धेले पर कपड़े धो कर भी वह अपनी दशा से सन्तुष्ट रह सकता था, किन्तु जमींदार के नौकरों की क्रूरता और अत्याचार कभी-कभी इतने असह्य हो जाते थे कि उसका जी गाँव छोड कर भाग जाने को चाहने लगता था। गाँव में कारिन्दा साहब के अतिरिक्त पाँच-छह चपरासी थे। उनके सहवासियों की संख्या कम न थी। बेचू को इन सज्जनों के कपड़े मुफ्त धोने पड़ते थे। उसके पास इस्तरी न थी। उनके कपड़ों पर इस्तरी करने के लिए उसे दूसरे-दूसरे गाँव के धोबियों की चिरौरी करनी पड़ती थी। अगर कभी बिना इस्तरी किये ही कपड़े ले जाता तो उसकी शामत आ जाती थी। मार पड़ती, घंटों चौपाल के सामने खड़ा रहना पड़ता, गालियों की वह बौछारें पड़ती कि सुननेवाले कानों पर हाथ रख लेते, उधर से गुजरनेवाली स्त्रियाँ लज्जा से सिर झुका लेतीं।

जेठ का महीना था। आसपास की ताल-तलैया सब सूख गयी थीं। बेचू को पहर रात रहते दूर के एक ताल पर जाना पड़ता था। यहाँ भी धोबियों की ओसरी बँधी हुई थी। बेचू की ओसरी पाँचवें दिन पड़ती थी। पहर रात रहे लादी लाद कर ले जाता। मगर जेठ की धूप में नौ-दस बजे के बाद खड़ा न हो सकता। आधी लादी भी न धुल पाती, बिना धुले कपड़े समेट कर घर चला आता। गाँव के सरल जजमान

उसकी विपत्ति-कथा सुन कर शांत हो जाते थे; न कोई गालियाँ देता, न मारने दौड़ता। जेठ की धूप में उन्हें भी पुर चलाना और खेत गोड़ना पड़ता था। अपने पैरों में बिवाय फटी थी, उसकी पीर जानते थे। परन्तु कारिन्दा महाशय को प्रसन्न करना इतना सहज न था। उनके आदमी नित्य बेचू के सिर पर सवार रहते थे। वह बड़ी गम्भीरता से कहते — 'तू एक अठवारे तक कपड़े नहीं लाता, क्या यह भी कोई जाड़े के दिन हैं, आजकल पसीने से दूसरे दिन कपड़े मैले हो जाते हैं, कपड़ों से बू आने लगती है और तुझे कुछ भी परवाह नहीं रहती।' बेचू हाथ-पैर जोड़ कर किसी तरह उन्हें मनाता रहता था, यहाँ तक कि एक बार उसे बातें करते नौ दिन हो गये और कपड़े तैयार न हो सके। धुल तो गये थे, पर इस्तरी न हुई थी। अंत में विवश हो कर बेचू दसवें दिन कपड़े लेकर चौपाल पहुँचा। मारे डर के पैर आगे न उठते थे। कारिन्दा साहब उसे देखते ही क्रोध से लाल हो गये। बोले — क्यों बे पाजी, तुझे गाँव में रहना है कि नहीं?

बेचू ने कपड़ों की गठरी तख्त पर रख दी और बोला — क्या करूँ सरकार कहीं भी पानी नहीं है और न मेरे इस्तरी ही है।

कारिन्दा — पानी तेरे पास नहीं है और सारी दुनिया में है। अब तेरा इलाज इसके सिवा और कुछ नहीं है कि गाँव से निकाल दूँ। शैतान, दाई से पेट बनाता है, पानी नहीं, इस्तरी नहीं।

बेचू — मालिक, गाँव आपका है, चाहे रहने दें, चाहे निकाल दें, लेकिन यह कलंक न लगायें, इतनी उमिर आपही लोगों की खिदमत करते हो गयी, पर चाहे कितनी ही भूल-चूक हुई हो, कभी नीयत बद नहीं हुई। अगर गाँव में कोई कह दे कि मैंने कभी गाहकों के साथ ऐसी चाल चली है तो उसकी टाँग की राह निकल जाऊँ। यह दस्तूर शहर के धोबियों का है।

निरंकुशता का तर्क से विरोध है। कारिन्दा साहब ने कुछ और अपशब्द : कहे। बेचू ने भी न्याय और दया की दुहाई दी। फल यह हुआ कि उसे आठ दिन हल्दी और गुड़ पीना पड़ा। नवें दिन उसने सब गाहकों के कपड़े जैसे-तैसे धो दिये, अपना बोरिया-बंधना सँभाला और बिना किसी से कुछ कहे-सुने रात को पटने की राह ली। अपने पुराने गाहकों से विदा होने के लिए जितने धैर्य की जरूरत थी, उससे वह वंचित था।

2

बेचू शहर में आया तो ऐसा जान पड़ा कि मेरे लिए पहले से ही जगह खाली थी। उसे केवल एक कोठरी किराये पर लेनी पड़ी और काम चल निकला। पहले तो

वह किराया सुन कर चकराया। देहात में तो उसे महीने में इतनी धुलाई भी न मिलती थी, पर जब धुलाई की दर मालूम हुई तो किराये की अखर मिट गयी। एक ही महीने में गाहकों की संख्या उसकी गणना-शक्ति से अधिक हो गयी। यहाँ पानी की कमी न थी। वह वादे का पक्का था। अभी नागरिक-जीवन के कुसंस्कारों से मुक्त था। कभी-कभी उसकी एक दिन की मजदूरी देहात की वार्षिक आय से बढ़ जाती थी।

लेकिन तीन ही चार महीने में उसे शहर की हवा लगने लगी। पहले नारियल पीता था; अब एक गुड़गुड़ी लाया। नंगे पाँव जूते से वेष्टित हो गये और मोटे अनाज से पाचन-क्रिया में विघ्न पड़ने लगा। पहले कभी-कभी तीज-त्योहार के दिन शराब पी लिया करता था, अब थकान मिटाने के लिए नित्य उसका सेवन होने लगा। स्त्री को आभूषणों की चाट पड़ी। और धोबिनें बन-ठन कर निकलती हैं, मैं किससे कम हूँ। लड़के खोंचे पर लट्टू हुए हलवे और मूँगफली की आवाज सुन कर अधीर हो जाते। उधर मकान के मालिक ने किराया बढ़ा दिया; भूसा और खली भी मोतियों के मोल बिकती थी। लादी के दोनों बैलों का पेट भरने में एक खासी रकम निकल जाती थी। अतएव पहले कई महीनों में जो बचत हो जाती थी, वह अब गायब हो गयी। कभी-कभी खर्च का पलड़ा भारी हो जाता ; लेकिन किफायत करने की कोई विधि समझ में न आती थी। निदान स्त्री ने बेचू की नजर बचा कर गाहकों के कपड़े पछाई देने शुरू किया। बेचू को यह बात मालूम हुई तो बिगड़ कर बोला — अगर मैंने फिर यह शिकायत सुनी तो मुझसे बुरा कोई न होगा। इसी इलजाम पर तो मैंने बाप-दादे का गाँव छोड़ दिया। यहाँ से भी निकालना चाहती है क्या?

स्त्री ने उत्तर दिया — तुम्हीं से तो एक दिन भी दारू के बिना नहीं रहा जाता। मैं क्या पैसे लाकर लुटाती हूँ। जो खर्च लगे वह देते जाओ। मुझे इससे कुछ मिठाई थोड़े ही मिलती है? पर शनैः-शनैः नैतिक ज्ञान ने आवश्यकता के सामने सिर झुकाना शुरू किया। एक बार उसे कई दिन तक ज्वर आया। स्त्री उसे डोली पर बिठा कर वैद्यजी के यहाँ ले गयी। वैद्यजी ने नुसखा लिख दिया। घर में पैसे न थे। बेचू स्त्री को कातर नेत्रों से देख कर बोला — तो क्या होगा? दवा मँगानी ही है?

स्त्री — जो कहो वह करूँ।

बेचू — किसी से उधार न मिलेगा?

स्त्री — सबसे तो उधार ले चुकी। मुहल्ले में राह चलना मुश्किल है। अब किससे लूँ। अकेले जितना काम हो सकता है, करती हूँ। अब छाती फाड़ के मर थोड़ी ही जाऊँगी? कुछ पैसे ऊपर से मिल जाते थे, लेकिन तुमने उसकी मनाही कर दी है। तो मेरा क्या बस है? दो दिन से बैल भूखे खड़े हैं। दो रुपये हों तो इनका पेट भरे।

बेचू — अच्छा, जो तेरे जी में आये कर, किसी तरह काम तो चला। मुझे मालूम हो गया कि शहर में अच्छी नीयतवाले आदमी का निर्वाह नहीं हो सकता।

उस दिन से यहाँ अन्य धोबियों की नीति का व्यवहार होने लगा।

3

बेचू के पड़ोस में एक वकील के मुहर्रिर मुंशी दाताराम रहा करते थे। बेचू कभी-कभी अवकाश के समय उनके पास जा बैठता। पड़ोस की बात थी धुलाई का कोई हिसाब-किताब न था। मुंशी जी बेचू की खातिर करते, अपनी चिलम उतार कर उसकी तरफ बढ़ा देते, कभी घर में कोई अच्छी चीज पकती तो बेचू के लड़कों के लिए भेजवा देते। हाँ, इसका विचार रखते थे कि इन सत्कारों का मूल्य धुलाई के पैसे से बढ़ने न पाये।

गर्मियों के दिन थे, बरातों की धूम थी। मुंशी जी को एक बरात में शरीक होना था। गुड़गुड़ी के लिए पेचवान बनवाया, रोगनी चिलम लाए, सलेमशाही जूते खरीदे, अपने वकील साहब के घर से एक कालीन मँगनी लाये, अपने मित्र से सोने की अँगूठी और बटन लिए। इन सामग्रियों के एकत्रित करने में ज्यादा कठिनाई न पड़ी, किन्तु कपड़े मँगनी लेते हुए शर्म आती थी। बरात के योग्य कपड़े बनवाने की गुंजाइश न थी। तनजेब के कुरते, रेशमी अचकन, नैनसुख का चुन्नटदार पायजामा, बनारसी साफा बनवाना आसान न था। खासी रकम लगती थी। रेशमी किनारे की धोतियाँ और काशी सिल्क की चादर खरीदनी भी कठिन समस्या थी। कई दिनों तक बेचारे इसी चिन्ता में पड़े रहे। अंत में बेचू के सिवाय और कोई इस चिन्ता का निवारण करनेवाला न दिखायी दिया। संध्या समय जब बेचू उनके पास आकर बैठा तो बड़ी नम्रता से बोले, “बेचू, एक बरात में जाना था और सब सामान तो मैंने जमा कर लिये हैं, मगर कपड़े बनवाने में झंझट है। रुपयों की तो कोई चिन्ता नहीं, तुम्हारी दया से हाथ कभी खाली नहीं रहता। पेशा भी ऐसा कि जो कुछ मिल जाये

वह थोड़ा है, एक न एक आँख का अंधा गाँठ का पूरा नित्य फँसा ही रहता है, पर जानते हो आजकल लग्न की तेजी है, दरजियों को सिर उठाने की फुरसत नहीं, दूनी सिलाई लेते है तिस पर भी महीनों दौड़ाते हैं। अगर तुम्हारे यहाँ मेरे लायक कपड़े हों तो दो-तीन दिन के लिए दे दो, किसी तरह सिर से यह बला टले। नेवता दे देने में किसी का क्या खर्च होता है, बहुत किया तो पत्र छपवा लिए, लेकिन लोग यह नहीं सोचते कि बरातियों को कितनी तैयारियाँ करनी पड़ती हैं, क्या-क्या कठिनाइयाँ पड़ती हैं। अगर बिरादरी में यह रिवाज हो जाता कि जो महाशय निमन्त्रण भेजें वही उसके लिए सब सामान भी जुटायें तो लोग इतनी बेपरवाही से नेवते न दिया करते। तो बोले — इतनी मदद करोगे न?

बेचू ने मुरौवत में पड़कर कहा — मुंशी जी, आपके लिए किसी बात से इंकार थोड़े ही है। लेकिन बात यह है कि आजकल लगन की तेजी से सभी गाहक अपने-अपने कपड़ों की जल्दी मचा रहे हैं, दिन में दो-तीन बेर आदमी भेजते हैं। ऐसा न हो, इधर आपको कपड़े दे दूं, उधर कोई जल्दी मचाने लगे।

मुंशी जी — अभी, दो-तीन दिन के लिए टालना कौन बड़ा काम है। तुम चाहो तो हफ्तों टाल सकते हो, अभी भट्ठी नहीं दी, अभी इस्तरी नहीं हुई, घाट बन्द है। तुम्हारे पास बहानों की क्या कमी है। पड़ोस में रह कर मेरी खातिर से इतना भी न करोगे?

बेचू — नहीं मुंशी जी, आपके लिए जान हाजिर है। चलिये कपड़े पसंद कर लीजिये तो मैं उन पर और एक बेर इस्तरी करके ठीक कर दूँ। यही न होगा, गाहकों की घुड़कियाँ खानी पड़ेगी। दो-चार गाहक टूट ही जायेंगे तो कौन गम है?

4

मुंशी दाताराम ठाट से बारात में पहुँचे। यहाँ उनके बनारसी साफे रेशमी अचकन और रेशमी चादर ने ऐसा रंग जमाया कि लोग समझने लगे, यह कोई बड़े रईस हैं। बेचू भी उनके साथ हो लिया था। मुंशी जी उसकी बड़ी खातिर कर रहे थे। उसे एक बोतल शराब दिला दी, भोजन करने गये तो एक पत्तल उसके वास्ते भी लेते आये। बेचू के बदले उसे चौधरी कहकर पुकारते थे। यह सारा ठाट-बाट उसी की बदौलत तो था।

आधी रात गुजर चुकी थी। महफिल उठ गयी थी। लोग सोने की तैयारियाँ कर रहे थे। बेचू मुंशी जी की चारपाई के पास एक चदरा ओढ़े पड़ा था। मुंशी जी ने

कपड़े उतारे और बड़ी सावधानी से अलगनी पर लटका दिये। हुक्का तैयार था। लेट कर पीने लगे कि अकस्मात् साजिदों में से एक अताई आकर सामने खड़ा हो गया और बोला — कहिए हजरत, यह अचकन और साफा आपने कहाँ पाया?

मुंशी जी ने उसकी ओर सशंक नेत्रों से देख कर कहा — इसका क्या मतलब?

अताई — इसका मतलब यह है, यह दोनों चीजें मेरी हैं।

मुंशी जी ने दुस्साहसपूर्ण भाव से कहा — क्या तुम्हारे ख्याल में रेशमी अचकन और साफा तुम्हारे सिवाय और किसी के पास हो ही नहीं सकता।

अताई — हो क्यों नहीं सकता। अल्लाह ने जिसे दिया है, वह पहनता है। एक से एक पड़े हुए हैं। मैं किस गिनती में हूँ। लेकिन यह दोनों चीजें मेरी हैं। अगर ऐसी अचकन शहर में किसी के पास निकल आये तो जो जरीबाना कहिये दूँ। मैंने इसकी सिलाई दस रुपये दिये हैं। ऐसा कोई कारीगर ही शहर में नहीं। ऐसी तराश करता है कि हाथ चूम लें। साफे पर भी मेरा निशान बना हुआ है, लाइए दिखा दूँ। मैं आपसे महज इतना पूछना चाहता हूँ कि आपने यह चीजें कहाँ पायीं।

मुंशी जी समझ गये कि अब अधिक तर्क-वितर्क का स्थान नहीं है। कहीं बात बढ़ जाये तो बेइज्जती हो। कूटनीति से काम न चलेगा। नम्रता से बोले — भाई, यह न पूछो, यहाँ इन बातों के कहने का मौका नहीं। हमारी और तुम्हारी इज्जत एक है। बस, इतना ही समझ लो कि इसी तरह दुनिया का काम चलता है। अगर ऐसे कपड़े बनवाने बैठता तो इस वक्त सैकड़ों के माथे जाती। यहाँ तो किसी तरह नवेद में शरीक होना था। तुम्हारे कपड़े खराब न होंगे। इसका जिम्मा मेरा। मैं इनकी एहतियात अपने कपड़ों से भी ज्यादा करता हूँ।

अताई कपड़े की मुझे फिकर नहीं, आपकी दुआ से अल्लाह ने बहुत दिया है। रईसों को खुदा सलामत रखे, उनकी बदौलत पाँचों अँगुलियाँ घी में हैं। न मैं आपको बदनाम करना चाहता हूँ। आपकी जूतियों का गुलाम हूँ। मैं सिर्फ इतना जानना चाहता था कि कपड़े यह आपने किस से पाये। मैंने बेचू धोबी को धोने के लिए दिये थे। ऐसा तो नहीं हुआ कि कोई चोर बेचू के घर से उड़ा लाया हो, या किसी धोबी ने बेचू के घर से चुरा कर आपको दे दिये हों, क्योंकि बेचू ने अपने हाथ से आपको हरगिज कपड़े न दिये होंगे। वह ऐसा छिछोरापन नहीं करता। मैं खुद उससे इस तरह का मुआमला करना चाहता था, हाथों पर रुपये रख देता था, पर उसने कभी परवा न की। साहब रुपये उठा कर फेंक दिये और ऐसी डाँट बतायी कि मेरे होश उड़ गये।

इधर का हाल मैं नहीं जानता, क्योंकि अब मैं उससे कभी ऐसी बातचीत ही नहीं करता। पर मुझे यकीन नहीं आता कि वह इतना बदनीयत हो गया होगा। इसलिए आप से बार-बार पूछता हूँ कि आपने वह कपड़े कहाँ पाये?

मुंशी जी — बेचू की निस्बत तुम्हारा जो खयाल है, वह बिलकुल ठीक है। वह ऐसा ही बेगरज आदमी है, लेकिन भाई पड़ोस का भी तो कुछ हक होता है। मेरे पड़ोस में रहता है, आठों पहर का साथ है। इधर से भी कुछ न कुछ सलूक होता ही रहता है। मेरी जरूरत देखी, पसीज गया। बस, और कोई बात नहीं।

अताई ने बेचू की निस्पृहता के विषय में बड़ी अतिशयोक्ति से काम लिया था। न उसने बेचू के हाथ पर रुपये रखे थे और न बेचू ने कभी उसे डाँट बतायी थी। पर इस अतिशयोक्ति का प्रभाव बेचू पर उससे कहीं ज्यादा पड़ा जितना केवल बात को यथार्थ कह देने से पड़ सकता था। बेचू नींद में न सोया था। अताई की एक-एक बात उसने सुनी थी। उसे ऐसा जान पड़ता था कि मेरी आत्मा किसी गहरी नींद से जाग रही है। दुनिया मुझे कितना ईमानदार, कितना सच्चा, कितना निष्कपट समझती है और मैं कितना बेईमान, कितना दगाबाज हूँ। इसी झूठे इलजाम पर मैंने वह गाँव छोड़ा जहाँ बाप-दादों से रहता आया था। लेकिन यहाँ आकर दारू-शराब, घी-चीनी के पीछे तबाह हो गया।

बेचू यहाँ से लौटा तो दूसरा ही मनुष्य हो गया था या यों कहिए कि वह फिर अपनी खोई हुई आत्मा को पा गया।

5

छह महीने बीत गये। संध्या का समय था। बेचू के लड़के मलखान के ब्याह की बातचीत करने के लिए मेहमान लोग आये हुए थे। बेचू स्त्री से कुछ सलाह करने के लिए घर में आया तो वह बोली — दारू कहाँ से आयेगी? तुम्हारे पास कुछ है?

बेचू — मेरे पास जो कुछ था, वह तुम्हें पहले ही नहीं दे दिया था?

स्त्री — उससे तो मैं चावल, दाल, घी, यह सब सामान लायी। सात आदमियों का खाना बनाया है। सब उठ गये।

बेचू — तो फिर मैं क्या करूँ?

स्त्री — बिना दारू लिए वह लोग भला खाने उठेंगे? कितनी नामूसी होगी।

बेचू — नामूसी हो चाहे बदनामी हो, दारू लाना मेरे बस की बात नहीं। यही न होगा, ब्याह न ठीक होगा, न सही।

स्त्री — वह दुशाला धुलने के लिए नहीं आया है? न हो किसी बनिये के यहाँ गिरवी रख कर चार-पाँच रुपये ले आओ, दो-तीन दिन में छुड़ा लेना, किसी तरह मरजाद तो निभानी चाहिए? सब कहेंगे, नाम बड़े दरसन थोड़े। दारू तक न दे सका।

बेचू — कैसी बात करती है। यह दुशाला मेरा है?

स्त्री — किसी का हो, इस बखत काम निकाल लो। कौन किसी से कहने जाता है।

बेचू — न, यह मुझसे न होगा, चाहे दारू मिले या न मिले।

यह कह कर बाहर चला आया। दोबारा भीतर गया तो देखा स्त्री जमीन से खोद कर कुछ निकाल रही है। उसे देखते ही गड्ढे को आँचल से छिपा लिया?

बेचू मुस्कराता हुआ बाहर चला आया।

□

गृह-दाह

सत्यप्रकाश के जन्मोत्सव में लाला देवप्रकाश ने बहुत रूपये खर्च किए थे। उसका विद्यारम्भ-संस्कार भी खूब धूम-धाम से किया गया। उसके हवा खाने को एक छोटी-सी-गाड़ी थी। शाम को नौकर उसे टहलाने ले जाता था। एक नौकर उसे पाठशाला पहुँचाने जाता। दिन भर वहीं बैठा रहता और उसे साथ लेकर घर आता। कितना सुशील, होनहार बालक था! गोरा मुखड़ा, बड़ी-बड़ी आँखें, ऊँचा मस्तक, पतले-पतले लाल अधर, भरे हुए पाँव। उसे देखकर सहसा मुँह से निकल पड़ता था — भगवान् इसे जिला दें, प्रतापी मनुष्य होगा। उसकी बल-बुद्धि की प्रखरता पर लोगों को आश्चर्य होता था। नित्य उसके मुखचंद्र पर हँसी खेलती रहती थी। किसी ने उसे हठ करते या रोते नहीं देखा।

वर्षा के दिन थे। देवप्रकाश पत्नी को लेकर गंगास्नान करने गये। नदी खूब चढ़ी हुई थी; मानो अनाथ की आँखें हों। उनकी पत्नी निर्मला जल में बैठ कर जल-क्रीड़ा करने लगी। कभी आगे जाती, कभी पीछे जाती, कभी डुबकी मारती, कभी अंजुलियों से छींटे उड़ाती। देवप्रकाश ने कहा — अच्छा, अब निकलो, सरदी हो जाएगी। निर्मला ने कहा — कहो, मैं छाती तक पानी में चली जाऊँ?

देवप्रकाश — और जो कहीं पैर फिसल जाए?

निर्मला — पैर क्या फिसलेगा!

यह कहकर वह छाती तक पानी में चली गयी। पति ने कहा — अच्छा, अब आगे पैर न रखना; किन्तु निर्मला के सिर पर मौत खेल रही थी। यह जल-क्रीड़ा नहीं, मृत्यु क्रीड़ा थी। उसने एक पग और आगे बढ़ाया और फिसल गई। मुँह से एक चीख निकली; दोनों हाथ सहारे के लिए ऊपर उठे और फिर जलमग्न हो गये। एक पल में प्यासी नदी उसे पी गई। देवप्रकाश खड़े तौलिया से देह पोंछ रहे थे। तुरन्त पानी में कूदे, साथ का कहार भी कूदा। दो मल्लाह भी कूद पड़े। सबने डुबकियाँ मारीं, टटोला, पर निर्मला का पता न चला। तब डोंगी मँगवायी गई। मल्लाह ने बार-बार

गोते मारे पर लाश हाथ न आयी। देवप्रकाश शोक में डूबे हुए घर आये। सत्यप्रकाश किसी उपहार की आशा से दौड़ा। पिता ने गोद में उठा लिया और बड़े यत्न करने पर भी अपनी सिसक को न रोक सके। सत्यप्रकाश ने पूछा — अम्माँ कहाँ है?

देवप्रकाश — बेटा, गंगा ने उन्हें नेवता खाने के लिए रोक लिया।

सत्यप्रकाश ने उनके मुख की ओर जिज्ञासाभाव से देखा और आशय समझ गया। अम्माँ-अम्माँ कहकर रोने लगा।

2

मातृहीन बालक संसार का सबसे करुणाजनक प्राणी है। दीन से दीन प्राणियों को भी ईश्वर का आधार होता है, जो उनके हृदय को सम्हालता रहता है। मातृहीन बालक इस आधार से वंचित होता है। माता ही उसके जीवन का एकमात्र आधार होती है। माता के बिना वह पंखहीन पक्षी है।

सत्यप्रकाश का एकांत से प्रेम हो गया। अकेला बैठा रहता। वृक्षों में उसे कुछ-कुछ सहानुभूति का अज्ञात अनुभव होता था, जो घर के प्राणियों से उसे न मिलती थी। माता का प्रेम था, तो सभी प्रेम करते थे, माता का प्रेम उठ गया, तो सभी निष्ठुर हो गये। पिता की आँखों में भी वह प्रेम-ज्योति न रही। दरिद्र को कौन भिक्षा देता है।

छह महीने बीत गये। सहसा एक दिन उसे मालूम हुआ, मेरी नई माता आनेवाली हैं। दौड़ा पिता के पास गया और पूछा — क्या मेरी नई माता आयगी।

पिता ने कहा — हाँ बेटा, वे आकर तुम्हें प्यार करेंगी।

सत्यप्रकाश — क्या मेरी ही माँ स्वर्ग से आ जायेंगी?

वेदप्रकाश — हाँ; वही माता आ जाएगी।

सत्यप्रकाश — मुझे उसी तरह प्यार करेंगी?

देवप्रकाश इसका क्या उत्तर देते? मगर सत्यप्रकाश उस दिन से प्रसन्नमन रहने लगा। अम्माँ आयेंगी! मुझे गोद में लेकर प्यार करेंगी! अब मैं उन्हें कभी दिक न करूँगा, उन्हें अच्छी कहानियाँ सुनाया करूँगा।

विवाह के दिन आये। घर में तैयारियाँ होने लगीं। सत्यप्रकाश खुशी से फूला न समाता। मेरी नयी अम्माँ आयेंगी। बारात में वह भी गया। नये-नये कपड़े मिले। पालकी पर बैठा। नानी ने अंदर बुलाया और उसे गोद में लेकर एक अशरफी दी। वहीं उसे नयी माता के दर्शन हुए। नानी ने नयी माता से कहा — बेटी, कैसा सुन्दर बालक है! इसे प्यार करना।

सत्यप्रकाश ने नयी माता को देखा और मुग्ध हो गया। बच्चे भी रूप के उपासक होते हैं। एक लावण्यमयी मूर्ति आभूषण से लदी सामने खड़ी थी। उसने दोनों हाथों से उसका अंचल पकड़ कर कहा — अम्माँ!

कितना अरुचिकर शब्द था, कितना लज्जायुक्त, कितना अप्रिय! वह ललना जो 'देवप्रिया' नाम से सम्बोधित होती थी, यह उत्तरदायित्व, त्याग और क्षमा का सम्बोधन न सह सकी। अभी वह प्रेम और विलास का सुख-स्वप्न देख रही थी — यौवनकाल की मदमय वायुतरंगों में आंदोलित हो रही थी। इस शब्द ने उसके स्वप्न को भंग कर दिया। कुछ रुष्ट होकर बोली — मुझे अम्माँ मत कहो।

सत्यप्रकाश ने विस्मित नेत्रों से देखा। उसका बालस्वप्न भी भंग हो गया। आँखें डबडबा गयीं। नानी ने कहा — बेटी, देखो, लड़के का दिल छोटा हो गया। वह क्या जाने, क्या कहना चाहिए। अम्माँ कह दिया तो तुम्हें कौन-सी चोट लग गयी?

देवप्रिया ने कहा — मुझे अम्माँ न कहे।

3

सौत का पुत्र विमाता की आँखों में क्यों इतना खटकता है? इसका निर्णय आज तक किसी मनोभाव के पंडित ने नहीं किया। हम किस गिनती में हैं। देवप्रिया जब तक गर्भिणी न हुई, वह सत्यप्रकाश से कभी-कभी बातें करती, कहानियाँ सुनातीं; किन्तु गर्भिणी होते ही उसका व्यवहार कठोर हो गया, और प्रसवकाल ज्यों-ज्यों निकट आता था, उसकी कठोरता बढ़ती ही जाती थी। जिस दिन उसकी गोद में एक चाँद-से बच्चे का आगमन हुआ, सत्यप्रकाश खूब उछला-कूदा और सौरगृह में दौड़ा हुआ बच्चे को देखने लगा। बच्चा देवप्रिया की गोद में सो रहा था। सत्यप्रकाश ने बड़ी उत्सुकता से बच्चे को विमाता की गोद से उठाना चाहा कि सहसा देवप्रिया ने सरोष स्वर में कहा — खबरदार, इसे मत छूना, नहीं तो कान पकड़ कर उखाड़ लूँगी।

बालक उल्टे पाँव लौट आया और कोठे की छत पर जा कर खूब रोया। कितना सुन्दर बच्चा है! मैं उसे गोद में लेकर बैठता, तो कैसा मजा आता! मैं उसे गिराता थोड़े ही, फिर इन्होंने क्यों मुझे झिड़क दिया? भोला बालक क्या जानता था कि इस झिड़की का कारण माता की सावधानी नहीं, कुछ और ही है।

एक दिन शिशु सो रहा था। उसका नाम ज्ञानप्रकाश रखा गया था। देवप्रिया स्नानागार में थी। सत्यप्रकाश चुपके से आया और बच्चे का ओढ़ना हटा कर उसे

अनुरागमय नेत्रों से देखने लगा। उसका जी कितना चाहा कि उसे गोद में लेकर प्यार करूँ; पर डर के मारे उसने उसे उठाया नहीं, केवल उसके कपोलों को चूमने लगा। इतने में देवप्रिया निकल आयी। सत्यप्रकाश को बच्चे को चूमते देख कर आग हो गयी। दूर ही से डाँटा, हट जा वहाँ से!

सत्यप्रकाश माता को दीननेत्रों से देखता हुआ बाहर निकल आया!

संध्या समय उसके पिता ने पूछा — तुम लल्ला को क्यों रुलाया करते हो?

सत्यप्रकाश — मैं तो उसे कभी नहीं रुलाता। अम्माँ खिलाने को नहीं देतीं।

देवप्रिया — झूठ बोलते हो। आज तुमने बच्चे को चुटकी काटी।

सत्यप्रकाश — जी नहीं, मैं तो उसकी मुच्छियाँ ले रहा था।

देवप्रिया — झूठ बोलता है।

सत्यप्रकाश — मैं झूठ नहीं बोलता।

देवप्रकाश को क्रोध आ गया। लड़के को दो-तीन तमाचे लगाये। पहली बार यह ताड़ना मिली, और निरपराध! इसने उसके जीवन की कायापलट कर दी।

4

उस दिन से सत्यप्रकाश के स्वभाव में एक विचित्र परिवर्तन दिखायी देने लगा। वह घर में बहुत कम आता। पिता आते, तो उनसे मुँह छिपाता फिरता। कोई खाना खाने को बुलाने आता, तो चोरों की भाँति दबका हुआ जा कर खा लेता; न कुछ माँगता, न कुछ बोलता। पहले अत्यंत कुशाग्रबुद्धि था। उसकी सफाई, सलीके और फुरती पर लोग मुग्ध हो जाते थे। अब वह पढ़ने से जी चुराता, मैले-कुचैले कपड़े पहिने रहता। घर में कोई प्रेम करनेवाला न था। बाजार के लड़कों के साथ गली-गली घूमता, कनकौवे लूटता, गालियाँ बकना भी सीख गया। शरीर भी दुर्बल हो गया। चेहरे की कांति गायब हो गयी। देवप्रकाश को अब आये-दिन उसकी शरारतों के उलाहने मिलने लगे और सत्यप्रकाश नित्य घुड़कियाँ और तमाचे खाने लगा, यहाँ तक कि अगर वह घर में किसी काम से चला जाता, तो सब लोग दुर-दुर करके दौड़ाते। ज्ञानप्रकाश को पढ़ाने के लिए मास्टर आता था। देवप्रकाश उसे रोज सैर कराने साथ ले जाते। हँसमुख लड़का था। देवप्रिया उसे सत्यप्रकाश के साथ से भी बचाती रहती थी। दोनों लड़कों में कितना अंतर था! एक साफ-सुथरा, सुन्दर कपड़े पहिने, शील और विनय का पुतला, सच बोलनेवाला। देखनेवालों के मुँह से

अनायास ही दुआ निकल आती थी। दूसरा मैला, नटखट, चोरों की तरह मुँह छिपाये हुए ; मुँहफट, बात-बात पर गालियाँ बकनेवाला। एक हरा-भरा पौधा था, प्रेम से प्लावित, स्नेह से सिंचित, दूसरा सूखा हुआ, टेढ़ा पल्लवहीन नववृक्ष था, जिसकी जड़ों को एक मुद्दत से पानी नहीं नसीब हुआ। एक को देख कर पिता की छाती ठंडी होती थी; दूसरे को देख कर देह में आग लग जाती थी।

आश्चर्य यह था कि सत्यप्रकाश को अपने छोटे भाई से लेशमात्र भी ईर्ष्या न थी। अगर उसके हृदय में कोई कोमल भाव शेष रह गया था ; तो वह अपने भाई के प्रति स्नेह था। उस मरुभूमि में यही एक हरियाली थी। ईर्ष्या साम्यभाव की द्योतक है। सत्यप्रकाश अपने भाई को अपने से कहीं ऊँचा, कहीं भाग्यशाली समझता था। उसमें ईर्ष्या का भाव ही लोप हो गया था।

घृणा से घृणा उत्पन्न होती है। प्रेम से प्रेम। ज्ञानप्रकाश भी बड़े भाई को चाहता था। कभी-कभी उसका पक्ष लेकर अपनी माँ से वाद-विवाद कर कहता, भैया की अचकन फट गयी है, आप नयी अचकन क्यों नहीं बनवा देतीं? माँ उत्तर देती — उसके लिए वही अचकन अच्छी है। अभी क्या, अभी तो वह नंगा फिरेगा। ज्ञानप्रकाश बहुत चाहता था कि अपने जेब-खर्च से बचा कर कुछ अपने भाई को दे, पर सत्यप्रकाश कभी इसे स्वीकार न करता था। वास्तव में जितनी देर वह छोटे भाई के साथ रहता; उतनी देर उसे एक शांतिमय आनन्द का अनुभव होता। थोड़ी देर के लिए वह सद्भावों के साम्राज्य में विचरने लगता। उसके मुख से कोई भद्दी और अप्रिय बात न निकलती। एक क्षण के लिए उसकी सोयी हुई आत्मा जाग उठती।

एक बार कई दिन तक सत्यप्रकाश मदरसे न गया। पिता ने पूछा — तुम आजकल पढ़ने क्यों नहीं जाते? क्या सोच रखा है कि मैंने तुम्हारी जिन्दगी भर का ठेका ले रखा है।

सत्यप्रकाश — मेरे ऊपर जुर्माने और फीस के कई रुपये हो गये हैं। जाता हूँ तो दरजे से निकाल दिया जाता हूँ।

देवप्रकाश — फीस क्यों बाकी है? तुम तो महीने-महीने ले लिया करते हो न?

सत्यप्रकाश — आये-दिन चन्दे लगा करते हैं, फीस के रुपये चन्दे में दे दिये।

देवप्रकाश — और जुर्माना क्यों हुआ?

सत्यप्रकाश — फीस न देने के कारण।

देवप्रकाश — तुमने चन्दा क्यों दिया?

सत्यप्रकाश — ज्ञानू ने चन्दा दिया तो मैंने भी दिया।

देवप्रकाश — तुम ज्ञानू से जलते हो?

सत्यप्रकाश — मैं ज्ञानू से क्यों जलने लगा। यहाँ हम और वह दो हैं, बाहर हम और वह एक समझे जाते हैं। मैं यह नहीं कहना चाहता कि मेरे पास कुछ नहीं है।

देवप्रकाश — क्यों, यह कहते शर्म आती है?

सत्यप्रकाश — जी हाँ, आपकी बदनामी होगी।

देवप्रकाश — अच्छा, तो आप मेरी मानरक्षा करते हैं। यह क्यों नहीं कहते कि पढ़ना अब मुझे मंजूर नहीं है। मेरे पास इतना रुपया नहीं कि तुम्हें एक-एक क्लास में तीन-तीन साल पढ़ाऊँ और ऊपर से तुम्हारे खर्च के लिए भी प्रतिमास कुछ दूं। ज्ञानबाबू तुमसे कितना छोटा है, लेकिन तुमसे एक ही दर्जा नीचे है। तुम इस साल जरूर ही फेल होओगे और वह जरूर ही पास हो कर अगले साल तुम्हारे साथ हो जायेगा। तब तो तुम्हारे मुँह में कालिख लगेगी?

सत्यप्रकाश — विद्या मेरे भाग्य ही में नहीं है।

देवप्रकाश — तुम्हारे भाग्य में क्या है?

सत्यप्रकाश — भीख माँगना।

देवप्रकाश — तो फिर भीख माँगो। मेरे घर से निकल जाओ।

देवप्रिया भी आ गयी। बोली — शरमाता तो नहीं, और बातों का जवाब देता है!

सत्यप्रकाश — जिनके भाग्य में भीख माँगना होता है, वही बचपन में अनाथ हो जाते हैं।

देवप्रिया — ये जली-कटी बातें अब मुझसे न सही जायेंगी। मैं खून का घूंट पी-पी कर रह जाती हूँ।

देवप्रकाश — बेहया है। कल से इसका नाम कटवा दूँगा भीख माँगनी है तो भीख ही माँगे।

6

दूसरे दिन सत्यप्रकाश ने घर से निकलने की तैयारी कर दी। उसकी उम्र अब सोलह साल की हो गयी थी। इतनी बातें सुनने के बाद अब उसे उस घर में रहना असह्य हो गया। जब हाथ-पाँव न थे, किशोरावस्था की असमर्थता थी, तब तक अवहेलना, निरादर, निठुरता, भर्त्सना सब कुछ सह कर घर में रहता था। अब

हाथ-पाँव हो गये थे, उस बंधन में क्यों रहता। आत्माभिमान आशा की भाँति बहुत चिरजीवी होता है।

गर्मी के दिन थे। दोपहर का समय। घर के सब प्राणी सो रहे थे। सत्यप्रकाश ने अपनी धोती बगल में दबायी; छोटा-सा बेग हाथ में लिया और चाहता था कि चुपके से बैठक से निकल जाये कि ज्ञानू आ गया और उसे कहीं जाने को तैयार देख कर बोला — कहाँ जाते हो भैया?

सत्यप्रकाश — जाता हूँ कहीं नौकरी करूँगा।

ज्ञानबाबू — मैं जा कर अम्माँ से कहे देता हूँ।

सत्यप्रकाश — तो फिर मैं तुमसे छिपकर चला जाऊँगा।

ज्ञानबाबू — क्यों चले जाओगे? तुम्हें मेरी जरा भी मुहब्बत नहीं?

सत्यप्रकाश ने भाई को गले लगा कर कहा — तुम्हें छोड़कर जाने को जी तो नहीं चाहता, लेकिन जहाँ कोई पूछनेवाला नहीं है, वहाँ पड़े रहना बेहयाई है। कहीं दस-पाँच की नौकरी कर लूँगा और पेट पालता रहूँगा। और किस लायक हूँ।

ज्ञानबाबू — तुमसे अम्माँ क्यों इतना चिढ़ती हैं? मुझे तुमसे मिलने को मना किया करती हैं?

सत्यप्रकाश — मेरे नसीब खोटे हैं, और क्या।

ज्ञानबाबू — तुम लिखने-पढ़ने में जी नहीं लगाते?

सत्यप्रकाश — लगता ही नहीं, कैसे लगाऊँ? जब कोई परवा नहीं करता तो मैं भी सोचता हूँ —उँह, यही न होगा, ठोकर खाऊँगा। बला से!

ज्ञानबाबू — मुझे भूल तो न जाओगे? मैं तुम्हारे पास खत लिखा करूँगा, मुझे भी एक बार अपने यहाँ बुलाना।

सत्यप्रकाश — तुम्हारे स्कूल के पते से चिट्ठी लिखूँगा।

ज्ञानबाबू — (रोते-रोते) मुझे न जाने क्यों तुम्हारी बड़ी मुहब्बत लगती है!

सत्यप्रकाश — मैं तुम्हें सदैव याद रखूँगा।

यह कहकर उसने फिर भाई को गले लगाया और घर से निकल पड़ा। पास एक कौडी भी न थी और वह कलकत्ते जा रहा था।

7

सत्यप्रकाश कलकते क्योंकर पहुँचा, इसका वृत्तांत लिखना व्यर्थ है। युवकों में दुस्साहस की माला अधिक होती है। वे हवा में किले बना सकते हैं,

धरती पर नाव चला सकते हैं। कठिनाइयों की उन्हें कुछ परवा नहीं होती। अपने ऊपर असीम विश्वास होता है। कलकत्ते पहुँचना ऐसा कष्ट-साध्य न था। सत्यप्रकाश चतुर युवक था। पहिले ही उसने निश्चय कर लिया था कि कलकत्ते में क्या करूँगा, कहाँ रहूँगा। उसके बेग में लिखने की सामग्री मौजूद थी। बड़े शहर में जीविका का प्रश्न कठिन भी है और सरल भी है। सरल है उनके लिए, जो हाथ से काम कर सकते हैं, कठिन है उनके लिए, जो कलम से काम करते हैं। सत्यप्रकाश मजदूरी करना नीच काम समझता था। उसने एक धर्मशाला में असबाब रखा। बाद में शहर के मुख्य स्थानों का निरीक्षण करके एक डाकघर के सामने लिखने का सामान लेकर बैठ गया और अपढ़ मजदूरों की चिट्ठियाँ, मनीआर्डर आदि लिखने का व्यवसाय करने लगा। पहले कई दिन तो उसको इतने पैसे भी न मिले कि भर-पेट भोजन करता; लेकिन धीरे-धीरे आमदनी बढ़ने लगी। वह मजदूरों से इतने विनय के साथ बातें करता और उनके समाचार इतने विस्तार से लिखता कि बस वे पत्र को सुनकर बहुत प्रसन होते। अशिक्षित लोग एक ही बात को दो-दो तीन-तीन बार लिखाते हैं। उनकी दशा ठीक रोगियों की-सी होती है, जो वैद्य से अपनी व्यथा और वेदना का वृत्तांत कहते नहीं थकते। सत्यप्रकाश सूत्र को व्याख्या का रूप दे कर मजदूरों को मुग्ध कर देता था। एक संतुष्ट हो कर जाता, तो अपने कई अन्य भाइयों को खोज लाता। एक ही महीने में उसे एक रुपये रोज मिलने लगा। उसने धर्मशाला से निकल कर शहर से बाहर पाँच रुपये महीने पर एक छोटी-सी कोठरी ले ली। एक जून खाता। बर्तन अपने हाथों से धोता। जमीन पर सोता। उसे अपने निर्वासन पर जरा भी खेद और दुःख न था। घर के लोगों की कभी याद न आती। वह अपनी दशा पर संतुष्ट था। केवल ज्ञानप्रकाश की प्रेमयुक्त बातें न भूलती। अंधकार में यही एक प्रकाश था। बिदाई का अंतिम दृश्य आँखों के सामने फिरा करता। जीविका से निश्चिंत हो कर उसने ज्ञानप्रकाश को एक पत्र लिखा। उत्तर आया तो उसके आनंद की सीमा न रही। ज्ञानू मुझे याद करके रोता है, मेरे पास आना चाहता है, स्वास्थ्य भी अच्छा नहीं है। प्यासे को पानी से जो तृप्ति होती है वही तृप्ति इस पत्र से सत्यप्रकाश को हुई। मैं अकेला नहीं हूँ, कोई मुझे भी चाहता है — मुझे भी याद करता है।

उसी दिन से सत्यप्रकाश को यह चिंता हुई कि ज्ञान के लिए कोई उपहार भेजूँ। युवकों को मित्र बहुत जल्द मिल जाते हैं। सत्यप्रकाश को भी कई युवकों से मित्रता हो गयी थी। उनके साथ कई बार सिनेमा देखने गया। कई बार बूटी-भंग, शराब-कबाब की भी ठहरी। आईना, तेल, कंघी का शौक भी पैदा हुआ, जो कुछ

पाता, उढ़ा देता। बड़े वेग से नैतिक पतन और शारीरिक विनाश की ओर दौड़ा चला जाता था। इस प्रेम-पत्र ने उसके पैर पकड़ लिये। उपहार के प्रयास ने इन दुर्व्यसनो को तिरोहित करना शुरू किया। सिनेमा का चसका छूटा, मित्रों को हीले-हवाले करके टालने लगा। भोजन भी रूखा-सूखा करने लगा। धन-संचय की चिंता ने सारी इच्छाओं को परास्त कर दिया। उसने निश्चय किया कि अच्छी-सी घड़ी भेजूँ। उसका दाम कम-से-कम चालीस रुपये होगा। अगर तीन महीने तक एक कौड़ी का भी अपव्यय न करूँ, तो घड़ी मिल सकती है। ज्ञानबाबू घड़ी देख कर कैसा खुश होगा! अम्माँ और बाबू जी भी देखेंगे। उन्हें मालूम हो जायेगा कि मैं भूखों नहीं मर रहा हूँ। किफायत की धुन में वह बहुधा दिया-बत्ती भी न करता। बड़े सबेरे काम करने चला जाता और सारे दिन दो-चार पैसे की मिठाई खा कर काम करता रहता। उसके ग्राहकों की संख्या दिन-दूनी होती जाती थी। चिट्ठी-पत्री के अतिरिक्त अब उसने तार लिखने का भी अभ्यास कर लिया था। दो ही महीने में उसके पास पचास रुपये एकत्र हो गये और जब घड़ी के साथ सुनहरी चेन का पारसल बना कर ज्ञानू के नाम भेज दिया, तो उसका चित्त इतना उत्साहित था मानो किसी निस्संतान पुरुष के बालक हुआ हो।

8

'घर' कितनी कोमल, पवित्र, मनोहर स्मृतियों को जागृत कर देता है! यह प्रेम का निवास स्थान है। प्रेम ने बहुत तपस्या करके यह वरदान पाया है।

किशोरावस्था में 'घर' माता-पिता, भाई-बहन, सखी-सहेली के प्रेम की याद दिलाता है, प्रौढ़ावस्था में गृहिणी और बाल-बच्चों के प्रेम की। यही वह लहर है, जो मानव-जीवन मात्र को स्थिर रखता है, उसे समुद्र की वेगवती लहरों में बहने और चट्टानों से टकराने से बचाता है। यही वह मंडप है, जो जीवन को समस्त विघ्न-बाधाओं से सुरक्षित रखता है।

सत्यप्रकाश का 'घर' कहाँ था? वह कौन-सी शक्ति थी, जो कलकते के विराट् प्रलोभनों से उसकी रक्षा करती थी? माता का प्रेम, पिता का स्नेह, बाल-बच्चों की चिंता? — नहीं, उनका रक्षक, उद्धारक, उसका परितोषक केवल ज्ञानप्रकाश का स्नेह था। उसी के निमित्त वह एक-एक पैसे की किफायत करता था, उसी के लिए वह कठिन परिश्रम करता था और धनोपार्जन के नये-नये उपाय सोचता था। उसे

ज्ञानप्रकाश के पत्रों से मालूम हुआ था कि इन दिनों देवप्रकाश की आर्थिक स्थिति अच्छी नहीं है। वे एक घर बनवा रहे है, जिसमें व्यय अनुमान से अधिक हो जाने के कारण ऋण लेना पड़ा है, इसलिए अब ज्ञानप्रकाश को पढ़ाने के लिए घर पर मास्टर नहीं आता। तब से सत्यप्रकाश प्रति माह ज्ञानू के पास कुछ न कुछ अवश्य भेज देता था। वह अब केवल पत्रलेखक न था, लिखने के सामान की एक छोटी-दूकान भी उसने खोल ली थी। इससे अच्छी आमदनी हो जाती थी। इस तरह पाँच वर्ष बीत गये। रसिकं मित्रों ने जब देखा कि अब यह हत्थे नहीं चढ़ता, तो उसके पास आना-जाना छोड़ दिया।

9

संध्या का समय था। देवप्रकाश अपने मकान में बैठे देवप्रिया से ज्ञानप्रकाश के विवाह के सम्बन्ध में बातें कर रहे थे। ज्ञानू अब सत्रह वर्ष का सुंदर युवक था। बाल-विवाह के विरोधी होने पर भी देवप्रकाश अब इस शुभमुहूर्त को न टाल सकते थे। विशेषतः जब कोई महाशय पचास हजार रुपये दायज देने को प्रस्तुत हों।

देवप्रकाश — मैं तो तैयार हूँ, लेकिन तुम्हारा लड़का भी तो तैयार हो!

देवप्रिया — तुम बातचीत पक्की कर लो, वह तैयार हो ही जायेगा। सभी लड़के पहले 'नहीं' करते हैं।

देवप्रकाश — ज्ञानू का इन्कार केवल संकोच का इन्कार नहीं है, वह सिद्धांत का इन्कार है। वह साफ-साफ कह रहा है कि जब तक भैया का विवाह न होगा, मैं अपना विवाह करने पर राजी नहीं हूँ।

देवप्रिया — उसकी कौन चलावे, वहाँ कोई रखेली रख ली होगी, विवाह क्यों करेगा? वहाँ कोई देखने जाता है?

देवप्रकाश —(झुंझला कर) रखेली रख ली होती तो तुम्हारे लड़के को चालीस रुपये महीने न भेजता और न वे चीजें ही देता, जो पहले महीने से अब तक बराबर देता चला आता है। न जाने क्यों तुम्हारा मन उसकी ओर से इतना मैला हो गया है! चाहे वह जान निकाल कर भी दे दो, लेकिन तुम न पसीजोगी। देवप्रिया नाराज हो कर चली गयी। देवप्रकाश उससे यही कहलाना चाहते कि पहिले सत्यप्रकाश का विवाह करना उचित है, किन्तु वह कभी इस प्रसंग को आने ही न देती थी। स्वयं देवप्रकाश की यह हार्दिक इच्छा थी कि पहिले बड़े लड़के का विवाह करें पर उन्होंने

भी आज तक सत्यप्रकाश को कोई पत्र न लिखा था। देवप्रिया के चले जाने के बाद उन्होंने आज पहली बार सत्यप्रकाश को पत्र लिखा। पहिले इतने दिनों तक चुपचाप रहने के लिए क्षमा माँगे, तब उसे एक बार घर आने का प्रेमाग्रह किया। लिखा, अब मैं कुछ ही दिनों का मेहमान हूँ। मेरी अभिलाषा है कि तुम्हारा और तुम्हारे छोटे भाई का विवाह देख लूँ। मुझे बहुत दुःख होगा, यदि तुम मेरी विनय स्वीकार न करोगे। ज्ञानप्रकाश के असमंजस की बात भी लिखी, अंत में इस बात पर जोर दिया कि किसी और विचार से नहीं, तो ज्ञानू के प्रेम के नाते ही तुम्हें इस बंधन में पड़ना होगा।

सत्यप्रकाश को यह पत्र मिला, तो उसे बहुत खेद हुआ। मेरे भ्रातृ-स्नेह का यह परिणाम होगा, मुझे न मालूम था। इसके साथ ही उसे यह ईर्ष्यामय आनंद हुआ कि अम्माँ और दादा को अब तो कुछ मानसिक पीड़ा होगी। मेरी उन्हें क्या चिन्ता थी? मैं तो मर भी जाऊँ तो भी उनकी आँखों में आँसू न आयें। सात वर्ष हो गये, कभी भूल कर भी पत्र न लिखा कि मरा है या जीता है। अब कुछ चेतावनी मिलेगी। ज्ञानप्रकाश अंत में विवाह करने पर राजी तो हो जायेगा, लेकिन सहज में नहीं। कुछ न हो तो मुझे तो एक बार अपने इन्कार के कारण लिखने का अवसर मिला। ज्ञानू को मुझसे प्रेम है, लेकिन उसके कारण मैं पारिवारिक अन्याय का दोषी न बनूँगा। हमारा पारिवारिक जीवन सम्पूर्णतः अन्यायमय है। यह कुमति और वैमनस्य, क्रूरता और नृशंसता का बीजारोपण करता है। इसी माया में फँस कर मनुष्य अपनी संतान का शत्रु हो जाता है। न, मैं आँखों देख कर यह मक्खी न निगलूँगा। मैं ज्ञानू को समझाऊँगा अवश्य। मेरे पास जो कुछ जमा है ; वह सब उसके विवाह के निमित्त अर्पण भी कर दूँगा। बस, इससे ज्यादा मैं और कुछ नहीं कर सकता। अगर ज्ञानू भी अविवाहित रहे, तो संसार कौन सूना हो जायेगा? ऐसे पिता का पुत्र क्या वंशपरम्परा का पालन न करेगा? क्या उसके जीवन में फिर वही अभिनय न दुहराया जायगा, जिसने मेरा सर्वनाश कर दिया?

दूसरे दिन सत्यप्रकाश ने पाँच सौ रुपये पिता के पास भेजे और पत्र का उत्तर लिखा कि मेरा अहोभाग्य जो आपने मुझे याद किया। ज्ञानू का विवाह निश्चित हो गया, इसकी बधाई! इन रुपयों से नववधू के लिए कोई आभूषण बनवा दीजिएगा। रही मेरे विवाह की बात। मैंने अपनी आँखों से जो कुछ देखा है और मेरे सिर पर जो कुछ बीता है, उस पर ध्यान देते हुए यदि मैं कुटुम्बपाश में फँसू तो मुझसे बड़ा उल्लू संसार में न होगा। मुझे आशा है, आप मुझे क्षमा करेंगे। विवाह की चर्चा ही से मेरे हृदय को आघात पहुँचता है।

दूसरा पत्र ज्ञानप्रकाश को लिखा कि माता-पिता की आज्ञा को शिरोधार्य करो। मैं अपढ़, मूर्ख, बुद्धिहीन आदमी हूँ; मुझे विवाह करने का कोई अधिकार नहीं है। मैं तुम्हारे विवाह के शुभोत्सव में सम्मिलित न हो सकूँगा, लेकिन मेरे लिए इससे बढ़ कर आनंद और संतोष का विषय नहीं हो सकता।

10

देवप्रकाश यह पढ़ कर अवाक् रह गये। फिर आग्रह करने का साहस न हुआ। देवप्रिया ने नाक सिकोड़ कर कहा — यह लौंडा देखने को सीधा है, है जहर का बुझाया हुआ! कैसा सौ कोस से बैठा हुआ बरछियों से छेद रहा है।

किन्तु ज्ञानप्रकाश ने यह पत्र पढ़ा, तो उसे मर्माघात पहुँचा। दादा और अम्माँ के अन्याय ने ही उन्हें यह भीषण व्रत धारण करने पर बाध्य किया है। इन्हीं ने उन्हें निर्वासित किया है, और शायद सदा के लिए। न जने अम्माँ को उनसे क्यों इतनी जलन हुई। मुझे तो अब याद आता है कि किशोरावस्था ही से वे बड़े आज्ञाकारी, विनयशील और गम्भीर थे। अम्माँ की बातों का उन्हें जवाब देते नहीं सुना। मैं अच्छे से अच्छा खाता था, फिर भी उनके तीवर मैले न हुए, हालाँकि उन्हें जलना चाहिए था। ऐसी दशा में अगर उन्हें गार्हस्थ्य-जीवन से घृणा हो गयी, तो आश्चर्य ही क्या? फिर मैं ही क्यों इस विपत्ति में फसूँ? कौन जाने मुझे भी ऐसी ही परिस्थिति का सामना करना पड़े। भैया ने बहुत सोच-समझ कर यह धारण की है।

संध्या समय जब उसके माता-पिता बैठे हुए इसी समस्या पर विचार कर रहे थे, ज्ञानप्रकाश ने आ कर कहा — मैं कल भैया से मिलने जाऊँगा।

देवप्रिया-क्या कलकते जाओगे?

ज्ञानप्रकाश — जी हाँ।

देवप्रिया — उन्हीं को क्यों नहीं बुलाते?

ज्ञानप्रकाश — उन्हें कौन मुँह ले कर बुलाऊँ। आप लोगों ने पहिले ही मेरे मुँह में कालिख लगा दी है। ऐसा देव-पुरुष आप लोगों के कारण विदेश में ठोकर खा रहा है और मैं इतना निर्लज्ज हो जाऊँ कि ...

देवप्रिया — अच्छा चुप रह, नहीं ब्याह करना है, न कर, जले पर लोन मत छिड़क! माता-पिता का धर्म है, इसलिए कहती हूँ, नहीं तो यहाँ ठेंगे की परवाह नहीं। तू चाहे ब्याह कर, चाहे क्वाँरा रह, पर मेरी आँखों से दूर हो जा।

ज्ञानप्रकाश — क्या मेरी सूरत से भी घृणा हो गयी?

देवप्रिया — जब तू हमारे कहने ही में नहीं, तो जहाँ चाहे, रहे। हम भी समझ लेंगे कि भगवान् ने लड़का ही नहीं दिया।

देव० — क्यों व्यर्थ में ऐसे कटुवचन बोलती हो?

ज्ञान० — अगर आप लोगों की यही इच्छा है, तो यही होगा। देवप्रकाश ने देखा कि बात का बतंगड़ हुआ चाहता है, ज्ञानप्रकाश को इशारे से टाल दिया और पत्नी के क्रोध को शांत करने की चेष्टा करने लगे। मगर देवप्रिया फूट-फूट कर रो रही थी और बार-बार कहती थी, मैं इसकी सूरत नहीं देगी। अंत में देवएकाश ने चिढ़ कर कहा — तो तुम्हीं ने तो कटुवचन कह कर उसे उत्तेजित कर दिया।

देवप्रिया — यह सब विष उसी चांडाल ने बोया है, जो यहाँ से सात समुद्र पार बैठा मुझे मिट्टी में मिलाने का उपाय कर रहा है। मेरे बेटे को मुझसे छीनने के लिए उसने यह प्रेम का स्वाँग भरा है। मैं उसकी नस-नस पहिचानती हूँ। उसका यह मंत्र मेरी जान ले कर छोड़ेगा ; नहीं तो मेरा ज्ञानू, जिसने कभी मेरी बात का जवाब नहीं दिया, यों मुझे न जलाता!

देव० — अरे, तो क्या वह विवाह ही न करेगा! अभी गुस्से में अनापशनाप बक गया है। जरा शांत हो जायेगा तो मैं समझा कर राजी कर दूँगा।

देवप्रिया — मेरे हाथ से निकल गया।

देवप्रिया की आशंका सत्य निकली। देवप्रकाश ने बेटे को बहुत समझाया। कहा — तुम्हारी माता इस शोक से मर जायेगी, किन्तु कुछ असर न हुआ। उसने एक बार 'नहीं' करके 'हाँ' न की। निदान पिता भी निराश होकर बैठ रहे।

तीन साल तक प्रतिवर्ष विवाह के दिनों में यह प्रश्न उठता रहा, पर ज्ञानप्रकाश अपनी प्रतिज्ञा पर अटल रहा। माता का रोना-धोना निष्फल हुआ। हाँ, उसने माता की एक बात मान ली — वह भाई से मिलने कलकत्ता न गया।

तीन साल में घर में बड़ा परिवर्तन हो गया। देवप्रिया की तीनों कन्याओं का विवाह हो गया। अब घर में उसके सिवा कोई स्त्री न थी। सूना घर उसे फाड़े खाता था। जब वह नैराश्य और क्रोध से पागल हो जाती, तो सत्यप्रकाश को खूब जी भर कर कोसती! मगर दोनों भाइयों में प्रेम-पत्र व्यवहार बराबर होता रहता था।

देवप्रकाश के स्वभाव में एक विचित्र उदासीनता प्रकट होने लगी। उन्होंने पेंशन ले ली थी और प्रायः धर्मग्रंथों का अध्ययन किया करते थे। ज्ञानप्रकाश ने भी 'आचार्य' की उपाधि प्राप्त कर ली थी और एक विद्यालय में अध्यापक हो गये थे। देवप्रिया अब संसार में अकेली थी।

देवप्रिया अपने पुत्र को गृहस्थी की ओर खींचने के लिए नित्य टोने-टोटके किया करती। बिरादरी में कौन-सी कन्या सुन्दर है, गुणवती है, सुशिक्षिता है — उसका बखान किया करती, पर ज्ञानप्रकाश को इन बातों के सुनने की भी फुरसत न थी।

मोहल्ले के और घरों में नित्य ही विवाह होते रहते थे। बहुएँ आती थीं, उनकी गोद में बच्चे खेलने लगते थे, घर गुलजार हो जाता था। कहीं बिदाई होती थी, कहीं बधाइयाँ आती थीं, कहीं गाना-बजाना होता था, कहीं बाजे बजते थे। यह चहल-पहल देख कर देवप्रिया का चित्त चंचल हो जाता। उसे मालूम होता, मैं ही संसार में सबसे अभागिनी हूँ। मेरे ही भाग्य में यह सुख भोगना नहीं बदा है। भगवान्, ऐसा भी कोई दिन आयेगा कि मैं अपनी बहू का मुखचंद्र देखूँगी, उसके बालकों को गोद में खिलाऊँगी। वह भी कोई दिन होगा कि मेरे घर में भी आनन्दोत्सव के मधुर गान की तानें उठेंगी! रात-दिन ये ही बातें सोचते-सोचते देवप्रिया की दशा उन्मादिनी की-सी हो गयी। आप-ही-आप सत्यप्रकाश को कोसने लगती। वही मेरे प्राणों का घातक है। तल्लीनता उन्माद का प्रधान गुण है। तल्लीनता अत्यंत रचनाशील होती है। वह आकाश में देवताओं के विमान उड़ाने लगती है। अगर भोजन में नमक तेज हो गया, तो यह शत्रु ने कोई रोड़ा रख दिया होगा। देवप्रिया को अब कभी-कभी धोखा हो जाता है कि सत्यप्रकाश घर में गया है, वह मुझे मारना चाहता है, ज्ञानप्रकाश को विष खिलाये देता है। एक दिन उसने सत्यप्रकाश के नाम एक पत्र लिखा और उसे जितना कोसते बना, उतना कोसा। तू मेरे प्राणों का वैरी है, मेरे कुल का घातक है, हत्यारा है। वह कौन दिन आयेगा कि तेरी मिट्टी उठेगी। तूने मेरे लड़के पर वशीकरण-मंत्र चला दिया है। दूसरे दिन फिर ऐसा ही एक पत्र लिखा। यहाँ तक कि यह उसका नित्य का कर्म हो गया। जब तक एक चिट्ठी में सत्यप्रकाश को गालियाँ न दे लेती, उसे चैन ही न आता था। इन पत्रों को वह कहारिन के हाथ डाकघर भिजवा दिया करती थी।

11

ज्ञानप्रकाश का अध्यापक होना सत्यप्रकाश के लिए घातक हो गया। परदेश में उसे यही संतोष था कि मैं संसार में निराधार नहीं हूँ। अब यह अवलम्ब भी जाता रहा। ज्ञानप्रकाश ने जोर दे कर लिखा, अब आप मेरे हेतु कोई कष्ट न उठायें। मुझे अपनी गुजर करने के लिए काफी से ज्यादा मिलने लगा है।

यद्यपि सत्यप्रकाश की दूकान खूब चलती थी, लेकिन कलकते-जैसे शहर में एक छोटे से दूकानदार का जीवन बहुत सुखी नहीं होता। साठ-सत्तर रुपये की मासिक आमदनी होती ही क्या है? अब तक जो कुछ बचाता था, वह वास्तव में बचत न थी, बल्कि त्याग था। एक दक्त रूखा-सूखा खा कर, एक तंग आर्द्र कोठरी में रह कर पच्चीस-तीस रुपये बचे रहते थे। अब दोनों वक्त भोजन करने लगा। कपड़े भी जरा साफ पहिनने लगा। मगर थोड़े ही दिनों में उसके खर्च में औषधियों की एक मद बढ़ गयी और फिर वही पहिले की-सी दशा हो गयी। बरसों तक शुद्ध वायु, प्रकाश और पुष्टिकर भोजन से वंचित रह कर अच्छे से अच्छा स्वास्थ्य भी नष्ट हो सकता है। सत्यप्रकाश को भी अरुचि, मंदाग्नि आदि रोगों ने आ घेरा। कभी-कभी ज्वर भी आ जाता। युवावस्था में आत्मविश्वास होता है, किसी अवलम्ब की परवा नहीं होती। वयोवृद्धि दूसरों का मुंह ताकती है, आश्रय ढूँढ़ती है। सत्यप्रकाश पहिले सोता, तो एक ही करवट में सबेरा हो जाता। कभी बाजार से पूरियाँ ले कर खा लेता, कभी मिठाइयों पर टाल देता। पर अब रात को अच्छी तरह नींद न आती, बाजारी भोजन से घृणा होती, रात को घर आता, तो थक कर चूर-चूर हो जाता था। उस वक्त चूल्हा जलाना, भोजन पकाना अखरता। कभी-कभी वह अपने अकेलेपन पर रोता। रात को जब किसी तरह नींद न आती तो उसका मन किसी से बातें करने को लालायित होने लगता। पर वहाँ निशांधकार के सिवा और कौन था? दीवालों के कान चाहे हों, मुँह नहीं होता। इधर ज्ञानप्रकाश के पत्र भी अब कम आते थे और वे भी रूखे। उनमें अब हृदय के सरल उद्गारों का लेश भी न होता। सत्यप्रकाश अब भी वैसे ही भावमय पत्र लिखता था; पर एक अध्यापक के लिए भावुकता कब शोभा देती है। शनैः-शनैः सत्यप्रकाश को भ्रम होने लगा कि ज्ञानप्रकाश भी मुझसे निष्ठुरता करने लगा, नहीं तो क्या मेरे पास दो-चार दिन के लिए आना असम्भव था? मेरे लिए तो घर का द्वार बंद है, पर उसे कौन-सी बाधा है? उस गरीब को क्या मालूम कि यहाँ ज्ञानप्रकाश ने माता से कलकत्ते न जाने की कसम खा ली है। इस भ्रम ने उसे और भी हताश कर दिया।

शहरों में मनुष्य बहुत होते हैं, पर मनुष्यता बिरले ही में होती है। सत्यप्रकाश उस बहुसंख्यक स्थान में भी अकेला था। उसके मन में अब एक नयी आकांक्षा अंकुरित हुई। क्यों न घर लौट चलूं? किसी संगिनी के प्रेम में क्यों न शरण लूँ? वह सुख और शांति और कहाँ मिल सकती है। मेरे जीवन के निराशांधकार को और कौन ज्योति आलोकित कर सकती है? वह इस आवेश को अपनी सम्पूर्ण विचारशक्ति से रोकता, जिस भाँति किसी बालक को घर में रखी हुई मिठाइयों की याद बार-बार

खेल से घर खींच लाती है, उसी तरह उसका चित्त भी बार-बार उन्हीं मधुर चिंताओं में मग्न हो जाता था। वह सोचता — मुझे विधाता ने सब सुख से वंचित कर दिया है, नहीं तो मेरी दशा ऐसी हीन क्यों होती? मुझे ईश्वर ने बुद्धि न दी थी क्या? क्या मैं श्रम से जी चुराता था? अगर बालपन ही में मेरे उत्साह और अभिरुचि पर तुषार न पड़ गया होता, मेरी बुद्धि-शक्तियों का गला न घोंट दिया गया होता, तो मैं आज आदमी होता। पेट पालने के लिए इस विदेश में न पड़ा रहता। नहीं, मैं अपने ऊपर यह अत्याचार न करूँगा।

महीनों तक सत्यप्रकाश के मन और बुद्धि में यह संग्राम होता रहा। एक दिन वह दूकान से आ कर चूल्हा जलाने जा रहा था कि डाकिये ने पुकारा। ज्ञानप्रकाश के सिवा उसके पास और किसी के पत्र न आते थे। आज ही उसका पत्र आ चुका था। यह दूसरा पत्र क्यों? किसी अनिष्ट की आशंका हुई। पत्र ले कर पढ़ने लगा। एक क्षण में पत्र उसके हाथ से छूट कर गिर पड़ा और वह सिर थाम कर बैठ गया कि जमीन पर न गिर पड़े। वह देवप्रिया की विषयुक्त लेखनी से निकला हुआ जहर का प्याला था, जिसने एक पल में संज्ञाहीन कर दिया। उसकी सारी मर्मांतक व्यथा — क्रोध, नैराश्य, कृतघ्नता, ग्लानि — केवल एक ठंडी साँस में समाप्त हो गयी।

वह जा कर चारपाई पर लेटा रहा। मानसिक व्यथा आग से पानी हो गयी। हा! सारा जीवन नष्ट हो गया। मैं ज्ञानप्रकाश का शत्रु हूँ। मैं इतने दिनों से केवल उसके जीवन को मिट्टी में मिलाने के लिए ही प्रेम का स्वाँग भर रहा हूँ। भगवान्! इसके तुम्हीं साक्षी हो!

दूसरे दिन फिर देवप्रिया का पत्र पहुँचा। सत्यप्रकाश ने उसे ले कर फाड़ डाला, पढ़ने की हिम्मत न पड़ी।

एक ही दिन पीछे तीसरा पत्र पहुँचा। उसका वही अंत हुआ। फिर वह एक नित्य का कर्म हो गया। पत्र आता और फाड़ दिया जाता। किन्तु देवप्रिया का अभिप्राय बिना पढ़े ही पूरा हो जाता था — सत्यप्रकाश के मर्मस्थान पर एक चोट और पड़ जाती थी।

एक महीने की भीषण हार्दिक वेदना के बाद सत्यप्रकाश को जीवन से घृणा हो गयी। उसने दूकान बंद कर दी, बाहर आना-जाना छोड़ दिया। सारे दिन खाट पर पड़ा रहता। वे दिन याद आते जब माता पुचकार कर गोद में बिठा लेती और कहती, 'बेटा!' पिता भी संध्या समय दफ्तर से आकर गोद में उठा लेते और कहते 'भैया!' माता की सजीव मूर्ति उसके सामने खड़ी होती: ठीक वैसी ही जब वह

गंगा- स्नान करने गयी थी। उसकी प्यार-भरी बातें कानों में आने लगती। फिर वह दृश्य सामने आ जाता, जब उसने नववधू माता को 'अम्मा' कह कर पुकारा था। तब उसके कठोर शब्द याद आ जाते, उसके क्रोध से भरे हुए विकराल नेत्र आँखों के सामने आ जाते। उसे अब अपना सिसक-सिसक कर रोना याद आ जाता। फिर सौरगृह का दृश्य सामने आता। उसने कितने प्रेम से बच्चे को गोद में लेना चाहा था! तब माता के वज्र के-से शब्द कानों में गूँजने लगते। हाय! उसी वज्र ने मेरा सर्वनाश कर दिया! फिर ऐसी कितनी ही घटनाएँ याद आतीं। अब बिना किसी अपराध के माँ डाँट बताती। पिता का निर्दय, निष्ठुर व्यवहार याद आने लगता। उनका बात-बात पर तिउरियाँ बदलना, माता के मिथ्यापवादों पर विश्वास करना — हाय! मेरा सारा जीवन नष्ट हो गया! तब वह करवट बदल लेता और फिर वही दृश्य आँखों में फिरने लगते। फिर करवट बदलता और चिल्ला कर कहता — इस जीवन का अन्त क्यों नहीं हो जाता।

इस भाँति पड़े-पड़े उसे कई दिन हो गये। संध्या हो गयी थी कि सहसा उसे द्वार पर किसी के पुकारने की आवाज सुनायी पड़ी। उसने कान लगाकर सुना और चौंक पड़ा। किसी परिचित मनुष्य की आवाज थीं। दौड़ा द्वार पर आया, तो देखा ज्ञानप्रकाश खड़ा है। कितना रूपवान पुरुष था! वह उसके गले से लिपट गया। ज्ञानप्रकाश ने उसके पैरों को स्पर्श किया। दोनों भाई घर में आये। अंधकार छाया हुआ था। घर की यह दशा देख कर ज्ञानप्रकाश, जो अब तक अपने कंठ के आवेग को रोके हुए था, रो पड़ा। सत्यप्रकाश ने लालटेन जलायी। घर क्या था, भूत का डेरा था। सत्यप्रकाश ने जल्दी से एक कुरता गले में डाल लिया। ज्ञानप्रकाश भाई का जर्जर शरीर, पीला मुख, बुझी हुई आँख देखता था और रोता था।

सत्यप्रकाश ने कहा — मैं आजकल बीमार हूँ।

ज्ञानप्रकाश — वह तो देख ही रहा हूँ।

सत्यप्रकाश — तुमने अपने आने की सूचना भी न दी, मकान का पता कैसे चला?

ज्ञानप्रकाश — सूचना तो दी थी, आपको पत्र न मिला होगा।

सत्यप्रकाश — अच्छा, हाँ दी होगी, पत्र दूकान में डाल गया होगा। मैं इधर कई दिनों से दुकान नहीं गया। घर पर सब कुशल है?

ज्ञानप्रकाश — माता जी का देहांत हो गया।

सत्यप्रकाश — अरे! क्या बीमार थीं?

ज्ञानप्रकाश — जी नहीं। मालूम नहीं, क्या खा लिया। इधर उन्हें उन्माद-सा हो गया था; पिता जी ने कुछ कटुवचन कहे थे, शायद इसी पर कुछ खा लिया।

सत्यप्रकाश — पिता जी तो कुशल से हैं?

ज्ञानप्रकाश — हाँ, अभी मरे नहीं है।

सत्यप्रकाश — अरे! क्या बहुत बीमार हैं?

ज्ञानप्रकाश — माता ने विष खा लिया, तो वे उनका मुँह खोल कर दवा पिला रहे थे। माता जी ने जोर से उनकी दो उँगलियाँ काट लीं। वही विष उनके शरीर में पहुँच गया। तब से सारा शरीर सूज आया है। अस्पताल में पड़े हुए हैं किसी को देखते हैं तो काटने दौड़ते हैं। बचने की आशा नहीं है।

सत्यप्रकाश — तब तो घर ही चौपट हो गया।

ज्ञानप्रकाश — ऐसे घर को अबसे बहुत पहले चौपट हो जाना चाहिए था।

तीसरे दिन दोनों भाई प्रात:काल कलकत्ते से विदा हो कर चल दिये।

□

विध्वंस

जिला बनारस में बीरा नाम का एक गाँव है। वहाँ एक विधवा वृद्धा, संतानहीन, गोंडिन रहती थी, जिसका भुनगी नाम था। उसके पास एक धुर भी जमीन न थी और न रहने का घर ही था। उसके जीवन का सहारा केवल एक भाड़ था। गाँव के लोग प्रायः एक बेला चबैना या सत्तू पर निर्वाह करते ही हैं, इसलिए भुनगी के भाड़ पर नित्य भीड़ लगी रहती थी। वह जो कुछ भुनाई पातीं वहीं भुन या पीस कर खा लेती और भाड़ ही की झोपड़ी के एक कोने में पड़ रहती। वह प्रात:काल उठती और चारों ओर से भाड़ झोंकने के लिए सूखी पत्तियाँ बटोर लाती। भाड़ के पास ही, पत्तियों का एक बड़ा ढेर लगा रहता था। दोपहर के बाद उसका भाड़ जलता था। लेकिन जब एकादशी या पूर्णमासी के दिन प्रथानुसार भाड़ न चलता, या गाँव के जमींदार पंडित उदयभान पाँडे के दाने भूनने पड़ते, उस दिन उसे भूखे ही सो रहना पड़ता था। पंडित जी उससे बेगार में दाने ही न भुनवाते थे, उसे उनके घर का पानी भी भरना पड़ता था। और कभी-कभी इस हेतु से भी भाड़ बन्द रहता था। वह पंडित जी के गाँव में रहती थी, इसलिए उन्हें उससे सभी प्रकार की बेगार लेने का पूरा अधिकार था। उसे अन्याय नहीं कहा जा सकता। अन्याय केवल इतना था कि बेगार सूखी लेते थे। उनकी धारणा यह थी कि जब खाने ही को दिया गया तो बेगार कैसी। किसान को अधिकार है कि बैलों को दिन भर जोतने के बाद शाम को खूँटे से भूखा बाँध दे। यदि वह ऐसा नहीं करता तो यह उसकी दयालुता नहीं है, केवल अपनी हित चिन्ता है। पंडित जी को इसकी चिन्ता न थी क्योंकि एक तो भुनगो दो-एक दिन भूखी रहने से मर नहीं सकती थी और यदि दैवयोग से मर भी जाती तो उसकी जगह दूसरा गोंड बड़ी आसानी से बसाया जा सकता था। पंडित जी की यही क्या कम कृपा थी कि वह भुनगी को अपने गाँव में बसाये हुए थे।

2

चैत का महीना था और संक्रांति का पर्व। आज के दिन नये अन्न का सत्तू खाया और दान दिया जाता है। घरों में आग नहीं जलती। भुनगी का भाड़ आज बड़े जोरों पर था। उनके सामने एक मेला-सा लगा हुआ था। साँस लेने का भी अवकाश न था। गाहकों की जल्दबाजी पर कभी-कभी झुँझला पड़ती थी, कि इतने में जमींदार साहब के यहाँ से दो बड़े-बड़े टोकरे अनाज से भरे हुए आ पहुँचे और हुक्म हुआ कि अभी भून दे। भुनगी दोनों टोकरे देख कर सहम उठी। अभी दोपहर था पर सूर्यास्त के पहले इतना अनाज भूनना असंभव था। घड़ी-दो-घड़ी और मिल जाते तो एक अठवारे के खाने भर को अनाज हाथ आता। दैव से इतना भी न देखा गया, इन यमदूतों को भेज दिया। अब पहर रात तक सेंतमेंत में भाड़ में जलना पड़ेगा; एक नैराश्य भाव से दोनों टोकरे ले लिये।

चपरासी ने डाँट कर कहा — देर न लगे, नहीं तो तुम जानोगी।

भुनगी — यहीं बैठे रहो, जब भुन जाये तो ले कर जाना। किसी दूसरे के दाने छुऊँ तो हाथ काट लेना।

चपरासी — बैठने की हमें छुट्टी नहीं है, लेकिन तीसरे पहर तक दाना भून जाये।

चपरासी तो यह ताकीद करके चलते बने और भुनगी अनाज भूनने लगी। लेकिन मन भर अनाज भूनना कोई हँसी तो थी नहीं, उस पर बीच-बीच में भुनाई बन्द करके भाड़ भी झोंकना पड़ता था। अतएव तीसरा पहर हो गया और आधा काम भी न हुआ। उसे भय हुआ कि जमींदार के आदमी आते होंगे। आते-ही-आते गालियाँ देंगे, मारेंगे। उसने और वेग से हाथ चलाना शुरू किया। रास्ते की ओर ताकती और बालू नाँद में छोड़ती जाती थी। यहाँ तक कि बालू ठंडी हो गयी, सेवड़े निकलने लगे। उसकी समझ में न आता था, क्या करें। न भूनते बनता था न छोड़ते बनता था। सोचने लगी कैसी विपत्ति है। पंडित जी कौन मेरी रोटियाँ चला देते हैं, कौन मेरे आँसू पोंछ देते हैं। अपना रक्त जलाती हूँ तब कहीं दाना मिलता है। लेकिन जब देखो खोपड़ी पर सवार रहते हैं, इसलिए न कि उनकी चार अंगुल धरती से मेरा निस्तार हो रहा है। क्या इतनी-सी जमीन का इतना मोल है? ऐसे कितने ही टुकड़े गाँव में बेकाम पड़े हैं, कितनी बखरिया उजाड़ पड़ी हुई हैं। वहाँ तो केसर नहीं उपजती फिर मुझी पर क्यों यह आठों पहर धौंस रहती है। कोई बात हुई और यह धमकी मिली कि भाड़ खोद कर फेंक दूँगा, उजाड़ दूँगा, मेरे सिर पर भी कोई होता तो क्यों बौछारें सहनी पड़तीं।

वह इन्हीं कुत्सित विचारों में पड़ी हुई थी कि दोनों चपरासियों ने आकर कर्कश स्वर में कहा — क्यों री, दाने भून गये।

भुनगी ने निडर हो कर कहा — भून तो रही हूँ। देखते नहीं हो।

चपरासी — सारा दिन बीत गया और तुमसे इतना अनाज न भूना गया? यह तू दाना भून रही है कि उसे चौपट कर रही है। यह तो बिलकुल सेवड़े हैं इनका सत्तू कैसे बनेगा। हमारा सत्यानाश कर दिया। देख तो आज महाराज तेरी क्या गति करते हैं।

परिणाम यह हुआ कि उसी रात को भाड़ खोद डाला गया और वह अभागिनी विधवा निरावलम्बन हो गयी।

3

भुनगी को अब रोटियों का कोई सहारा न रहा। गाँववालों को भी भाड़ के विध्वंस हो जाने से बहुत कष्ट होने लगा। कितने की घरों में दोपहर को दाना ही न मयस्सर होता। लोगों ने जाकर पंडित जी से कहा कि बुढ़िया को भाड़ जलाने की आज्ञा दे दीजिए, लेकिन पंडित जी ने कुछ ध्यान न दिया। वह अपना रोब न घटा सकते थे। बुढ़िया से उसके कुछ शुभचिंतकों ने अनुरोध किया कि जा कर किसी दूसरे गाँव में क्यों नहीं बस जाती। लेकिन उसका हृदय इस प्रस्ताव को स्वीकार न करता। इस गाँव में उसने अपने अदिन के पचास वर्ष काटे थे। यहाँ के एक-एक पेड़-पत्ते से उसे प्रेम हो गया था! जीवन के सुख-दुःख इसी गाँव में भोगे थे। अब अंतिम समय वह इसे कैसे त्याग दे! यह कल्पना ही उसे संकटमय जान पड़ती थी। दूसरे गाँव के सुख से यहाँ का दुःख भी प्यारा था।

इस प्रकार एक पूरा महीना गुजर गया। प्रातःकाल था। पंडित उदयभान अपने दो-तीन चपरासियों को लिये लगान वसूल करने जा रहे थे। कारिन्दों पर उन्हें विश्वास न था। नजराने में, डाँड़-बाँध में, रसूम में वह किसी अन्य व्यक्ति को शरीक न करते थे। बुढ़िया के भाड़ की ओर ताका तो बदन में आग-सी लग गयी। उसका पुनरुद्धार हो रहा था। बुढ़िया बड़े वेग से उस पर मिट्टी के लोदे रख रही थी। कदाचित् उसने कुछ रात रहते ही काम में हाथ लगा दिया था और सूर्योदय से पहले ही उसे समाप्त कर देना चाहती थी। उसे लेशमात्र भी शंका न थी कि मैं जमींदार के विरुद्ध कोई काम कर रही हूँ। क्रोध इतना चिरजीवी हो सकता

है इसका समाधान भी उसके मन में न था। एक प्रतिभाशाली पुरुष किसी दीन अबला से इतना कीना रख सकता है उसे इसका ध्यान भी न था। वह स्वभावतः मानवचरित्र को इससे कहीं ऊँचा समझती थी। लेकिन हा! हतभागिनी! तूने धूप में ही बाल सफेद किये।

सहसा उदयभान ने गरज कर कहा — किसके हुक्म से?

मुनगी ने हकबका कर देखा तो सामने जमींदार महोदय खड़े हैं।

उदयभान ने फिर पूछा — किसके हुक्म से बना रही है?

भुनगी डरते हुए बोली — सब लोग कहने लगे बना लो, तो बना रही हूँ।

उदयभान — मैं अभी इसे फिर खुदवा डालूंगा। यह कह उन्होंने भाड़ में एक ठोकर मारी। गीली मिट्टी सब कुछ लिये दिये बैठ गयी। दूसरी ठोकर नाँद पर चलायी लेकिन बुढ़िया सामने आ गयी और ठोकर उसकी कमर पर पड़ी। अब उसे क्रोध आया। कमर सहलाते हुए बोली — महाराज, तुम्हें आदमी का डर नहीं है तो भगवान् का डर तो होना चाहिए। मुझे इस तरह उजाड़ कर क्या पाओगे? क्या इस चार अंगुल धरती में सोना निकल आयेगा? मैं तुम्हारे ही भले ही कहती हूँ, दीन की हाय मत लो। मेरा रोआँ दुखी मत करो।

उदयभान — अब तो यहाँ फिर भाड़ न बनायेगी।

भुनगी — भाड़ न बनाऊँगी तो खाऊँगी क्या?

उदयभान — तेरे पेट का हमने ठेका नहीं लिया है।

भुनगी — टहल तो तुम्हारी करती हूँ खाने कहाँ जाऊँ?

उदयभान — गाँव में रहोगी तो टहल करनी पड़ेगी।

मुनगी—टहल तो तभी करूंगी जब भाड़ बनाऊँगी। गाँव में रहने के नाते टहल नहीं कर सकती।

उदयभान — तो छोड़ कर निकल जा।

भुनगी — क्यों छोड़ कर निकल जाऊँ। बारह साल खेत जोतने से असामी काश्तकार हो जाता है। मैं तो इस झोपड़े में बूढ़ी हो गयी। मेरे सास-ससुर और उनके बाप-दादे इसी झोपड़ें में रहे। अब इसे यमराज को छोड़ कर और कोई मुझसे नहीं ले सकता।

उदयभान — अच्छा तो अब कानून भी बघारने लगी। हाथ-पैर पड़ती तो चाहे मैं रहने भी देता, लेकिन अब तुझे निकाल कर तभी दम लूँगा। (चपरासियों से) अभी जा कर इसके पत्तियों के ढेर में आग लगा दो, देखें कैसे भाड़ बनता है।

4

एक क्षण में हाहाकार मच गया। ज्वाला-शिखर आकाश से बात करने लगा। उसकी लपटें किसी उन्मत्त की भाँति इधर-उधर दौड़ने लगीं। सारे गाँव के लोग उस अग्नि-पर्वत के चारों ओर जमा हो गये। भुनगी अपने भाड़ के पास उदासीन भाव में खड़ी यह लंकादहन देखती रही। अकस्मात् वह वेग से आ कर उसी अग्नि-कुंड में कूद पड़ी। लोग चारों तरफ से दौड़े, लेकिन किसी की हिम्मत न पड़ी कि आग के मुँह में जाये। क्षणमात्र में उसका सूखा हुआ शरीर अग्नि में समाविष्ट हो गया।

उसी दम पवन भी वेग से चलने लगा। ऊर्द्धगामी लपटें पूर्व दिशा की ओर दौड़ने लगी। भाड़ के समीप ही किसानों की कई झोपड़ियाँ थीं, वह सब उन्मत्त ज्वालाओं का ग्रास बन गयीं। इस भाँति प्रोत्साहित होकर लपटें और आगे बढ़ीं। सामने पंडित उदयभान की बखार थी, उस पर झपटीं। अब गाँव में हलचल पड़ी। आग बुझाने की तैयारियाँ होने लगीं। लेकिन पानी के छींटों ने आग पर तेल का काम किया। ज्वालाएँ और भड़कीं और पंडित जी के विशाल भवन को दबोच बैठी। देखते ही देखते वह भवन उस नौका की भाँति जो उन्मत्त तरंगों के बीच में झकोरे खा रही हो, अग्नि-सागर में विलीन हो गया और वह क्रंदन-ध्वनि जो उसके भस्मावशेष में प्रस्फुटित होने लगी, भुनगी के शोकमय विलाप से भी अधिक करुणाकारी थी।

□

स्वत्व-रक्षा

मीर दिलावर अली के पास एक बड़ी रास कुम्मैत का घोड़ा था। कहते तो वह नायही थे कि मैंने अपनी जिन्दगी की आधी कमाई इस पर खर्च की है, पर वास्तव में उन्होंने इसे पलटन में सस्ते दामों मोल लिया था। यों कहिए कि यह पलटन का निकाला हुआ घोड़ा था। शायद पलटन के अधिकारियों ने इसे अपने यहाँ रखना उचित न समझ कर नीलाम कर दिया था। मीर साहब कचहरी में मुहर्रिर थे। शहर के बाहर मकान था। कचहरी तक आने में तीन मील की मंजिल तय करनी पड़ती थी, एक जानवर की फिक्र थी। यह घोड़ा सुभीते से मिल गया, ले लिया। पिछले तीन वर्षों से वह मीर साहब की ही सवारी में था। देखने में तो उसमें कोई ऐब न था, पर कदाचित् आत्म-सम्मान की मात्रा अधिक थी। उसे उसकी इच्छा के विरुद्ध या अपमान-सूचक काम में लगाना दुस्तर था। खैर, मीर साहब ने सस्ते दामों में कलाँ रास का घोड़ा पाया, तो फूले न समाये। ला कर द्वार पर बाँध दिया। साईस का इंतजाम करना कठिन था। बेचारे खुद ही शाम-सबेरे उस पर दो-चार हाथ फेर लेते थे। शायद घोड़ा इस सम्मान से प्रसन्न होता था। इसी कारण रातिब की मात्रा बहुत कम होने पर भी वह असंतुष्ट नहीं जान पड़ता था। उसे मीर साहब से कुछ सहानुभूति हो गयी थी। इस स्वामि-भक्ति में उसका शरीर बहुत क्षीण हो चुका था; पर वह मीर साहब को नियत समय पर प्रसन्नतापूर्वक कचहरी पहुंचा दिया करता था। उसकी चाल उसके आत्मिक संतोष की द्योतक थी। दौड़ना वह अपनी स्वाभाविक गम्भीरता के प्रतिकूल समझता था। उसकी दृष्टि में उच्छृंखलता थी। स्वामि-भक्ति में उसने अपने कितने ही चिर-संचित स्वत्वों का बलिदान कर दिया था। अब अगर किसी स्वत्व से प्रेम था तो वह रविवार का शांतिनिवास था। मीर साहब इतवार को कचहरी न जाते थे। घोड़े को मलते, नहलाते, तैराते थे। इसमें उसे हार्दिक आनंद प्राप्त होता था। वहाँ कचहरी में पेड़ के नीचे बँधे हुए सूखी घास पर मुँह मारना पड़ता था, लू से सारा शरीर झुलस जाता था ; कहाँ इस दिन छप्परों की शीतल छाँह में हरी-हरी दूब खाने को मिलती थी।

अतएव इतवार को आराम वह अपना हक समझता था और मुमकिन न था कि कोई उसका यह हक छीन सके। मीर साहब ने कभी-कभी बाजार जाने के लिए इस दिन उस पर सवार होने की चेष्टा की, पर इस उद्योग में बुरी तरह मुँह की खायी। घोड़े ने मुँह में लगाम तक न ली। अंत को मीर साहब ने अपनी हार स्वीकार कर ली। वह उसके आत्म-सम्मान को आघात पहुंचा कर अपने अवयवों को परीक्षा में न डालना चाहते थे।

2

मीर साहब के पड़ोस में एक मुंशी सौदागरलाल रहते थे। उनका भी कचहरी से कुछ सम्बन्ध था। वह मुहर्रिर न थे, कर्मचारी भी न थे। उन्हें किसी ने कभी कुछ लिखते-पढ़ते न देखा था। पर उनका वकीलों और मुख्तारों के समाज में बड़ा मान था। मीर साहब से उनकी दाँत-काटी रोटी थी।

जेठ का महीना था। बारातों की धूम थी। बाजे वाले सीधे मुंह बात न करते थे। आतिशबाज के द्वार पर गरज के बावले लोग चर्खी की भाँति चक्कर लगाते थे। भाँड़ और कथक लोगों को उँगलियों पर नचाते थे। पालकी के कहार पत्थर के देवता बने हुए थे, भेंट ले कर भी न पसीजते थे। इसी सहा-लोगों की धूम में मुंशीजी ने भी लड़के का विवाह ठान दिया। दबाववाले आदमी थे। धीरे-धीरे बारात का सब सामान जुटा तो लिया, पर पालकी का प्रबंध न कर सके। कहारों ने ऐन वक्त पर बयाना लौटा दिया। मुंशी जी बहुत गरम पड़े हरजाने की धमकी दी, पर कुछ फल न हुआ। विवश होकर यही निश्चय किया कि वर को घोड़े पर बिठा कर वर-यात्रा की रस्में पूरी कर ली जायें। छह बजे शाम को बारात चलने का मुहूर्त्त था। चार बजे मुंशी जी ने आकर मीर साहब से कहा — यार अपना घोड़ा दे दो, वर को स्टेशन तक पहुंचा दें। पालकी तो कहीं मिलती ही नहीं।

मीर साहब — आपको मालूम नहीं, आज एतवार का दिन है।

मुंशी जी — मालूम क्यों नहीं है, पर आखिर घोड़ा ही तो ठहरा। किसी न किसी तरह स्टेशन तक पहुँचा ही देगा। कौन दूर जाना है?

मीर साहब — यों आपका जानवर है ले जाइए। पर मुझे उम्मीद नहीं कि आज वह पुट्ठे पर हाथ तक रखने दे।

मुंशी जी — अजी मार के आगे भूत भागता है। आप डरते हैं। इसलिए आप से बदमाशी करता है। बच्चा पीठ पर बैठ जायेंगे तो कितना ही उछले-कूदे पर उन्हें हिला न सकेगा।

मीर साहब — अच्छी बात है, ले जाइए। और अगर उसकी यह जिद्द आप लोगों ने तोड़ दी, तो मैं आप का बड़ा एहसान मानूँगा

3

मगर ज्योंही मुंशी जी अस्तबल में पहुंचे, घोड़े ने सशंक नेत्रों से देखा और एक बार हिनहिना कर घोषित किया कि तुम आज मेरी शांति में विघ्न डालने वाले कौन होते हो। बाजे की धड़-धड़, पों-पों से वह उत्तेजित हो रहा था। मुंशी जी ने जब पगहे को खोलना शुरू किया तो उसने कनौतियाँ खड़ी की और अभिमानसूचक भाव से हरी-हरी घास खाने लगा।

लेकिन मुंशी जी भी चतुर खिलाड़ी थे। तुरंत घर से थोड़ा-सा दाना मँगवाया और घोड़े के सामने रख दिया। घोड़े ने इधर बहुत दिनों से दाने की सूरत न देखी थी! बड़े रुचि से खाने लगा और तब कृतज्ञ नेत्रों से मुंशी जी की ओर ताका, मानो अनुमति दी कि मुझे आप के साथ चलने में आपको आपत्ति नहीं है।

मुंशी जी के द्वार पर बाजे बज रहे थे। वर वस्त्राभूषण पहने हुए घोड़े की प्रतीक्षा कर रहा था। मुहल्ले की स्त्रियाँ उसे विदा करने के लिए आरती लिये खड़ी थीं। पाँच बज गये थे। सहसा मुंशी जी घोड़ा लाते हुए दिखायी दिये। बाजे वालों ने आगे की तरफ कदम बढ़ाया। एक आदमी मीर साहब के घर से दौड़ कर साज लाया।

घोड़े को खींचने की ठहरी, मगर वह लगाम देख कर मुँह फेर लेता था। मुंशी जी ने चुमकारा-पुचकारा, पीठ सुहलायी, फिर दाना दिखलाया। पर घोड़े ने मुँह तक न खोला, तब उन्हें क्रोध आया। ताबड़तोड़ कई चाबुक लगाये। घोड़े ने जब अब भी मुँह में लगाम न ली, तो उन्होंने उसके नथनों पर चाबुक के बेंत से कई बार मारा। नथनों से खून निकलने लगा। घोड़े ने इधर-उधर दीन और विवश आँखों से देखा। समस्या कठिन थी। इतनी मार उसने कभी न खायी थी। मीर साहब की अपनी चीज थी। यह इतनी निर्दयता से कभी न पेश आते थे। सोचा मुँह नहीं खोलता तो नहीं मालूम और कितनी मार पड़े। लगाम ले ली। फिर क्या था, मुंशी जी की फतह हो गयी। उन्होंने तुरन्त जीन कस दी। दूल्हा कूद कर घोड़े पर सवार हो गया।

4

जब वर ने घोड़े की पीठ पर आसन जमा लिया, तो घोड़ा मानो नींद से जागा। विचार करने लगा, थोड़े-से दाने के बदले अपने इस स्वत्व से हाथ धोना एक कटोरे कढ़ी के लिए अपने जन्मसिद्ध अधिकारों को बेचना है। उसे याद आया कि मैं कितने दिनों से आज के दिन आराम करता रहूँ, तो आज क्यों यह बेगार करूँ? ये लोग मुझे न जाने कहाँ ले जायेंगे, लौंडा आसन का पक्का जान पड़ता है, मुझे दौड़ायेगा, ऐंड़ लगायेगा, चाबुक से मार-मार कर अधमुँआ कर देगा, फिर न जाने भोजन मिले या नहीं। यह सोच-विचार कर उसने निश्चय किया कि मैं यहाँ से कदम न उठाऊँगा। यही न होगा मारेंगे, सवार को लिये हुए जमीन पर लोट जाऊँगा, आप ही छोड़ देंगे। मेरे मालिक मीरसाहब भी तो यहीं कहीं होंगे। उन्हें मुझ पर इतनी मार पड़ती कभी पसंद न आयेगी कि कल उन्हें कचहरी भी न ले जा सकूँ।

वर ज्यों ही घोड़े पर सवार हुआ स्त्रियों ने मंगलगान किया, फूलों की वर्षा हुई। बारात के लोग आगे बढ़े। मगर घोड़ा ऐसा अड़ा कि पैर ही नहीं उठाता। वर उसे ऐंड़ लगाता है, चाबुक मारता है, लगाम को झटके देता है, मगर घोड़े के कदम मानो जमीन में ऐसे गड़ गये हैं कि उखड़ने का नाम नहीं लेते।

मुंशी जी को ऐसा क्रोध आता था कि अपना जानवर होता तो गोली मार देते। मित्र ने कहा — अड़ियल जानवर है, यों न चलेगा। इसके पीछे से डंडे लगाओ, आप दौड़ेगा।

मुंशी जी ने यह प्रस्ताव स्वीकार कर लिया। पीछे से जाकर कई डंडे लगाये, पर घोड़े ने पैर न उठाये, उठाये तो भी अगले पैर, और आकाश की ओर। दो-एक बार पिछले पैर भी, जिससे विदित होता था कि वह बिलकुल प्राणहीन नहीं है। मुंशी जी बाल-बाल बच गये।

तब दूसरे मित्र ने कहा — इसकी पूँछ के पास एक जलता हुआ कुंदा जलाओ, आँच के डर से भागेगा।

यह प्रस्ताव भी स्वीकृत हुआ। फल यह हुआ कि घोड़े की पूँछ जल गयी। वह दो-तीन बार उछला-कूदा पर आगे न बढ़ा। पक्का सत्याग्रही था कदाचित् इन यंत्रणाओं ने उसके संकल्प को और भी दृढ़ कर दिया।

इतने में सूर्यास्त होने लगा। पंडित जी ने कहा —"जल्दी कीजिए नहीं तो मुहर्त टल जायेगा।" लेकिन अपने वश की बात तो थी नहीं। जल्दी कैसे होती। बाराती लोग गाँव के बाहर जा पहुंचे। यहाँ स्त्रियों और बालकों का मेला लग गया।

लोग कहने लगे, "कैसा घोड़ा है कि पग ही नहीं उठाता।" एक अनुभवी महाशय ने कहा —"मार-पीट से काम न चलेगा। थोड़ा-सा दाना मँगवाइए। एक आदमी इसके सामने तोबड़े में दाना दिखाता हुआ चले। दाने के लालच से खट-खट चला जायेगा।" मुंशी जी ने यह उपाय भी करके देखा पर सफल मनोरथ न हुए। घोड़ा अपने स्वत्व को किसी दाम पर बेचना न चाहता था। एक महाशय ने कहा — "इसे थोड़ी-सी शराब पिला दीजिए, नशे में आ कर खूब चौकड़ियाँ भरने लगेगा।" शराब की बोतल आयी। एक तसले में शराब उड़ेल कर घोड़े के सामने रखी गयी, पर उसने सूंघी तक नहीं।

अब क्या हो? चिराग जल गये मुहूर्त टल चुका था। थोड़ा यह नाना दुर्गतियाँ सह कर दिल में खुश होता था और अपने सुख में विघ्न डालनेवाले की दुरवस्था और व्यग्रता का आनंद उठा रहा था। उसे इस समय इन लोगों की प्रयत्नशीलता पर एक दार्शनिक आनंद प्राप्त हो रहा था। देखें आप लोग अब क्या करते हैं। वह जानता था कि अब मार खाने की सम्भावना नहीं है। लोग जान गये कि मारना व्यर्थ है। वह केवल अपनी सुयुक्तियों की विवेचना कर रहा था।

पांचवें सज्जन ने कहा — अब एक ही तरकीब और है। वह जो खेत में खाद फेंकने की दो-पहिया—गाड़ी होती है, उसे घोड़े के सामने ला कर रखिये। इसके दोनों अगले पैर उसमें रख दिये जायें और हम लोग गाड़ी को खींचें। तब तो जरूर ही इसके पैर उठ जायेंगे। अगले पैर आगे बढ़े, तो पिछले भी झख मार कर उठेंगे ही। घोड़ा चल निकलेगा।

मुंशी जी डूब रहे थे। कोई तिनका सहारे के लिए काफी था। दो आदमी गये। दो-पहिया गाड़ी लाये। वर ने लगाम तानी। चार-पांच आदमी घोड़े के पास डंडे लेकर खड़े हो गये। दो आदमियों ने उसके अगले पाँव जबरदस्ती उठा कर गाड़ी पर रक्खे। घोड़ा अभी तक यह समझ रहा था कि मैं यह उपाय भी न चलने दंगा, लेकिन जब गाड़ी चली, तो उसके पिछले पैर आप-ही-आप उठ गये। उसे ऐसा जान पड़ा, मानो पानी में बहा जा रहा हूँ। कितना ही चाहता था कि पैरों को जमा लूँ पर कुछ अक्ल काम न करती थी। चारों ओर शोर मचा —'चलाचला।' तालियाँ पड़ने लगीं। लोग ठट्ठे मार-मार हँसने लगे। घोड़े को यह उपहास और यह अपमान असह्य था, पर करता क्या? हाँ, उसने धैर्य न छोड़ा। मन में सोचा इस तरह कहाँ तक ले जायेंगे। ज्यों ही गाड़ी रुकेगी मैं भी रुक जाऊँगा। मुझसे बड़ी भूल हुई मुझे गाड़ी पर पैर ही न रखना चाहिए था।

अंत में वही हुआ जो उसने सोचा था। किसी तरह लोगों ने सौ कदम तक गाड़ी खींची, आगे न खींच सके। सौ-दो सौ कदम ही खींचना होता, तो शायद लोगों की हिम्मत बंध जाती पर स्टेशन पूरे तीन मील पर था। इतनी दूर घोड़े को खींच ले जाना दुस्तर था। ज्यों ही गाड़ी रुकी, घोड़ा भी रुक गया! वर ने फिर लगाम को झटके दिए, एँड लगायी। चाबुकों की वर्षा कर दी, पर घोड़े ने अपनी टेक न छोड़ी। उसके नथनों से खून निकल रहा था, चाबुकों से सारा शरीर छिल गया था, पिछले पैरों में घाव हो गये थे, पर वह दृढ़ प्रतिज्ञ घोड़ा अपनी आन पर अड़ा हुआ था।

5

पुरोहित ने कहा —"आठ बज गये। मुहूत टल गया।" दीन-दुर्बल घोड़े ने मैदान मार लिया। मुंशी जी क्रोधोन्मत्त होकर रो पड़े। वर एक कदम भी पैदल नहीं चल सकता। विवाह के अवसर पर भूमि पर पाँव रखना वर्जित है, प्रतिष्ठा भंग होती है, निन्दा होती है, कुल को कलंक लगता है पर अब पैदल चलने के सिवा अन्य उपाय न था। आकर घोड़े के सामने खड़े हो गये और कुंठित स्वर से बोले, महाशय, अपना भाग्य बखानो कि मीर साहब के घर हो। यदि मैं तुम्हारा मालिक होता तो तुम्हारी हड्डी-पसली का पता न लगता। इसके साथ ही मुझे आज मालूम हुआ कि पशु भी अपनी स्वत्व की रक्षा किस प्रकार कर सकता है। मैं न जानता था; तुम व्रतधारी हो। बेटा, उतरो, बारात स्टेशन पहुंच रही होगी। चलो पैदल ही चलें। हम आपस ही के दस-बारह आदमी हैं, हँसने वाला कोई नहीं। ये रंगीन कपड़े उतार दो। रास्ते में लोग हँसेंगे कि पाँव-पाँव ब्याह करने जाता है। चल बे अड़ियल घोड़े, तुझे मीर साहब के हवाले कर आऊँ।

पूर्व-संस्कार

सज्जनों के हिस्से में भौतिक उन्नति कभी भूल कर ही आती है। रामटहल विलासी, दुर्व्यसनी, चरित्रहीन आदमी थे, पर सांसारिक व्यवहारों में चतुर, सूद-ब्याज के मामले में दक्ष और मुकद्दमे-अदालत में कुशल थे। उनका धन बढ़ता था। सभी उनके असामी थे। उधर उन्हीं के छोटे भाई शिवटहल साधु-भक्त, धर्म-परायण और परोपकारी जीव थे। उनका धन घटता जाता था। उनके द्वार पर दो-चार अतिथि बने रहते थे। बड़े भाई का सारे महल्ले पर दबाव था। जितने नीच श्रेणी के आदमी थे, उनका हुक्म पाते ही फौरन उनका काम करते थे, उनके घर की मरम्मत बेगार में हो जाती। ऋणी ग्वाला उन्हें बाजार-भाव से ड्योढ़ा दूध देता। छोटा भाई का किसी पर रोब न था। साधु-संत आते और इच्छापूर्ण भोजन करके अपनी राह लेते। दो-चार आदमियों को रुपये उधार दिये भी तो सूद के लालच से नहीं, बल्कि संकट से छुड़ाने के लिये कभी जोर दे कर तगादा न करते कि कहीं उन्हें दुःख न हो।

इस तरह कई साल गुजर गये। यहाँ तक कि शिवटहल की सारी सम्पत्ति परमार्थ में उड़ गयी। रुपये भी बहुत डूब गये! उधर रामटहल ने नया मकान बनवा लिया। सोने-चाँदी की दुकान खोल ली, थोड़ी जमीन भी खरीद ली और खेती-बारी भी करने लगे।

शिवटहल को अब चिन्ता हुई। निर्वाह कैसे होगा? धन न था कि कोई रोजगार करते। वह व्यावहारिक बुद्धि भी न थी, जो बिना धन के भी अपनी राह निकाल लेती है। किसी से ऋण लेने की हिम्मत न पड़ती थी। रोजगार में घाटा हुआ तो देंगे कहाँ से? किसी दूसरे आदमी की नौकरी भी न कर सकते थे। कुल—मर्यादा भंग होती थी। दो-चार महीने तो ज्यों-त्यों करके काटे, अंत में चारों ओर से निराश होकर बड़े भाई के पास गये और कहा — भैया, अब मेरे और मेरे परिवार के पालन का भार आपके ऊपर है। आपके सिवा अब किसकी शरण लूँ?

रामटहल ने कहा — इसकी कोई चिन्ता नहीं। तुमने कुकर्म में तो धन उड़ाया नहीं। जो कुछ किया, उससे कुल-कीर्ति ही फैली है। मैं धूर्त हूँ ; संसार को ठगना जानता हूँ। तुम सीधे-सादे आदमी हो। दूसरों ने तुम्हें ठग लिया। यह तुम्हारा ही घर है। मैंने जो जमीन ली है, उसकी तहसील वसूल करो, खेती-बारी का काम संभालो। महीने में तुम्हें जितना खर्च पड़े, मुझसे ले जाओ। हाँ, एक बात मुझसे न होगी। मैं साधु-संतों का सत्कार करने को एक पैसा भी न दूंगा और न तुम्हारे मुँह से अपनी निन्दा सुनूँगा।

शिवटहल ने गद्गद कंठ से कहा — भैया, मुझसे इतनी भूल अवश्य हुई है कि मैं सबसे आपकी निन्दा करता रहा हूँ, उसे क्षमा करो। अब से मुझे अपनी निन्दा करते सुनना तो जो चाहें दंड देना। हाँ, आपसे मेरी एक विनय है। मैंने अब तक अच्छा किया या बुरा, पर भाभी जी को मना कर देना की उसके लिए मेरा तिरस्कार न करें।

रामटहल — अगर वह कभी तुम्हें ताना देंगी, तो मैं उनकी जीभ खींच लूंगा।

2

रामटहल की जमीन शहर से दस-बारह कोस पर थी। वहाँ एक कच्चा मकान भी था। बैल, गाड़ी, खेती का अन्य सामग्रियाँ वहीं रहती थीं। शिवटहल ने अपना घर भाई को सौंपा और अपने बाल-बच्चों को ले कर गाँव चले गये। वहाँ उत्साह के साथ काम करने लगे। नौकरों ने काम में चौकसी की। परिश्रम का फल मिला। पहले ही साल उपज ड्योढ़ी हो गई और खेती का खर्च आधा रह गया।

पर स्वभाव को कैसे बदलें? पहले की तरह तो नहीं, पर अब भी दो-चार मूर्तियाँ शिवटहल की कीर्ति सुन कर आ ही जाती थी और शिवटहल को विवश हो कर उनकी सेवा और सत्कार करना ही पड़ता था। हाँ, अपने भाई से यह बात छिपाते थे कि कहीं वह अप्रसन्न होकर जीविका का यह आधार भी न छीन लें। फल यह होता कि उन्हें भाई से छिपा कर अनाज, भूसा, खली आदि बेचना पड़ता। इस कमी को पूरा करने के लिए वह मजदूरों से और भी कड़ी मेहनत लेते थे और भी कड़ी मेहनत करते। धूप-ठंड, पानी-बूंदी की बिलकुल परवाह न करते थे। मगर कभी इतना परिश्रम तो किया न था। शरीर शक्तिहीन होने लगा। भोजन भी रूखा-सूखा मिलता था। उस पर कोई ठीक समय नहीं। कभी दोपहर को खाया, कभी तीसरे पहर। कभी प्यास लगी, तो तालाब का पानी पी लिया। दुर्बलता रोग का पूर्व रूप है।

बीमार पड़ गये। देहात में दवा-दारू का सुभीता न था। भोजन में भी कुपथ्य करना पड़ता था। रोग ने जड़ पकड़ ली। ज्वर ने प्लीहा का रूप धारण किया और प्लीहा ने छह महीने में काम तमाम कर दिया।

रामटहल ने यह शोक-समाचार सुना, तो उन्हें बड़ा दुःख हुआ। इन तीन वर्षों में उन्हें एक पैसे का नाज नहीं लेना पड़ा। शक्कर, गुड़, घी, भूसा-चारा, उपले-इंधन सब गाँव से चला आता था। बहुत रोये पछतावा हुआ कि मैंने भाई की दया-दरपन की कोई फिक्र नहीं की ; अपने स्वार्थ की चिन्ता में उसे भूल गया। लेकिन मैं क्या जानता था कि मलेरिया का ज्वर प्राणघातक ही होगा। नहीं तो यथाशक्ति अवश्य इलाज करता। भगवान् की यही इच्छा थी फिर मेरा क्या वश!

3

अब कोई खेती का काम संभालने वाला न था। इधर रामटहल को खेती का मज़ा मिल गया था! उस पर विलासिता ने उसका स्वास्थ्य भी नष्ट कर डाला था। अब वह देहात के स्वच्छ जलवायु में रहना चाहते थे। निश्चय किया कि खुद ही गाँव में जाकर खेती-बारी करूँ। लड़का जवान हो गया था। शहर का लेन-देन उसे सौंपा और देहात चले आये।

यहाँ उनका समय और चित्त विशेषकर गौओं की देखभाल में लगता था। उनके पास एक जमुनापारी बड़ी रास की गाय थी। उसे कई साल हुए, बड़े शौक से खरीदा था। दूध खूब देती थी, और सीधी वह इतनी कि बच्चा भी सींग पकड़ ले, तो न बोलती! वह इन दिनों गाभिन थी। उसे बहुत प्यार करते थे। शाम-सबेरे उसकी पीठ सुहलाते, अपने हाथों से नाज खिलाते। कई आदमी उसके ड्योढ़े दाम देते थे, पर रामटहल ने न बेची। जब समय पर गऊ ने बच्चा दिया, तो रामटहल ने धूमधाम से उस का जन्मोत्सव मनाया, कितने ही ब्राह्मणों को भोजन कराया। कई दिन तक गाना-बजाना होता रहा। इन बछड़े का नाम रखा गया 'जवाहिर'। एक ज्योतिषी से उसका जन्म-पत्र भी बनवाया गया। उसके अनुसार बछड़ा बड़ा होनहार, बड़ा भाग्यशाली, स्वामि-भक्त निकाला। केवल छठे वर्ष उस पर एक संकट की शंका थी। उससे बच गया तो फिर जीवन पर्यन्त सुख से रहेगा।

बछड़ा श्वेत-वर्ण था। उसके माथे पर एक लाल तिलक था। आँखें कजरी थीं। स्वरूप का अत्यन्त मनोहर और हाथ-पाँव का सुडौल था। दिन भर कलोलें

किया करता। रामटहल का चित्त उसे छलांग भरते देख कर प्रफुल्लित हो जाता था। वह उनसे इतना हिल-मिल गया। कि उनके पीछे-पीछे कुते की भांति दौड़ा करता था। जब वह शाम और सुबह को अपनी खाट पर बैठ कर असामियों से बातचीत करने लगते, तो जवाहिर उनके पास खड़ा हो कर उनके हाथ या पाँव को चाटता था। वह प्यार से उसकी पीठ पर हाथ फेरने लगते, तो उसकी पूंछ खड़ी हो जाती और आँखें हृदय के उल्लास से चमकने लगतीं। रामटहल को भी उससे इतना स्नेह था कि जब तक वह उसके सामने चौके में न बैठा हो, भोजन में स्वाद न मिलता। वह उसे बहुधा गोद में चिपटा लिया करते। उसके लिए चाँदी का हार, रेशमी फूल, चाँदी की झाँझें बनवायीं। एक आदमी उसे नित्य नहलाता और झाड़ता-पोंछता रहता था। जब कभी वह किसी काम से दूसरे गाँव में चले जाते तो उन्हें घोड़े पर आते देख कर जवाहिर कुलेलें मारता हुआ उसके पास पहुँच जाता और उनके पैरों को चाटने लगता। पशु और मनुष्य में यह पिता-पुत्र-सा प्रेम देख कर लोग चकित हो जाते।

4

जवाहिर की अवस्था ढाई वर्ष की हुई। रामटहल ने उसे अपनी सवारी की बहली के लिए निकालने का निश्चय किया। वह अब बछड़े से बैल हो गया था। उनका ऊँचा डील, गठे हुए अंग, सुदढ मांस-पेशियाँ, गर्दन के ऊपर ऊंचा डील, चौड़ी छाती और मस्तानी चाल थी। ऐसा दर्शनीय बैल सारे इलाके में न था। बड़ी मुश्किल से उसका बाँधा मिला। पर देखने वाले साफ कहते थे कि जोड़ नहीं मिला। रुपये सामने बहुत खर्च किये हैं, पर कहाँ जवाहिर और कहाँ यह! कहाँ लैंप और कहाँ दीपक!

पर कौतूहल की बात यह थी कि जवाहिर को कोई गाड़ीवान हाँकता तो वह आगे पैर न उठाता। गर्दन हिला-हिला कर रह जाता। मगर जब रामटहल आप पगहा हाथ में ले लेते और एक बार चुमकार कर कहते — चलो बेटा, तो जवाहिर उन्मत्त होकर गाड़ी को ले उड़ाता। दो-दो कोस तक बिना रुके, एक ही साँस में दौड़ता चला जाता। घोड़े भी उसका मुकाबला न कर सकते।

एक दिन संध्या समय जब जवाहिर नाँद में खली और भूसा खा रहा था और रामटहल उसके पास खड़े उसकी मक्खियाँ उड़ा रहे थे, एक साधु महात्मा आ कर

द्वार पर खड़े हो गये। रामटहल ने अविनय-पूर्ण भाव से कहा — यहाँ क्या खड़े हो महाराज, आचे आओ।

साधु — कुछ नहीं बाबा, इसी बैल को देख रहा हूँ। मैंने ऐसा सुन्दर बैल नहीं देखा।

रामटहल —(ध्यान देकर) घर ही का बछड़ा है।

साधु — साक्षात् देवरूप है।

यह कह कर महात्मा जी जवाहिर के निकट गये और उसके खुर चूमने लगे।

रामटहल — आपका शुभागमन कहाँ से हुआ? आज यहीं विश्राम कीजिए तो बड़ी दया हो।

साधु —नहीं बाबा, क्षमा करो। मुझे आवश्यक कार्य से रेलगाड़ी पर सवार होना है। रातों-रात चला जाऊंगा! ठहरने से विलम्ब होगा।

रामटहल — तो फिर और कभी दर्शन होंगे?

साधु — हाँ, तीर्थ-यात्रा से तीन वर्ष में लौट कर इधर से फिर जाना होगा। तब आपकी इच्छा होगी तो ठहर जाऊँगा। आप बड़े भाग्यशाली पुरुष हैं कि आपको ऐसे देवरूप नन्दी की सेवा का अवसर मिल रहा है। इन्हें कभी फूल से भी न मारिएगा।

यह कह कर साधु ने फिर जवाहिर के चरणों पर सीस नवाया और चले गए।

5

उस दिन से जवाहिर की और भी खातिर होने लगी। वह पशु से देवता हो गया। रामटहल उसे पहले रसोई के सब पदार्थ खिलाकर तब आप भोजन करते। प्रात:काल उठ कर उसके दर्शन करते। यहाँ तक कि वह उसे अपनी बहली में भी न जोतना चाहते। लेकिन जब उनको कहीं जाना होता और बहली बाहर निकाली जाती, तो जवाहिर उसमें जुतने के लिए इतना अधीर और उत्कंठित हो जाता, सिर हिला-हिला कर इस तरह अपनी उत्सुकता प्रगट करता कि रामटहल को विवश होकर उसे जोतना पड़ता। दो-एक बार वह दूसरी जोड़ी जोत कर चले तो जवाहिर को इतना दुःख हुआ कि उसने दिन भर नाँद में मुँह नहीं डाला। इसलिए वह अब बिना किसी विशेष कार्य के कहीं जाते ही न थे।

उनकी श्रद्धा देख कर गाँव के अन्य लोगों ने भी जवाहिर को अन्न ग्रास देना शुरू किया। सुबह उसके दर्शन करने तो प्रायः सभी आ जाते थे।

इस प्रकार तीन साल और बीते। जवाहिर को छठा वर्ष लगा।

रामटहल को ज्योतिषी की बात याद थी। भय हुआ, कहीं उसकी भविष्यवाणी सत्य न हो। पशु-चिकित्सा की पुस्तकें मँगा कर पढ़ीं। पशु—चिकित्सक से मिले और कई औषधियाँ ला कर रखीं। जवाहिर को टीका लगवा दिया। कहीं नौकर उसे खराब चारा या गन्दा पानी न खिला-पिला दें, इस आशंका से वह अपने हाथों से उसे खोलने-बाँधने लगे। पशु शाला का फर्श पक्का करा दिया जिसमें कोई कीड़ा-मकोड़ा न छिप सके। उसे नित्यप्रति खूब धुलवाते भी थे।

संध्या हो रही थी। रामटहल नाँद के पास खड़े जवाहिर को खिला रहे थे कि इतने में सहसा वही साधु महात्मा आ निकले जिन्होंने आज से तीन वर्ष पहले दर्शन दिए थे। रामटहल उन्हें देखते ही पहचान गये। जाकर दंडवत् की, कुशल-समाचार पूछे और उनके भोजन का प्रबन्ध करने लगे। इतने में अकस्मात् जवाहिर ने जोर से डकार ली और धम-से भूमि पर गिर पड़ा। रामटहल दौड़े हुए उसके पास आए। उसकी आँखें पथरा रही थीं। पहले एक स्नेहपूर्ण दृष्टि उन पर डाली और चित्त हो गया।

रामटहल घबराए हुए घर से दवाएँ लाने दौड़े। कुछ समझ में न आया कि खड़े-खड़े इसे हो क्या गया। जब वह घर में से दवाइयाँ लेकर निकले तब जवाहिर का अंत हो चुका था।

रामटहल शायद अपने छोटे भाई की मृत्यु पर भी इतने शोकातुर न हुए थे। वह बार-बार लोगों के रोकने पर भी दौड़-दौड़ कर जवाहिर के शव के पास जाते और उससे लिपट कर रोते।

रात उन्होंने रो-रोकर काटी। उसकी सूरत आँखों से न उतरती थीं। रह-रहकर हृदय में एक वेदना-सी होती और शोक से विह्वल हो जाते।

प्रात:काल लाश उठायी गयी, किन्तु रामटहल ने गाँव की प्रथा के अनुसार उसे चमारों के हवाले नहीं किया। यथाविधि उसकी दाह-क्रिया की, स्वयं आग दी। शास्त्रानुसार सब संस्कार किए। तेरहवें दिन गाँव के ब्राह्मणों को भोजन कराया गया। उक्त साधु महात्मा को उन्होंने अब तक नहीं जाने दिया था। उनकी शांति देने वाली बातों से रामटहल को बड़ी सांत्वना मिलती थी।

6

एक दिन रामटहल ने साधु से पूछा — महात्मा जी, कुछ समझ में नहीं आता कि जवाहिर को कौन-सा रोग हुआ था। ज्योतिषीजी ने उसके जन्म-पत्र में लिखा था कि उसका छठा साल अच्छा न होगा। लेकिन मैंने इस तरह किसी जानवर को मरते नहीं देखा। आप तो योगी हैं, यह रहस्य कुछ आपकी समझ में आता है।

साधु — हाँ, कुछ थोड़ा-थोड़ा समझता हूँ।

रामटहल — कुछ मुझे भी बताइए। चित्त को धैर्य नहीं आता।

साधु — वह उस जन्म का कोई सच्चरित्र, साधु-भक्त, परोपकारी जीव था। उसने आपकी सारी सम्पत्ति धर्म-कार्यों में उड़ा दी थी। आप के सम्बन्धियों में ऐसा कोई सज्जन था?

रामटहल — हाँ, महाराज था।

साधु-उसने तुम्हें धोखा दिया — तुमसे विश्वासघात किया। तुमने उसे अपना कोई काम सौंपा था। वह तुम्हारी आँख बचा कर तुम्हारे धन से साधुजनों की सेवा-सत्कार किया करता था।

रामटहल — मुझे उस पर इतना सन्देह नहीं होता। वह इतना सरल प्रकृति, इतना सच्चरित्र मनुष्य था कि बेईमानी करने का उसे कभी ध्यान भी नहीं आ सकता था।

साधु — लेकिन उसने विश्वासघात अवश्य किया। अपने स्वार्थ के लिए नहीं, अतिथि-सत्कार के लिए सही, पर था वह विश्वासघाती।

रामटहल — संभव है दुरवस्था ने उसे धर्म-पथ से विचलित कर दिया हो।

साधु — हाँ, यही बात है। उस प्राणी को स्वर्ग में स्थान देने का निश्चय किया गया। पर उसे विश्वासघात का प्रायश्चित करना आवश्यक था। उसने बेईमानी से तुम्हारा जितना धन हर लिया था, उसकी पूर्ति करने के लिए उसे तुम्हारे यहाँ पशु का जन्म दिया गया। यह निश्चय कर लिया गया कि वह छह वर्ष में प्रायश्चित पूरा हो जायेगा। इतनी अवधि तक वह तुम्हारे यहां रहा। ज्यों ही अवधि पूरी हो गयी त्यों ही उसकी आत्मा निष्पाप और निर्लिप्त हो कर निर्वाणपद को प्राप्त हो गयी।

महात्मा जी तो दूसरे दिन विदा हो गये, लेकिन रामटहल के जीवन में उसी दिन से एक बड़ा परिवर्तन दिख पड़ने लगा। उनकी चित्त-वृत्ति बदल गयी। दया और विवेक से हृदय परिपूर्ण हो गया। वह मन में सोचते, जब ऐसे धर्मात्मा प्राणी को जरा से विश्वासघात के लिए इतना कठोर दंड मिला तो मुझ जैसी कुकर्मी की क्या दुर्गति होगी! यह बात उनके ध्यान से कभी न उतरती थी।

□□□